Westminster Kingsway College

d'Amster... ...çaise,
poète de lang... ...ste, critique
littéraire : Fouad ... ...urt le monde, chargé de
son sac de voyage et de sa vaste culture. Entre autres
textes, Fouad Laroui est l'auteur chez Julliard de
La Femme la plus riche du Yorkshire (2008), *Le jour où Malika ne s'est pas mariée* (2009), *Une année chez les Français* (2010), *L'Étrange Affaire du pantalon de Dassoukine* (2012) – prix Goncourt de la nouvelle –, *Les Tribulations du dernier Sijilmassi* (2014) – Grand Prix Jean-Giono –, *Les Noces fabuleuses du Polonais* (2015), *Ce vain combat que tu livres au monde* (2016) et *L'Insoumise de la Porte de Flandres* (2017). Il a reçu en 2014 le Grand Prix de la francophonie de l'Académie française.

UNE ANNÉE
CHEZ LES FRANÇAIS

FOUAD LAROUI

UNE ANNÉE
CHEZ LES FRANÇAIS

JULLIARD

© Julliard, Paris, 2010

ISBN 978-2-266-21865-8

Ceci est un ouvrage de fiction.

1

L'énigme de l'arrivée

Le concierge, qui somnolait dans sa loge, assis derrière une sorte de comptoir surélevé, crut soudain entendre des voix. Ou plutôt une seule, fluette et un peu éraillée, à peine audible.

— Pardon…

D'où sortait cette voix ? Il balaya d'un regard encore ensommeillé les murs et le plafond de son royaume. Rien. Personne. Il n'y avait personne dans cette loge, personne d'autre que lui, Miloud, concierge à « Lyautey » depuis des lustres. Il se frotta les yeux, un peu inquiet. Un *djinn* au lycée français de Casablanca ? *Ont-ils le droit ?*

— Pardon, monsieur…

Encore ! Miloud, tout à fait réveillé, se leva pesamment de sa chaise, se pencha sur le comptoir et découvrit un enfant – neuf, dix ans ? –, un enfant minuscule qui tentait de se hausser sur la pointe des pieds pour l'apercevoir, lui, Miloud, la première ligne de défense du lycée.

On ne l'avait pas vu entrer, ce lutin. À côté de lui, posée sur le sol, une petite valise marron à la poignée blanche, un peu cabossée, attendait la suite des événements. Miloud, qui était d'une grande sagacité, en déduisit que le lutin était en fait un « interne » : la valise devait contenir le « trousseau » réglementaire : six paires de chaussettes, six caleçons, deux pantalons, six mouchoirs, quatre chemises… En ce début d'octobre, les internes avaient tout le week-end pour effectuer leur « rentrée », avant que les cours ne reprennent, lundi matin. Ce *nouveau* était bien pressé : on n'était que samedi, en début d'après-midi. Certains, parmi les anciens, arriveraient le dimanche soir, au dernier moment, juste avant l'appel. Les plus blasés attendraient même l'*extinction des feux* pour faire leur apparition, rigolards, mais munis d'un mot d'excuse, tambourinant à la porte du dortoir…

L'homme et l'enfant s'observèrent, l'un étonné, l'autre proche de l'épouvante à en juger par son visage malingre dans lequel d'immenses yeux criaient à l'aide. Il y avait de quoi être effrayé : la trogne qui se tendait vers lui, l'œil torve, la bouche partiellement édentée, était celle de Pat Hibulaire, le gros chat noir à tête de brute qui terrorisait tout le monde dans *Mickey*. Qu'est-ce qu'il faisait au lycée Lyautey, Pat Hibulaire ?

Miloud fut le premier à reprendre ses esprits. Il grogna en français, avec un fort accent campagnard :

— Qu'est-ce que *ti* veux ?

Puis, se reprenant :

— Où sont *ti* parents ?

L'enfant baissa la tête sans répondre. Peut-être ne comprenait-il pas ce qu'on lui disait ? Miloud, toujours penché sur le comptoir, ne vit plus qu'une chevelure noire, un peu frisée, qui, à cause de la perspective plongeante, semblait faire tache sur le sol. Celui-là était incontestablement marocain. Tous les Français étaient blonds, *savait* Miloud, après mille preuves du contraire, qui passaient tous les jours, frottant, marchant, courant devant sa loge. Et puis, cette valise usée, avec sa ridicule poignée blanche… Ce n'était pas le bagage d'un *nasrani*, ça ! Tous les Français sont riches, c'est bien connu. Non, *celui-là* ne pouvait être qu'un enfant du pays.

Il reprit, en version bilingue, d'une voix plus rogue :

— Où sont tes parents ? *Fine waldik ?*

Toujours pas de réponse. Miloud, qui avait fait la guerre d'Indochine sous le drapeau tricolore – ce qui lui avait valu, une fois *réformé*, cette sinécure au lycée de Casablanca –, fit ce qu'un soldat discipliné fait dans ce genre de situation. Il contourna prestement le comptoir, prit l'enfant d'une main et la valise de l'autre et… il s'arrêta, médusé. Sur le seuil de sa loge, deux dindons entravés, attachés l'un à l'autre par les pattes et couchés sur le flanc, l'observaient d'un œil légèrement alarmé. Il écarquilla les yeux, puis battit des paupières et secoua la tête pour chasser l'absurde vision. Peine perdue. L'un des dindons glouglouta. L'autre devait être tout aussi réel.

Miloud serra la mâchoire et demanda d'une voix sourde, sans quitter les animaux des yeux :

— *Dialek bibi ?*

L'enfant nia de toutes ses forces, sans émettre le moindre son. Miloud les lâcha, lui et sa valise, tout doucement ; s'avança d'un pas souple, le dos courbé, les bras tendus ; et, se baissant d'un geste vif, captura les deux intrus. Il se redressa et examina attentivement sa prise. Les crêtes, les plumes, les gloussements qui reprenaient de plus belle… Pas de doute : c'était bien un couple de dindons. Que faisaient-ils ici, dans un

11

lycée de la Mission universitaire et culturelle française ? Décidément, cette journée s'annonçait riche en péripéties. Il revint prendre la valise sous le bras gauche, agrippa l'enfant et alla d'un pas ferme remettre le tout à son supérieur hiérarchique : le surveillant général.

Le bureau de celui-ci se trouvait en face de la loge. Miloud posa la valise et les dindons sur le sol et toqua à l'huis de deux doigts respectueux. On lui cria d'entrer. Il ouvrit la porte, bomba le torse et esquissa une sorte de salut militaire ; puis il donna une bourrade à l'enfant qui se trouva catapulté dans la pièce, les yeux exorbités. Pat Hibulaire poussa devant lui, d'un pied impatient, valise et volaille. Il se mit au garde-à-vous et proféra d'une voix de stentor :

— Voilà !

L'homme qui lui faisait face, assis à son bureau, un crayon à la main, fronça les sourcils. Son regard alla de l'un à l'autre des protagonistes de la saynète.

— Voilà ? Voilà quoi ?

Miloud hésita un instant, puis il rugit, à faire trembler les murs :

— Un *pitchoun*, deux *bibis* et une *falise !*

Il salua de nouveau, fit demi-tour et quitta le bureau au pas de charge. Il avait livré ses prisonniers aux autorités compétentes. L'affaire ne le regardait plus. La loge attendait.

M. Lombard, le surveillant général, était un homme de taille moyenne, un peu enveloppé, au front dégarni. Son visage exprimait un mélange d'autorité et de bienveillance. Il venait de rentrer dans son bureau après un déjeuner frugal dans le petit appartement qu'il occupait, avec sa femme et ses deux filles, dans l'enceinte même du lycée. S'il avait rapidement expédié la sacro-sainte collation de midi, s'il n'avait bu qu'un seul verre de Chaudsoleil et fumé une seule Casa-Sport, c'est parce qu'il se considérait comme mobilisé pendant le week-end de rentrée des internes. Il tenait à être à son poste, « veillant au grain », comme il disait, recevant avec bonhomie les familles, plaisantant avec les anciens d'une voix bourrue, consultant ses listes et rassurant avec autorité les mères inquiètes (« Tout ira bien, madame, cela fait vingt ans que je fais ce métier ! »). Il posa à Mehdi la même question que le concierge, mais sur un ton plus avenant :

— Où sont tes parents, mon petit ?

Au moment où le surveillant général finissait sa phrase, un lion surgit dans le bureau, se jeta sur lui et lui arracha la tête d'un seul coup de griffe. Le fauve plongea ensuite la gueule dans la gorge tranchée qui semblait un volcan crachant du sang et se mit à laper l'épais liquide rouge, en grognant de satisfaction. Un requin apparut, flottant dans les airs, et engloutit le corps décapité. Le lion et le squale se regardèrent, bien étonnés de se trouver ensemble. Des hyènes…

M. Lombard, contrarié (*pourquoi cet enfant ne disait-il rien ?*), posa de nouveau la question :

— Où sont tes parents ?

L'enfant répondit, d'une voix presque inaudible :

— Sont pas là.

M. Lombard écarquilla les yeux, sans chercher à masquer son étonnement, puis il reprit.

— *Sont pas là ?* Faut faire des phrases entières, fils. Tu es maintenant dans le meilleur lycée français hors de France. Ne l'oublie jamais ! Ici, on parle correctement. On dit : *ils ne sont pas là.*

L'enfant, désarçonné, bredouilla :

— Pas là.

Il fixait obstinément le sol. Le « surgé » poussa un soupir.

— Bon, commençons par le commencement. Je suis M. Lombard, le surveillant général. Rassure-toi, je n'ai pas l'habitude de manger les enfants. Surtout quand ils n'ont que la peau sur les os… (Il esquissa un sourire.) En tant qu'interne, c'est à moi que tu auras le plus souvent affaire. Comment t'appelles-tu ?

— Mehdi Khatib.

— Et les dindons ?

— Sais pas comment ils s'appellent, répondit Mehdi Khatib d'une voix à peine audible.

M. Lombard éclata de rire.

— Petit nigaud ! Je ne te demande pas leurs noms, je te demande ce qu'ils font là. Ils sont à toi ?

Sont-ils à moi ? Mais non, c'est Mokhtar qui les a achetés. C'est lui qui les a payés. Je n'ai rien à voir dans cette histoire. Je ne les ai même pas touchés. Je hais tous les animaux de basse-cour. Ils fientent partout et émettent des bruits bizarres.

Il murmura d'une voix claire mais un peu tremblante :

— Non.

M. Lombard se leva, contourna le bureau et sortit de la pièce en faisant signe à l'enfant de ne pas bouger. Quelques instants plus tard, il revint, l'air dubitatif, et se planta devant Mehdi qui n'osait plus lever les yeux.

— Curieux. Le concierge affirme que c'est bien toi qui as apporté ces deux… ces deux…

Il désigna les gallinacés d'un doigt impérieux.

— Sont pas à moi.

— Mmmm… Il faudra tirer cette histoire au clair.

Il haussa les épaules et alla de nouveau s'asseoir derrière son bureau. La pièce retentit soudain de gloussements stridents : les animaux protestaient, à tout hasard. Les deux humains attendirent stoïquement que passât la crise. Quand le silence fut revenu, le surveillant général prit une feuille de papier sur laquelle figurait une liste de noms, ajusta ses lunettes, et l'examina. Son index courait sur la feuille qui tremblait légèrement.

— Revenons à nos moutons, si j'ose dire. Ce sera bientôt l'arche de Noé, ici… Ah, oui ! Khatib, Mehdi ! Tu entres en sixième. Et tu es donc interne. Bienvenue à Lyautey, jeune homme. Tu viens de l'école primaire de Béni-Mellal, n'est-ce pas ?

— Oui.

— Ah, mais… je me souviens maintenant ! Tu es en quelque sorte le petit *protégé* de M. Bernard, le directeur de l'école, là-bas ? Il a fait des pieds et des mains, ce brave homme, pour t'obtenir une bourse, pour que tu puisses poursuivre tes études chez nous. Il a bombardé l'ambassade de France de lettres, il est venu ici voir le proviseur. Il a chanté tes louanges partout… mais il a oublié de nous dire que tu étais quasi muet !

M. Lombard arborait maintenant un sourire bienveillant. Après avoir jeté de nouveau un coup d'œil sur la feuille de papier, il ajouta, sur un ton amusé :

— Dix ans ! Tu dois être le plus jeune boursier du gouvernement français… et tu n'es même pas pupille de la nation… Jamais vu ça ! Tu dois une fière chandelle à M. Bernard. J'espère que tes parents l'ont remercié comme il convient.

Ils ont dû lui offrir un mouton, pensa Mehdi, saisi de honte rétrospective.

M. Lombard reprit un ton plus officiel, mais toujours amical :

— Tu as ton trousseau ?

Mehdi montra la valise du doigt. Le surveillant la regarda, un peu perplexe. Elle était bien petite pour contenir toutes les affaires qu'on exigeait des internes en début d'année. « Six paires de chaussettes... »

— Bien. Mais tout cela n'explique pas... Tu n'es quand même pas venu tout seul de Béni-Mellal ? Qui t'a amené ici ?

— C'est... C'est Mokhtar.

— Mokhtar ? (Le surveillant général prononçait *Mok-tar*.) Et qui est ce monsieur ? C'est ton correspondant ? Il n'est pas là ? Pourquoi est-il parti ?

Mehdi baissa la tête, découragé. Comment raconter tout ce qu'il venait de vivre, depuis hier ? Où commencer ? Fallait-il parler du coiffeur sadique ? Du chat sur la terrasse ? De la camionnette ? De la panne ? Des Indiens Jivaros ? Des brochettes ? De la *g'naza* ?

M. Lombard reprit, l'air contrarié :

— Écoute, *fils*, si tu ne réponds pas aux questions qu'on te pose, on ne peut pas avancer. Je veux bien passer l'éponge sur l'apparition miraculeuse de deux zoziaux dans mon bureau mais toi, j'ai besoin d'en savoir plus sur toi.

Mehdi aurait bien voulu répondre mais il ne se souvenait plus de la question. À tout hasard, il finit par murmurer :

— Je viens de Béni-Mellal.

M. Lombard hésita un instant.

— Bon, on ne s'en sort pas. Allez, l'important, c'est

16

que tu sois là. Je tirerai l'affaire au clair un autre jour. Pour l'instant, va à la lingerie montrer ton trousseau à Mme Benarroch. Tu vois cet escalier, dans l'entrée, là-bas ? Tu grimpes *fissa* jusqu'au quatrième étage et tu verras alors une grande porte devant toi : c'est là, la lingerie. Ensuite tu redescends et tu restes dans la cour. Il y a des bancs partout. Le réfectoire ouvre à sept heures du soir. Tu le trouveras facilement, il fait tout un côté de la cour et il sera éclairé *a giorno*. Si malgré ça tu ne le trouves pas, tu n'auras qu'à te laisser guider par l'odeur du hachis Parmentier.

L'odeur du... quoi ?

Mehdi, traînant sa valise, soulagé d'être enfin débarrassé des dindons, se dirigea vers l'entrée que lui avait indiquée M. Lombard. Il se mit à monter lentement les marches de l'escalier. Le système de minuterie l'obligeait à allumer la lumière à chaque fois qu'il arrivait sur un palier. Elle s'éteignait alors qu'il se trouvait entre deux étages, ce qui le contraignait à continuer son ascension dans le noir, s'attendant à se faire assommer par Pat Hibulaire à chaque pas. Il finit par se retrouver devant la porte de la lingerie. Que faire ? Attendre que quelqu'un en sorte ? Il patienta quelques instants puis, rien ne venant, se résolut à frapper à la porte. Il n'y eut aucune réaction. Il frappa plus fort. La porte s'ouvrit alors et une forme gigantesque apparut, à contre-jour. La lumière s'éteignit. La forme se recula. On pouvait mieux la distinguer. C'était, semble-t-il, une femme ; une femme très grande, très grosse, à la face bouffie, bourrelée, à la poitrine en forme de bouclier brandi, aux cheveux noirs retenus en chignon ; une femme, certes, contenue à grand-peine dans une tunique blanche qui menaçait d'éclater de tous les côtés. Même de face, on pouvait voir que la géante disposait d'un derrière immense, monumental, parfaitement capable d'écrabouiller les tout-petits si d'aventure elle s'asseyait sur eux. Elle portait des petites lunettes aux verres très épais, de vrais fonds de bouteille qui semblaient faits d'une infinité de ronds concentriques. Mehdi n'avait jamais rien vu de tel.

C'était une ogresse !

L'ogresse cria d'un ton joyeux :

— Voilà le premier ! C'est parti !

Elle allait le dévorer.

Puis :

— Eh bien, entre. On n'a pas toute la journée.

Mehdi, effrayé, entra sans mot dire. La lingère jeta un coup d'œil derrière lui, sur le palier. Étonnée, elle demanda :

— Où sont tes parents ?

Il ne répondit rien. Il regardait l'immense pièce dont les murs étaient cachés par de grands placards, dont certains étaient ouverts et d'autres fermés à clé. De hautes piles de draps blancs, alternant avec des monticules de serviettes de toutes les couleurs, occupaient tout un côté de la pièce. Une odeur de savon, ou de lessive, plutôt agréable, en émanait. Au milieu de la pièce, une grande table était recouverte de morceaux de tissus. L'ogresse alla, d'un pas pesant, s'asseoir sur un énorme tabouret. Elle soupira bruyamment.

— Eh bien, mon petit, tu as ton trousseau ?

Mehdi posa la valise aux pieds de l'ogresse qui l'ouvrit et commença à compter, d'un doigt vif, les chaussettes et les caleçons. Après quelques instants, elle fronça les sourcils et grommela :

— Mais le compte n'y est pas ! Tu n'as que trois paires de chaussettes ! Il en fallait six ! Et les mouchoirs ? Où sont les mouchoirs ?

Elle farfouilla dans la valise, puis murmura, découragée.

— *Il* n'a même pas de pyjama ! Tu vas dormir comment ? En slip ? Mais ce n'est pas *hygiénique* du tout ! Comment peut-on oublier son pyjama ? En plus, il en faut deux !

Elle prit une chemise, au hasard, en retourna le col et approcha ses lunettes du tissu, jusqu'à le toucher du nez.

— Mais… il n'y a rien ! tonna-t-elle. Il n'y a rien ! Où est ton nom ? On a dit aux parents qu'il fallait coudre le nom de l'élève sur le col des chemises, à l'intérieur ! C'était écrit clairement dans la lettre qu'on leur a envoyée dès le mois de juin ! Le *patronyme* cousu sur le col ! Sinon, comment pourrai-je te rendre tes chemises après les avoir lavées ? Tu as quand même un *patronyme* ?

Mehdi regardait le sol *(c'était quoi, un pâtre onime ?)*. L'ogresse renifla, ajusta ses lunettes et se pencha sur lui, toutes masses tremblotantes, comme un début d'éboulement.

— Qu'est-ce que c'est que cette histoire ? Tu es le premier arrivé et les problèmes commencent… Allez, *zou !* va voir M. Lombard. Non, tu laisses la valise ici !

Mehdi redescendit l'escalier, lentement, décidé à fuir les lieux au plus vite. Mais où aller ? Il allait forcément se perdre, dans cet immense Casablanca qui lui faisait peur. Et puis, on avait pris sa valise en otage. Au bord des larmes, le cœur serré, il se dirigea à petits pas vers le bureau du surveillant. Il finit par y arriver. La porte était ouverte. Il entra sans frapper, les yeux baissés. M. Lombard, assis derrière son bureau, leva les yeux du petit calepin qu'il était en train de compulser. Les *bibis* avaient disparu.

— Tiens, te revoilà ! Que se passe-t-il ? Mme Benarroch n'est pas là-haut ?

— Si, murmura Mehdi.

— Miracle ! Il parle ! (Il le regardait avec une bienveillance goguenarde.) Et alors, pourquoi viens-tu me voir ? Je t'ai dit de rester dans la cour jusqu'à sept heures du soir.

— Mme… Benarroch… elle dit que… il me manque des chaussettes.

— Allons bon ! (Il prit une voix caverneuse, comme s'il annonçait un film d'horreur.) *L'affaire des chaussettes manquantes !* Il débarque avec des oiseaux mais sans chaussettes… Il y a là une logique qui m'échappe. Dis donc, il va falloir revoir tes priorités, mon petit ami ! Eh bien, explique-toi ! Tous les parents d'élèves, ou plutôt les parents d'internes, ont reçu un courrier au cours du mois de juin. Le trousseau était clairement détaillé. Tes parents l'ont bien reçu ?

Au bord des larmes :

— Oui, je crois.

— Ah, tu crois… Alors ? Qu'est-ce qui s'est passé ?

Le téléphone sonna. M. Lombard décrocha le combiné et se mit à parler par bribes.

— Ah, c'est vous… justement, on parlait de vous, madame Benarroch… oui, oui, il est ici, devant moi… *non, non*, c'est vraiment un interne, un nouveau… comment ? Pas de pyjama non plus ? Hmmm, je vais voir ce que je peux faire.

Il raccrocha, les sourcils froncés. À ce moment-là,

un jeune homme brun, grand et mince entra dans la pièce, un petit sac bleu jeté sur l'épaule. Il portait un jean délavé, une chemise à carreaux et des « tennis » fatiguées. Souriant, il fit semblant de se mettre au garde-à-vous, tenant son sac de la main gauche et élevant sa main droite au niveau de son front, comme s'il s'en faisait visière.

— Morel au rapport ! Je viens de récupérer les clés de ma piaule chez Charlie et je viens prendre la consigne.

Charlie ? Consigne ?

M. Lombard sourit tout en essayant de prendre un air sévère.

— Bonjour, Morel. Je vous ai déjà demandé d'appeler Miloud par son nom. Vous êtes quand même « gonflé », comme on dit. Le pauvre homme a failli laisser sa peau en Indochine, en se battant pour la France, et vous lui donnez le sobriquet du Viêt-cong !

Le jeune homme brandit le bras droit, le poing serré, et claironna :

— Charlie, Miloud, même combat !

— Mais enfin, il était à Diên Biên Phu ! De notre côté !

— Ah, ah ! C'est donc lui qui nous a perdu l'Indochine ? C'est bien ce que je disais : Charlie, Miloud, même combat !

M. Lombard secoua la tête, faussement accablé.

— Non, justement, ce n'était pas le même combat…

— *En un combat douteux !*

— Oh, là, là ! Vous et vos citations ! Enfin… Vous n'avez pas de bagage ? Que ce petit sac ?

Le jeune homme prit un air mystérieux pour articuler avec emphase :

— *L'intendance suivra !*

M. Lombard secoua la tête, hilare.

— Voilà qu'il se prend pour de Gaulle maintenant ! Cela ne vous suffisait pas d'être Morel ?

Puis il reprit un air sérieux pour dire :

— Vous tombez bien, monsieur le surveillant d'internat, voici la première de vos ouailles.

Il désigna Mehdi qui, ne connaissant pas le dernier mot prononcé par le surveillant général, fut vaguement inquiet de s'entendre qualifier de « *zouaï* ». C'était quoi, ça ? Une espèce d'oiseau ? Et pourquoi parlait-on de lui au féminin ? Morel considéra avec une perplexité feinte, le menton pris entre le pouce et l'index, l'enfant en voie de liquéfaction qui encombrait un coin de la pièce.

M. Lombard reprit, s'adressant à la *zouaï* :

— Écoute, fils, je ne sais pas ce qui se passe, mais ça ne va pas, ça. Ton trousseau est incomplet. Au moins, si tes parents étaient là, on pourrait s'entendre.

Morel intervint :

— Qu'est-ce qui lui manque ?

— Il lui manque… il lui manque la moitié des affaires ! Des chaussettes, des mouchoirs…

— Peut-être un cul-de-jatte qui jamais ne s'enrhume ?

M. Lombard réprima un sourire.

— Ah, ah, très drôle… Et bravo, c'est un alexandrin, en plus… Mais trêve de plaisanteries : notre petit ami n'a même pas de pyjama !

— L'a qu'à dormir en caleçon, comme moi. Comme les vrais hommes !

Morel prétendit imiter un gorille en s'infligeant de grands coups sur la poitrine et en poussant un long barrissement. Mehdi pâlit *(on allait le mordre).* M. Lombard haussa les épaules.

— Dormir en slip ? Allons, ce n'est pas hygiénique.

(Exactement ce qu'avait dit la lingère ! *C'était un complot.*)

Morel :

— Il vient d'où, ce Zoulou ?

— De Béni-Mellal. C'est le gamin, euh… le jeune garçon qui a obtenu la fameuse bourse…

Morel l'interrompit :

— Peut-être ne portent-ils pas de pyjama, les gens, du côté de Béni-Mellal ? Savent pas ce que c'est… Dorment enroulés de peaux de mouton… *Lorsque avec ses enfants vêtus de peaux de bêtes / Échevelé, livide au milieu des tempêtes…*

Mehdi rougit de honte. Tous ces mots, ce tombereau de mots proférés sur un ton badin, lui vrillaient le cœur. M. Lombard prit un air courroucé.

— Ça va, Morel, on le saura, que vous êtes de la ville ! Il y a des gens dignes et civilisés, même dans la montagne. Vous devriez aller faire un tour dans l'Atlas au lieu de rester à faire le beau ici à Casa, sur la Corniche. Vous y rencontreriez des gens extraordinaires. Ça vous remettrait les idées en place.

Il se mit à se tapoter le menton de ses doigts en regardant Mehdi. *(C'était quoi, ces gestes ? Le menton entre le pouce et l'index, tout à l'heure ; ces tapotements maintenant… Ça voulait dire quoi ?)*

— Bon, retourne chez Mme Benarroch et dis-lui de ma part que *c'est bon.* Elle te donnera un pyjama, elle en a quelques-uns en réserve.

— Ah bon ? intervint Morel distraitement. Pourquoi ça ?

— Vous ne le savez pas ? Vous êtes quand même surveillant d'internat... C'est parce qu'il y a des internes, parmi les plus petits, qui peuvent avoir des « accidents », pendant la nuit, si vous voyez ce que je veux dire. Il faut avoir de quoi remplacer, dans l'urgence...

Morel sourit, en regardant Mehdi d'un air ironique. Celui-ci sentit soudain que son bas-ventre devenait humide et chaud. Cet accident-là n'avait pas attendu la nuit... Toutes les émotions du jour, d'un jour qui n'en finissait pas d'apporter son lot de contrariétés et de catastrophes, venaient de s'exprimer dans ce petit filet d'urine qu'il n'avait pu retenir et qui le remplissait maintenant de honte. Heureusement, les deux hommes continuaient à deviser gaiement. Ils ne s'étaient rendu compte de rien.

Lorsque l'enfant se présenta de nouveau chez la lingère, celle-ci, sans doute prévenue par téléphone, avait déjà posé quelques pyjamas sur la table. Elle en prit un, le plus petit, de couleur rose, le plaqua contre le corps malingre qui se tenait debout devant elle, puis secoua la tête.

— Tu es vraiment minuscule, toi. Bon, il faudra t'arranger avec ça. Quant aux chaussettes et au reste, tu apporteras le complément la semaine prochaine, après le week-end. Tu n'oublieras pas ?

Elle disait cela en lui tendant le pyjama rose. Mehdi secoua la tête. Non, il n'oublierait pas. Mais à quoi bon se souvenir ? Il savait bien qu'il ne retournerait pas de sitôt à Béni-Mellal. Aucun arrangement dans ce sens n'avait été pris et Mokhtar s'en était allé sans dire au revoir.

Morel apparut dans l'embrasure de la porte, sans son sac. Il cria à la cantonade, d'un ton joyeux :

— Où est la plus jolie lingère du monde ?

Mme Benarroch se mit à rire, haussa les épaules et ajusta ses lunettes sur son nez en essayant d'apercevoir dans le flou de la porte l'objet de son hilarité.

— Si ce n'est pas là l'homme le plus menteur du monde…

Morel s'avança en esquissant un pas de danse.

— Vous m'offensez, Angèle ! Vous ne croyez pas en mes sentiments ?

— Non. Et je vous ai dit mille fois que je m'appelle Chochana.

— Angèle, c'est plus joli.

— Ça se discute.

— C'est indiscutable. Et puis « Angèle », ça vous ressemble.

Il était maintenant devant elle, ignorant superbement l'enfant aux dindons.

— De plus, Angèle, c'est le nom de la femme du boulanger, qui affola tout un village…

La lingère lui fit un pied de nez en pouffant :

— La femme du boulanger, si du moins vous faites allusion au film de Pagnol, s'appelait Aurélie. Monsieur Je-sais-tout ne sait pas tout…

Morel s'obstina :

— Angèle, j'vous dis !

Il abaissa les yeux et aperçut Mehdi, qui avait le sentiment de mesurer un centimètre et de peser un gramme. Morel rugit :

— Toi, le boursier méritant ! Eh bien, mérite, mérite ! Comment elle s'appelle, la femme du boulanger ?

Mehdi, au bord de la panique, s'efforça de réfléchir. Il avait vu une ou deux fois le boulanger, à Béni-Mellal. C'était un homme bourru, vêtu d'une simple chemise et d'un short, qui enfournait dans le *ferrane* ardent, sans mot dire, les pains que lui apportaient les familles du quartier. Il ne connaissait même pas son nom (on l'appelait *moul' ferrane*, « le propriétaire du four »), comment aurait-il pu savoir comment se prénommait sa femme ? D'ailleurs, en avait-il une ? À Béni-Mellal, la plupart des hommes enfermaient leurs épouses à la maison… Transpercé par le regard de Morel, qui attendait une réponse, il eut l'idée d'inventer le nom le plus probable.

— Fatima ! cria-t-il.

Les deux adultes se regardèrent, interloqués, puis ils éclatèrent de rire, elle gloussant, lui hoquetant, et Mehdi entre eux, espérant leur mort violente.

La lingère fut la première à reprendre ses esprits.

— Raimu faisant la grève du pain parce que *Fatima* l'a quitté… Ça, ç'aurait été drôle, pour le coup ! Bon, bon, c'est pas tout ça, j'ai du travail. Que voulez-vous, Roméo ?

— Votre main, Angèle, je veux votre main ! Quand pourrai-je mettre mes gants blancs ? Quand pourrai-je parler à votre honoré père, me jeter à ses pieds ?

Elle se mit à rire de nouveau.

— Mon père ? Le pauvre homme… Vous voulez sa mort ? Je suis juive et vous êtes catholique, vous le savez bien.

Il se redressa, la paume plaquée sur la poitrine, les yeux levés au ciel.

— J'abjure ! Je ne connais plus le pape ! Je renie Paul VI ! Tout ce qu'on voudra ! Je mets une kippa sur ma tête, ça m'ira très bien d'ailleurs, je vais voir votre père…

— Et puis, ce n'est qu'un détail bien sûr, mais je suis déjà mariée.

— *Nobody's perfect !*

Mme Benarroch secoua la tête en souriant.

— *Et à part ça*, qu'est-ce que vous voulez ?

Morel poussa un soupir qui résonna comme le meuglement d'un taureau dépité. Puis il pointa le doigt sur Mehdi. Celui-ci, encore mortifié par l'éclat de rire qui avait accueilli sa seule contribution au débat, se demandait pourquoi cet homme si beau perdait son temps à faire la cour à une ogresse. Il était aveugle ou quoi ?

— Je dois conduire ce vieux kroumir au dortoir, proclama l'aveugle.

Kroumir ? Vieux kroumir ?

— Allez, viens, toi ! Donne-moi ta valise, Fatima. Et prends toi-même ton beau pyjama, il ne doit pas être bien lourd (il pouffa, très fier de sa plaisanterie). Allez, suis-moi, et qu'ça saute ! Au revoir, Angèle, vous m'avez brisé le cœur. Comme d'habitude. Mais je reviendrai ! Comme disait le général MacArthur : *I shall return !*

Il fit un superbe salut militaire en disant ces derniers mots. Puis il sortit de la lingerie et descendit les escaliers quatre à quatre, appuyant à chaque palier, d'un doigt impatient, sur le bouton de la minuterie, comme s'il voulait creuser un trou dans le mur, même quand la lumière ne s'était pas encore éteinte. Il sifflait à tue-tête un air à la mode (Johnny ? Sheila ? Antoine ?). Mehdi trottinait derrière lui, s'efforçant de ne pas le perdre de vue. Lorsqu'ils furent arrivés au premier étage, le surveillant poussa une porte de verre et s'effaça pour laisser passer l'enfant. Puis il fit un grand geste du bras, comme s'il voulait faire admirer son royaume :

— Voilà ! Comme tu es le premier arrivé, Fatima, tu peux choisir toi-même ton lit. Un conseil : prends-en un au fond, tu seras moins dérangé par le va-et-vient de tes petits camarades.

Mehdi restait debout, indécis, dans l'entrée. Morel le regarda, l'œil rond. Puis il rugit :

— Allez, bouge, fils, bouge !

Mehdi, obéissant, se mut de quelques centimètres puis s'immobilisa. Morel se prit la tête entre les mains et fit une grimace comique.

— Purée, c'est pas vrai, qu'est-ce qu'*ils* nous envoient cette année ?

Un gigantesque marteau noir et luisant, d'au moins quatre mètres de hauteur, apparut au-dessus de Morel et s'abattit d'un coup, v'lan ! sur son crâne, qui éclata en mille morceaux. Le sang gicla sur les murs et se mit à dégouliner en longues traînées écarlates. Des morceaux de cervelle, jaune sale, collaient au plafond comme des stalactites d'or souillé. Des chauves-souris…

Morel empoigna l'enfant d'une main et la valise de l'autre, exactement comme l'avait fait Miloud, et les entraîna vers le fond du dortoir. Là, il entra dans l'alcôve de gauche, où deux lits superposés faisaient face à deux autres lits superposés : de la place pour quatre internes, avec deux armoires pour leurs habits.

— Tu préfères çui du haut ou çui du bas ?

Mehdi regardait *çui* du bas, qui ressemblait à un lit à baldaquin. Il n'en avait jamais vu *en vrai*. Il se sentit à la fois émerveillé à l'idée de dormir dans ce cocon protecteur et un peu inquiet : c'était profond comme un tombeau. Eh bien, mourons : il le désigna du doigt. Morel tapa dans ses mains, comme un maquignon qui *tope là*.

— Eh bien, l'affaire est réglée ! Voilà donc ton royaume pour toute l'année à venir. Tu mets tes affaires dans l'armoire et tu descends dans la cour. Et fais gaffe : tu prends la moitié de l'armoire. L'autre moitié, c'est pour ton petit camarade, celui qui prendra le lit du haut. Allez, salut.

Mehdi alla ouvrir l'armoire. Elle se composait de quatre petits tiroirs superposés, une petite penderie et un grand casier qui dominait le tout. Indécis, il prit tous ses vêtements et les fourra dans les deux tiroirs du bas. Puis il traversa le dortoir vide, descendit l'escalier et alla se promener dans l'immense cour autour de laquelle se dressaient les bâtiments du lycée.

Il vit un grand bac à sable, au bord duquel courait une longue poutre. Des terrains de sport (handball, volley-ball) occupaient une bonne partie de la surface de la cour. Des agrès étaient disposés autour des bacs à sable. Une corde à nœuds et une corde lisse pendaient dans le vide, se balançant mollement. Mehdi se mit à errer dans la cour, indécis. Pour la première fois de sa vie, il n'avait pas de livre à portée de main et ne savait donc comment occuper son temps. À propos de livres… Il se souvint avec nostalgie du tremblement de terre qui avait frappé Béni-Mellal, l'année précédente.

2

Dans la berline du général

Au milieu de la nuit, alors que tous dormaient, un grondement, qui semblait venir de tous les côtés à la fois, avait réveillé les habitants de Béni-Mellal. Le père avait surgi dans la petite pièce où Mehdi dormait avec son frère et sa sœur. Il avait arraché les couvertures et leur avait crié de se lever immédiatement et de le suivre. Puis il avait ajouté, à voix basse, ces mots étranges :

— Ce n'est rien… Ce n'est qu'un tremblement de terre !

Le grondement n'en finissait pas de retentir et le sol tremblait fortement. Tout le monde s'était retrouvé dans la rue, les marches de l'escalier avalées quatre à quatre, le cœur battant la chamade. Sauf Mehdi : lui, il était allé choisir un livre dans la petite bibliothèque qui occupait un coin de la pièce. Son choix s'était arrêté sur *Le Général Dourakine*, un choix somme toute très logique – la terre tremblait toujours – car c'était la suite de *L'Auberge de l'Ange Gardien*, qu'il venait de finir la veille. Puis, le livre à la main, il avait descendu à petits pas l'escalier dans lequel résonnait toujours le bourdonnement surnaturel, se réjouissant d'avance à l'idée de retrouver Jacques et Paul, les enfants de Dérigny.

C'était une nuit de pleine lune, claire et calme, et des gens affolés couraient dans tous les sens. Certains psalmodiaient à haute voix le Coran, d'autres s'interpellaient de loin, demandant si l'on avait vu telle ou telle personne. Mehdi était allé s'asseoir en tailleur sous le lampadaire qui se trouvait en face de la maison – chose curieuse, le séisme de force 6 n'avait pas perturbé l'éclairage public – et avait déchiffré les premiers mots :

Le général Dourakine s'était mis en route pour la Russie...

Sentant qu'on l'observait, il avait levé les yeux : son père et son frère, debout à quelques pas, se tenant par la main, le regardaient avec incrédulité. Un peu plus loin, sa mère et sa sœur, agenouillées, s'efforçaient de calmer la voisine, une veuve âgée qui sanglotait, assise sur le pas de sa porte, persuadée que l'Heure était arrivée. Comme on ne lui disait rien, Mehdi avait haussé les épaules, de façon imperceptible, et avait continué sa lecture.

... et Mme Dérigny, que le général avait placée dans sa berline avec les enfants, se laissait aller à son humeur gaie et rieuse.

La terre avait cessé de trembler. C'était presque plus effrayant, ce répit soudain, car on entendait une sorte de sifflement sourd qui venait de tous les côtés et qui annonçait peut-être de pires catastrophes. Il y eut encore quelques à-coups qui faisaient retentir dans le quartier de grands cris *(Ya latif ! Ya latif !)*, puis un grand silence s'installa, empreint d'un sentiment diffus d'angoisse et de désarroi : les gens allaient et venaient, murmuraient quelques paroles, s'étreignaient, examinaient les façades des maisons : certaines étaient maintenant fissurées. Un groupe s'était formé spontanément au milieu du terrain vague qui s'étendait devant le tribunal : les hommes, en rond, avaient joint leurs mains et récitaient à mi-voix des sourates du Coran.

On s'arrêta peu de jours à Paris ; pas du tout en Allemagne ; une semaine seulement à Saint-Pétersbourg...

À Béni-Mellal, entre-temps, le calme était revenu et, petit à petit, les gens rentraient chez eux. Les plus inquiets avaient étalé des couvertures sur le trottoir et s'apprêtaient à passer la nuit à la belle étoile, redoutant d'autres secousses.

... mais le général était impatient d'arriver avant les grands froids dans sa terre de Gromiline, près de Smolensk...

Sa sœur Salima s'était plantée devant lui.

— Mais qu'est-ce tu fais ? Tu lis ? T'es fou ou quoi ?

Mehdi l'avait regardée avec étonnement. Lui, fou ? C'était plutôt le monde qui avait perdu la raison : tous ces fantômes, éperdus... Il avait haussé les épaules et s'était remis à lire. Quelques minutes plus tard, il avait senti la main de son père sur son épaule, qui le secouait avec précaution.

— Allez, on rentre !

S'extirpant à regret de la berline « commode et spacieuse » du général Dourakine, il avait suivi la petite famille qui remontait dans l'appartement. On s'était rapidement recouchés, sauf le père, qui avait passé la nuit à aller et venir dans le couloir, guettant le moindre bruit.

Le lendemain matin, pendant le petit déjeuner, Mehdi eut l'impression qu'on le regardait d'une façon étrange.

3

Qu'est-ce que je fais ici ?

Mais dans cette cour immense qui ne tremblait pas, il avait des heures à passer et pas le moindre livre à lire. Il leva les yeux, découragé, et se mit à examiner avec attention les bâtiments qui encadraient la cour et qui formaient l'univers où sa vie allait désormais être confinée. Ils étaient assez quelconques, ces grands parallélépipèdes tout blancs de quatre ou cinq étages, troués de fenêtres rectangulaires où se reflétait le ciel, où miroitait parfois le soleil, et qui semblaient ne rien promettre, à première vue, ni ne menacer personne. Pourtant, plus on les regardait, ces blocs massifs, plus ils avaient l'air d'être *à l'affût*. Cette immobilité de pierre et de béton était si parfaite qu'elle ne pouvait être que feinte. Mehdi sentit une marée d'appréhension l'envahir, lentement, tout doucement, jusqu'à ce que la boule, l'inévitable boule, fidèle compagne des moments d'angoisse, se matérialisât au creux de son ventre. Serrant les dents, il se mit à compter les fenêtres de la façade qui se dressait devant lui : cinq étages, huit ouvertures par étage. Cinq fois huit. Quarante. *Ali Baba et les quarante voleurs.* Il vit distinctement la couverture richement illustrée du livre que lui avait donné, l'année précédente, M. Bernard et se souvint qu'il n'avait rien à lire. Au bord des larmes, il secoua la tête, violemment, de droite à gauche puis de haut en bas, puis scruta, l'un après l'autre, les arbres qui se dressaient, bonasses, autour des aires de sport. Il eut l'impression de n'avoir jamais vu un arbre, jusqu'à ce jour. Il se demanda si c'étaient des arbres *français*, s'ils étaient différents de ceux qui ombrageaient les rues du côté de Béni-Mellal. Il alla en toucher un, avec précaution, jeta un coup d'œil à la dérobée pour vérifier que personne ne le voyait agir, puis caressa l'écorce rugueuse de la paume de la main. Le végétal restait coi, on aurait dit qu'il se retenait de ronronner. Mehdi essaya en sautillant d'attraper une feuille, n'y réussit pas et se contenta d'en ramasser une morte, toute craquelée, qui gisait sur le sol. Il approcha le nez et la flaira. Elle sentait un peu la terre, l'automne, le sec. On ne pouvait rien conclure. Les arbres n'avaient pas… n'étaient pas… Il n'arrivait pas à achever sa pensée.

Reprenons. Il était maintenant chez les Français, entouré de *leurs* immeubles, de *leurs* bacs à sable, de *leurs* arbres. Il connaissait beaucoup de noms d'arbres : chêne, marronnier, peuplier, platane…, tous glanés dans ses lectures. En arabe, il ne connaissait qu'un seul mot : *chajra*. Cela voulait dire « tous les arbres ». Aucun en particulier. Tous.

Chêne, marronnier, peuplier, platane… Il n'en avait jamais vu, *en vrai*, il s'en rendait compte à l'instant. Il ne connaissait que des noms ! Étrange… Décidément, cette rentrée était fertile en découvertes. Il y avait des dizaines, peut-être des centaines d'arbres différents dans les livres, mais dans la vie, il y avait une *chajra*, multipliée à l'infini, étique ou épaisse, longue, feuillue, s'élançant en colonne étroite ou se rouant en boule, conique ou… Toutes ces formes lui donnèrent le vertige. Il ferma les yeux. Le calme revint, et les certitudes imprimées en belles lettres bien droites. Le chêne est robuste. Le marronnier donne les marrons. Les marrons chauds, les marrons glacés : délices, dégustation… Jamais goûtés, pourtant. Le platane est utile dans les accidents de la route. « Mon oncle, il s'est payé un platane sur la route d'Aix-en-Provence, sa Dauphine est entièrement pliée. » C'était un petit Xavier qui avait dit cela l'an dernier, à Béni-Mellal, au retour de vacances passées en France. Phrase énigmatique, merveilleuse, avec tous ces mots inconnus, ces noms, ce « pliée » insolite…

— Tu es un chêne ?

— Oui.

— Robuste ? Robuste comme un chêne ?

— Tu peux m'en croire.

— Tu es un platane ?

— C'est ce qu'on dit.

— Pourquoi es-tu si méchant ?

— Moi ?

— Mais oui. « Mon oncle, il s'est payé un platane sur la route d'Aix-en-Provence… »

— Tu vois bien, ce sont les hommes qui commencent, moi je ne bouge pas. Ce sont eux qui me rentrent dedans, c'est leur faute !

Pour la première fois de la journée, Mehdi sourit de bon cœur, amusé par la réponse du platane.

— Et toi, tu es un marronnier ?

— *Tu parles aux arbres ?*

Cette phrase, il l'entendit vraiment, articulée, au-dehors ; pas du tout dans sa tête ; plus précisément, derrière lui. Il se retourna vivement, souffle coupé. M. Lombard, goguenard, souriant, tenait dans ses mains un petit pain au chocolat et un pot de yoghourt. Il les lui tendit.

— Tiens, il faut te nourrir, fils. Ce ne sont pas tes amis les arbres qui vont te nourrir, ou alors il faut choisir ceux qui donnent des glands. Et ne reste pas au soleil, tu vas finir par halluciner.

Mehdi prit l'offrande sans songer à remercier. Le surveillant général tourna les talons et s'en fut en sifflotant. Les arbres avaient repris leur impassibilité usuelle. Traîtres. Ce n'était même pas des vrais chênes, peut-être. Il alla s'asseoir sur la planche et lut attentivement l'emballage du yoghourt.

L'après-midi passa ainsi, dans un désœuvrement total. Faute de pouvoir lire, Mehdi fixait intensément tout ce qui l'entourait – et tout ce qui l'entourait lui renvoyait l'image de son étrangeté.

Qu'est-ce que je fais ici ?

De temps en temps, il se dirigeait vers l'angle que faisaient les deux bâtiments principaux et se plantait devant un extincteur rouge vif. Il déchiffrait pour la dixième fois ces mots : *Homologué NF-EN3.7/Fonctionnement 27s, support transport acier, capacité 8A 34B 5F /Manomètre de contrôle.*

Ces mots n'avaient aucun sens. Ils ne faisaient pas rêver. Mais ils permettaient quand même d'oublier les bâtiments et, surtout, d'éviter la question lancinante.

Qu'est-ce que je fais ici ?

Il finit par découvrir, sous un préau, des mots bien plus juteux. Sur un tableau vert étaient « scotchées » des affiches défraîchies, datant sans doute de l'année scolaire précédente. L'une d'elles faisait la réclame du Club alpin français. Elle portait en titre ces mots calligraphiés : *Pourtant que la montagne est belle !* On y voyait des images de monts enneigés, un chalet rustique, des Français souriants portant sur l'épaule des planches de bois étroites, peintes en rouge ou bleu, drôlement recourbées au bout : c'était sans doute ce qu'on appelait des « skis ». En bas de l'affiche, en petits caractères, Mehdi lut deux phrases prometteuses : *Créé en 1946, le Club alpin français de Casablanca est une association marocaine à but non lucratif, régie par le Dahir du 15 novembre 1958, et reconnue d'utilité publique. Le CAF de Casablanca est membre à part entière de la fédération des Clubs alpins français.*

Barrant toute l'affiche, en caractères fantaisie de couleur vert pâle, cette menace : *Le CAF, une grande famille !*

Que de mots, que de phrases, que d'énigmes !

C'était autre chose que l'extincteur !

Fasciné, Mehdi passa de longues minutes devant l'affiche. Puis il s'éloigna, marcha jusqu'à la poutre, fit semblant d'oublier l'affiche, se gratta la joue, regarda le ciel désespérément bleu, se leva sans raison, marcha au hasard et se retrouva *(tiens !)* devant la belle affiche qu'il feignit de redécouvrir. C'était une astuce qu'il avait apprise des chats : faire semblant d'oublier quelque chose, quelque chose de délicieux, pour le plaisir de la redécouverte.

Le CAF, une grande famille !

Ces mots lui rappelèrent quelque chose : sa mère, son frère, sa sœur ; et comment il les avait quittés quelques heures plus tôt ; et l'éprouvante odyssée en 2 CV qui l'avait mené ici, cornaqué par l'inénarrable Mokhtar…

4

En route vers les Français !

Mehdi, interrogé par M. Lombard lors de leur première rencontre, s'était rendu compte qu'il ne savait
pas qui était Mokhtar. Son oncle ? Le mari d'une tante
lointaine ? Un ami de la famille ? Tout ce qu'il savait,
c'était que ce grand échalas venait parfois chez eux,
lorsqu'il était de passage à Béni-Mellal pour ses
affaires. Lesdites affaires constituaient un mystère pour
tout le monde. Quand on lui demandait ce qu'il faisait
dans la vie, il partait d'un grand éclat de rire, racontait
une blague, impliquait Dieu et montrait sa sacoche :
preuve évidente, mais de quoi ? On le voyait parfois
livrer des liasses de journaux aux papeteries de la ville,
mais ce n'était quand même pas un vrai métier ? Jovial,
serviable, un peu pataud, il était apprécié de tous. On
l'avait chargé, puisqu'il possédait une voiture, une antique 2 CV, de convoyer Mehdi jusqu'à Casablanca –
c'était l'affaire de plusieurs heures de voyage sur une
route étroite, encombrée de camions – et de le déposer
au lycée français. Personne ne savait où se trouvait
exactement cette institution mythique mais Mokhtar
n'aurait qu'à demander son chemin une fois sur place.

Un lycée français, ça ne devait pas passer inaperçu, que diable !

La veille, le vendredi, la mère de Mehdi avait pris une petite valise dans un débarras, une valise marron à poignée blanche, et y avait entassé des vêtements fraîchement lavés. On l'avait envoyé ensuite chez le coiffeur, Belhaj le sadique, qui l'avait martyrisé pendant une demi-heure, essayant de dompter sa chevelure rebelle avec un énorme sèche-cheveux qui lui avait brûlé le cuir chevelu sans qu'il osât se plaindre. Il n'avait jamais compris cette manie des coiffeurs de Béni-Mellal de vouloir coûte que coûte rendre lisses les cheveux bouclés ou crépus. C'était la mode, semblait-il. Le lisse, c'était le beau. Sus au crépu ! Quand on voulait déprécier quelqu'un, on disait qu'il ou elle avait le cheveu *kred*... Ravalant ses larmes, serrant les dents, l'enfant était rentré tard à la maison, la tête en feu, et n'avait rien pu avaler en guise de dîner. Pour la première fois de sa vie, il avait connu les affres de l'insomnie. Se tournant et se retournant dans son lit, les yeux obstinément fermés, il voyait très clairement un grand trou noir – c'était même tout ce qu'il voyait – et cet abîme semblait destiné à l'engloutir dans un avenir très proche.

Inquiet d'être encore réveillé au milieu de la nuit, il était sorti de son lit et avait grimpé en silence les escaliers qui menaient à la terrasse. Là, il s'était assis à même le sol, regardant l'immense ciel sombre piqué de millions d'étoiles. Une voix à la fois chaude et grave, d'une beauté ensorcelante, s'était élevée du minaret de la mosquée du quartier, psalmodiant pendant un bon quart d'heure de longues phrases incompréhensibles. Les cantilènes, parfois vigoureuses, parfois plaintives, avaient eu sur l'enfant un effet extraordinaire : il oublia complètement qui il était et ce qu'il faisait là. Plus rien n'existait que ces mélopées que déversait l'espèce de donjon, haut dressé dans la nuit, et que rythmaient les battements de son cœur. Puis la voix s'était tue et le ciel avait commencé à s'éclaircir. Un chat de gouttière, efflanqué, craintif, avait alors sauté du mur qui séparait la terrasse des Khatib d'une terrasse voisine et était venu le regarder de loin, silencieux, assis droit sur son derrière, la queue frémissante balayant le sol, petit serpent de fourrure pris de convulsions. Ses yeux brillaient parfois d'une lueur étrange, vert clair, comme si une petite ampoule s'allumait par intermittence dans ses pupilles. Mehdi avait étendu la main très lentement, agitant délicatement les doigts – c'était une promesse de caresse, dans le langage des félins –, mais le matou était resté sur son quant-à-soi, refusant de s'approcher, malgré plusieurs tentatives. L'enfant, qui avait réussi jusque-là à apprivoiser tous les chats du voisinage, en ressentit une grande tristesse.

— Alors, toi aussi, tu sais que je m'en vais ?

Il avait fini par descendre de la terrasse, regagner son lit et – enfin ! – sombrer dans le néant. Réveillé à l'aube par les bruits qui venaient de la cuisine – les casseroles qui s'entrechoquent, l'eau qui bout, la porte du réfrigérateur qui se referme –, il était allé s'asseoir, encore à moitié endormi, à sa place habituelle, au bout de la table rectangulaire qui occupait une partie du petit patio. Sa mère avait posé devant lui un grand bol de lait chaud et une tartine de pain beurrée. Il avait suçoté le lait et grignoté tristement le pain, qui n'avait aucun goût. Après l'insomnie, il faisait pour la première fois l'expérience du manque d'appétit.

Un quart d'heure plus tard, Mokhtar avait tambouriné à la porte en criant :

— Mina ! Mina !

Se penchant par la fenêtre, la mère de Mehdi avait prié Mokhtar de monter. Celui-ci avait secoué la tête en signe de dénégation et, agitant ses grands bras comme les ailes d'un moulin, il avait fait un geste compliqué qui semblait dire que l'on était pressé et qu'il n'y avait pas un moment à perdre.

Mina avait fourré dans les mains de Mehdi toute la correspondance que le lycée envoyait chaque année aux parents d'élèves, et qui contenait, pour les internes, la lettre détaillant le trousseau ; lettre à peine ouverte, déchiffrée avec étonnement, puis jetée dans une boîte sans qu'on lui donnât suite – depuis quand un enfant de dix ans avait-il besoin de *six* mouchoirs ? Ces Français, tout de même... Elle l'avait embrassé, l'étreignant avec une sorte de tristesse résignée, et lui avait fait promettre d'être le premier de la classe. Il avait promis, d'un hochement de la tête. Son frère et sa sœur, qui allaient faire toute leur scolarité à Béni-Mellal, le regardaient avec curiosité, les yeux tout ronds, comme s'ils assistaient à l'au revoir d'un explorateur en partance pour des Occidents périlleux dont on ne revenait pas. Ils avaient fini par l'embrasser, sur les injonctions courroucées de leur mère (« Dites au revoir à votre petit frère, vous n'allez pas le revoir de sitôt ! »). Pour la dixième, centième fois, cette question :

— Pourquoi c'est lui qui va à Casablanca et pas nous ?

— Parce qu'il a *la* bourse...

Ils s'étaient embrassés du bout des lèvres, embarrassés par la pudeur, la *h'chouma*, les bras ballants,

41

évitant de se toucher. Tout de même, les choses se passaient autrement chez la Comtesse de Ségur.

Gribouille

Non, monsieur le curé : il faut que j'embrasse Caroline ; si je ne l'embrassais pas ce soir, j'aurais comme un remords qui m'étoufferait.

Le curé

Quel enfantillage ! Tu oublies que tu as seize ans et que tu deviens un homme.

Gribouille

Est-ce une raison pour oublier ma sœur ? Croyez-vous que je n'embrasserai plus ma sœur et que je la laisserai là quand je serai un homme, comme vous dites ?

Mokhtar s'impatientait. Pas le temps d'entrer, pas le temps d'avaler « au moins un verre de thé », comme Mina l'en suppliait encore, penchée à la fenêtre, non, non, le moteur de la voiture ronflait, il fallait partir.

Mehdi fit donc l'interminable trajet de Béni-Mellal à Casablanca assis dans la 2 CV à côté d'un Mokhtar hilare, engoncé dans une vieille djellaba marron, une *taguia* posée de guingois sur la tête. Il tenait le volant de la main droite, le bras gauche pendant mollement en dehors de la voiture, se redressant parfois pour faire des signes mystérieux aux voitures et aux autocars qui arrivaient en face : il traçait un cercle dans l'air, avec son index, il faisait parfois une sorte de V de la victoire, il imita même de ses cinq doigts l'onde mouvante des vagues ; tout cela au grand étonnement de Mehdi, qui ne connaissait pas le langage des routiers marocains.

Toutes les demi-heures environ, la 2 CV ralentissait :

des voitures, devant elle, roulaient maintenant au pas, une file se formait, une fumée âcre sortant des pots d'échappement. Parfois, il fallait s'arrêter complètement. Personne, pourtant, ne protestait, pas un seul coup de klaxon ne déchirait l'air. Hommes, bétail et véhicules, unis dans une résignation séculaire, avaient cessé tout mouvement et attendaient… Enfin, le convoi s'ébranlait, tout doucement, par à-coups, et puis on finissait par arriver au barrage de gendarmerie qui avait provoqué le bouchon.

Un gendarme s'approchait de la portière de la voiture, l'air las ou méfiant, forcément moustachu, tout de gris uniformé. Il portait deux doigts à peine polis à la visière de sa casquette et demandait les papiers de la voiture et ceux du conducteur. Du gamin, d'un coup d'œil éliminé, on n'exigeait rien. Les gendarmes n'avaient pas l'air de se rendre compte que c'était lui qui vivait la grande aventure, courrier du tsar galopant de Moscou vers la lointaine Irkoutsk, que c'était à lui de produire blancs-seings, passeports et carnets de vaccination. Seul Mokhtar semblait retenir leur attention. Ils le jaugeaient rapidement. Fugitif ? Ennemi de l'État ? Poussière de tribu, taillable et corvéable ? Parfois il fallait sortir, ouvrir le coffre, parlementer. L'homme en gris désignait d'un doigt impitoyable des phares présumés défectueux, un pneu trop lisse, la portière mal refermée. L'homme en djellaba s'expliquait, jurait, faisait des promesses qui s'évanouissaient dans l'air chaud du matin. Les deux protagonistes finissaient par s'entendre. Une ou deux fois, ils se serrèrent la main d'une drôle de façon, comme si quelque chose était passé, discrètement, d'une paume moite à l'autre.

Certains gendarmes, vieux habitués des routes et de

leurs usagers, reconnaissaient Mokhtar. Ils lui faisaient alors signe de passer, d'un geste de la main, agacé ou amical, c'était selon. De toute façon, une 2 CV, un blédard roué, un petit garçon frappé de mutisme, tout cela, c'était du menu fretin. Les camions semblaient les intéresser davantage.

Entre les barrages, pendant que le moteur ronflait paisiblement, Mokhtar avait parlé pendant des heures. Il avait commenté les événements – tous ces *jadarmis* scandant la route –, il avait peut-être raconté toute sa vie, révélé des secrets inavouables ; mais Mehdi n'y avait rien compris. Mokhtar parlait un arabe dialectal riche et pittoresque, truffé de dictons savoureux, peuplé d'images qui venaient du fond des siècles, mais Mehdi n'y entendait goutte : il parlait français à l'école mais aussi à la maison, avec son frère et sa sœur – et ça s'arrêtait là, car il ne jouait jamais dehors, avec les enfants du quartier. Avec son père et sa mère, un *modus vivendi* insolite s'était établi : on lui parlait le plus souvent en dialectal – il s'agissait de quelques phrases, toujours les mêmes (« Mange ! », « Va te laver les mains ! », « Il est temps de dormir ! », « As-tu fait tes devoirs ? ») – et il répondait dans le français de la Comtesse.

Tout ce que Mehdi retint des confidences de Mokhtar, ce fut un long bourdonnement, coupé d'éclats de rire, auquel il répondait, de temps à autre, par une sorte de petit cri désespéré. Il s'efforça même de rire, épouvanté, à la hauteur de Khouribga, parce que Mokhtar le regardait en s'esclaffant, attendant une réaction de sa part, alors qu'un énorme camion rouge fonçait sur eux et que la voiture, guidée par ce gai aveugle, glissait insensiblement vers la gauche, cherchant le choc, la catastrophe, la fin.

À la sortie de Khouribga, le moteur de la 2 CV rendit l'âme. Ce furent d'abord quelques crachotements, un filet de fumée blanche qui sortait d'on ne sait où et puis rien, le silence. La voiture glissa lentement vers le bas-côté et s'immobilisa. Mokhtar s'extirpa de son siège en maudissant la mécanique et alla ouvrir le capot. Il examina le moteur en grimaçant puis secoua la tête et revint s'adosser à la portière en regardant la route. Mehdi comprit après quelques instants ce qui venait de se passer.

C'était *une panne.*

C'était donc ça ! C'est comme cela que ça se passait ! C'était sa première panne.

Des Indiens Jivaros allaient surgir, à la nuit tombée, et les capturer, lui et son soi-disant oncle. Ils allaient les ligoter et les transporter jusqu'au milieu de la forêt vierge. Ensuite…

Une marmite gigantesque était posée au milieu du campement, sur une sorte de brasero, au-dessous duquel crépitaient les flammes d'un feu de bois. Deux missionnaires, avec leur casque colonial sur la tête, cuisaient déjà dans la marmite, l'air résigné. Le plus âgé lisait son bréviaire. Des cases montaient des ricanements diaboliques et des sifflements *à glacer le sang*, le tout scandé par le rythme obsédant du tam-tam qui semblait provenir de tous les côtés à la fois. Les cris des singes, les feulements des tigres et les lamentations des crocodiles emplissaient l'air. Un Jivaro tatoué, armé d'une lance, s'approcha de Mehdi, le regarda d'un air cruel puis le prit par les cheveux et le jeta, hop ! dans le pot-au-feu. Des carottes, des navets et des tranches d'oignon surnageaient à la surface du jus brunâtre qui mijotait dans le réceptacle. Le vieux missionnaire se tourna vers Mehdi, ôta son lorgnon et dit d'une voix triste :

— Toi aussi, mon fils ?

Mehdi cligna des yeux, secoua la tête et revint au monde. Une camionnette poussive apparut à l'horizon, geignant par tous ses boulons, excrétant des bouillons de fumée noire qui montaient dans l'azur comme autant d'âcres reproches. Mokhtar, alerté par le bruit, alla se planter au milieu de la route et se transforma en une sorte de sémaphore à djellaba. Il agitait ses bras, faisait et défaisait de grands X indolents, tout en criant :

— *Wqef ! Wqef !* Arrêtez ! Arrêtez !

La camionnette ralentit, cracha un peu, pour la forme, puis s'arrêta docilement derrière la 2 CV. Trois hommes en sortirent, moustachus et le sourcil levé. Mokhtar leur expliqua, avec force gestes, que son véhicule était tombé en panne, maudit soit le diable ! (qu'ils répétèrent en chœur), et ils se penchèrent tous sur le moteur, hâves, en prenant un air soucieux. Mehdi descendit de la voiture et, se haussant sur la pointe des pieds, fit semblant d'examiner lui aussi le ventre de la bête. Il fronça le sourcil, pour faire comme les autres, mais personne ne le regardait ; renifla, mais on ne l'écoutait pas. Une discussion enfiévrée se déroulait entre les quatre hommes, chacun pointant le doigt vers un élément différent du moteur et jetant d'une voix rude des mots incompréhensibles.

— *L'piniou ! L'carbiratour ! L'bila coulate !*

Puis l'un d'eux, un grand escogriffe en djellaba coiffé d'un bonnet vert, s'empara d'une espèce de tuyau jaune sale qui courait sur le moteur, en dégagea l'ouverture et, après avoir respiré un bon coup, se mit à souffler dedans – ou bien aspirait-il ? On ne pouvait le dire avec certitude. C'était d'effrayants gargouillements et sifflements qui sortaient de la poitrine de l'homme – ou du tuyau ? Les autres s'écartèrent, regardant avec admiration l'homme qui s'abouchait sans crainte à la technique. Le héros finit d'aspirer (ou de souffler ?), s'essuya les lèvres du revers de la main, puis commanda à Mokhtar, d'une voix mâle, d'aller mettre le moteur en marche. Mokhtar remonta docilement dans la voiture, tourna la clé de contact deux ou trois fois en murmurant une formule propitiatoire et – miracle ! – le moteur se mit à ronronner, comme soumis.

Lorsqu'ils entrèrent à Settat, Mokhtar proféra enfin une parole intelligible :
— Manger !
C'était un rugissement plein de bonne humeur qu'il crut bon de compléter par un sonore :
— *L'hamm !*
Ça, c'était l'un des rares mots que Mehdi comprenait immédiatement, sans aucune ambiguïté : *l'hamm*, cela voulait dire « la viande » – toutes les sortes de viande. La 2 CV sortit en cahotant de la route et Mokhtar la gara dans un terrain vague délimité par des petites pierres passées à la chaux. Il ouvrit sa portière, sortit de la voiture en invoquant ses ancêtres, puis s'étira longuement en récitant d'une voix forte quelques formules édifiantes – sans doute pour remercier Dieu d'avoir tenu en laisse ses camions. Puis il se dirigea à grands pas vers une rangée de baraques dont émanaient des odeurs de grillade. Mehdi ouvrit avec difficulté sa portière et sauta à pieds joints dans une flaque de boue qu'il n'avait pas

vue. Il s'y enfonça jusqu'aux chevilles et sentit l'humidité traverser ses chaussettes et le simili-cuir de ses chaussures. Il eut immédiatement les larmes aux yeux, mais fit un effort pour les retenir. S'extirpant de la flaque, tant bien que mal, il suivit Mokhtar en trottinant, inquiet pour la valise qui était restée dans le coffre de la 2 CV, et qui contenait tous ses habits ainsi que les lettres qui engageaient son avenir chez les Français. Mokhtar était arrivé devant une échoppe et échangeait saluts et plaisanteries avec un gros homme moustachu qui se tenait derrière un énorme brasero, un chasse-mouches à la main. Ces deux-là avaient l'air de se connaître depuis longtemps. Mehdi arriva à temps pour entendre leur dialogue, dont il saisit quelques bribes.

— Voici donc le petit héritier ! Dieu l'assiste, disait l'homme au chasse-mouches.

— Mais non, répondit Mokhtar, ce n'est pas mon fils, c'est mon neveu, je l'accompagne à Casablanca.

Mon neveu ? Mokhtar était son oncle ?

Les deux hommes continuèrent leur causette.

— Et que va-t-il faire à Casablanca, ce petit, avec l'aide de Dieu ?

— Étudier ! proclama Mokhtar, plein de fierté avunculaire.

« Étudier » se disait *yqra* en dialectal et *yqra* signifiait également « lire ». Mehdi, debout à côté de Mokhtar, eut la vision d'une immense bibliothèque, d'une table infiniment longue et chargée de livres, et d'un enfant – lui – allant de l'un à l'autre, lisant, lisant, lisant, jusqu'à la consommation des siècles. L'Éden !

— Mais pourquoi Casablanca ? demanda le chasse-mouches, y a plus de maître d'école à Béni-Mellal ? Y a plus d'école ?

— Ah ! Mais c'est qu'il va étudier chez les Français ! Au *lyci* Lyautey !

Le rôtisseur ouvrit de grands yeux admiratifs, se pencha au-dessus du brasero – au risque de s'embraser lui-même – et contempla l'enfant. Puis il énonça en hochant la tête :

— Chez les *n'sara ?* Son avenir est tout tracé, *incha'allah !*

Les deux hommes regardèrent Mehdi avec une admiration un peu perplexe – vraiment, il était tout petit, ce futur grand homme.

— Son avenir est tracé, reprit Mokhtar sur un ton sentencieux, mais il ne faut pas qu'il devienne lui-même français. Ce serait une catastrophe. Son grand-père était un *ᶜalem* réputé.

— S'il passe régulièrement ici, rétorqua l'autre, il restera toujours musulman : est-ce que les chrétiens peuvent cuire des brochettes pareilles ?

Les deux hommes éclatèrent de rire. Dans la foulée, Mokhtar commanda quatre brochettes, trois pour lui, une pour Mehdi. Il ajouta, en se frottant les mains :

— Et ne lésine pas sur *l'harr !*

Ce mot, Mehdi le connaissait : il signifiait « piquant, amer », voire « brûlant ». Ce n'était pas de bon augure. Le rôtisseur prit un pain rond, de taille moyenne, y fit trois trous grossiers avec le pouce et le rompit des deux mains, d'un seul coup, en deux parties égales. Il empoigna un couteau acéré sur le comptoir, le brandit, haut et clair, puis ouvrit chaque moitié d'un geste rapide, y disposa, à l'aide d'une petite cuillère, un lit de sauce piquante rouge, et y fourra les carrés de viande rôtie. Mokhtar salivait en observant la scène. Ses lèvres effectuaient un curieux branle de va-et-vient : elles étaient tantôt jointes en forme de O comme si elles s'avançaient, pleines d'espoir, vers la viande, tantôt allongées en forme de rictus impatient, comme pour protester contre la lenteur des opérations. Sa langue, épaisse, rouge, rugueuse d'aspect, les humectait de temps à autre, à petits coups rapides, pour faciliter la dynamique, comme si elle lubrifiait un piston de chair. Mehdi, le regardant à la dérobée, comprit soudain que Mokhtar « se pourléchait les babines ». C'était une expression qu'il avait souvent rencontrée dans les livres – les ogres se pourlèchent souvent les babines –, mais il n'avait jamais vu la chose « en vrai ». C'était donc ça ! C'était inquiétant, à vrai dire. Et un peu dégoûtant.

Après avoir pris les deux « casse-croûte » des mains du rôtisseur, Mokhtar commanda aussi deux grands verres de petit-lait. Il planta ses crocs dans le pain, en arracha un bon morceau et se mit à mâcher furieusement, en laissant échapper des râles de jouissance, pendant que le rôtisseur contemplait la scène d'un air satisfait. Mehdi mordit avec précaution dans son pain. C'était, effectivement, très piquant – mais ce n'était pas désagréable, si on en prenait un tout petit peu à la fois. Il se mit à grignoter avec application.

Ils mangèrent debout, alternant les bouchées de pain et de viande avec les rasades de petit-lait. D'autres clients apparurent, affamés, descendant d'un car qui venait de Marrakech – on le devinait à leur accent et ils s'empressèrent de le confirmer, tout contents d'arriver de « la ville de la joie », comme ils disaient. Mehdi n'avait jusque-là jamais vu de *Marrakchi*. Leur bonne humeur l'inquiéta. De qui se moquaient ces gens ? Le brasero, attisé par un soufflet à main, se mit à luire et l'odeur délicieuse de la viande grillée se répandit dans l'air, attirant tous les chats des environs. Ils formèrent une sorte de cercle, à bonne distance, un peu méfiants, attendant qu'on leur jetât un morceau de gras.

Mokhtar, rassasié, lança quelques pièces de monnaie au rôtisseur qui remercia d'un hochement de tête – il avait maintenant fort à faire avec les *Marrakchis*.

À quelques pas de l'échoppe, assise à même le sol, une paysanne mélancolique tenait devant elle quelques poules et deux dindons. Elle regardait dans le vague, sans esquisser le moindre mouvement. Mokhtar l'aperçut et fit à Mehdi un geste qui ne pouvait signifier qu'une chose :

— Attends-moi là !

Mehdi vit son « oncle » se baisser sur les animaux et les tâter consciencieusement, l'un après l'autre, les doigts en crochet, l'index fourrageur, la paume caressante. Puis il se redressa, aspira une bonne goulée d'air, prit un air indifférent et se mit à marchander d'une voix inaudible. Il ne regardait ni la volaille ni sa gardienne : il considérait au loin un coin du ciel bleu. Les mots tombaient de ses lèvres, l'un après l'autre, comme autant de molles accusations. Il commença par dénigrer la marchandise, disant qu'elle n'avait que la peau sur les os ; qu'elle était à moitié morte, sinon tout à fait trépassée ; que c'était quasiment par pitié qu'on s'intéressait à son cas. À l'entendre, c'était lui qu'il aurait fallu payer pour qu'il débarrassât la bonne femme de ces oiseaux étiques dont il fallait d'urgence organiser l'enterrement. Immobile, la paysanne ne leva pas les yeux une seule fois. Peut-être ne parlait-elle que le berbère et ne comprenait-elle pas ce que disait ce grand bonhomme lancé dans sa campagne de diffamation ? Lorsqu'il se taisait, après une tirade injurieuse ponctuée par l'offre d'un prix ridiculement bas, elle répétait à voix basse le chiffre qu'elle avait donné d'emblée ou bien secouait la tête, obstinée, sans rien dire. Mokhtar levait les bras au ciel et semblait maudire quelqu'un, le diable probablement. Puis il finit par enfiler son avant-bras dans le col de sa djellaba et, après quelques contorsions, il en sortit son portefeuille. Il tendit à la paysanne quelques billets et s'empara des dindons qui se mirent à glouglouter d'indignation. Ils revinrent vers la 2 CV, Mokhtar demandant à Mehdi s'il avait bien suivi toutes les étapes de la transaction, s'il en avait compris toutes les ruses, les finesses, l'astuce.

— Il faut toujours marchander ! assena-t-il comme s'il énonçait une règle de vie.

Il ouvrit le coffre et y jeta les bêtes entravées. Mehdi vérifia rapidement que sa valise s'y trouvait encore. Rassuré, il remonta dans la voiture qui s'élança de nouveau à la rencontre des camions.

En chemin, Mokhtar lui expliqua patiemment ce qu'il fallait faire des deux oiseaux grotesques qui croupissaient dans le coffre. Il le répéta dix ou onze fois, avec force mimiques, en changeant les mots, jusqu'à ce que Mehdi comprît l'ingénieux plan dans ses grandes lignes.

En gros, il s'agissait de les offrir au directeur du lycée pour se concilier ses bonnes grâces.

On ne rentre pas chez les gens les [incompréhensible] *vides. Surtout la première fois. Il y a une* [?] *très importante chez nous, les musulmans. Il faut* [incompréhensible]. *C'est* [?] *l'honneur. Les Français* [inaudible]. *La plus grande* [incompréhensible] *chez l'homme, c'est la* [?]. *Tu demandes qui est le directeur et tu* [?] *les dindons. Tu lui serres la main et tu* [?] *les dindons. Le*

[?] *la* [?] *les* [?]. *Mais attention ! Tu dois dire :* [incompréhensible]. *N'oublie pas, c'est très important, tu dis* [incompréhensible] *et tu* [?] *les dindons. Ensuite, tu es* [?] *pour toute l'année.*

À l'entrée de Casablanca, Mokhtar ralentit soudain. Il semblait avoir aperçu quelque chose, ou quelqu'un, au loin. Il porta sa main à son front, s'en faisant visière, puis il donna un coup de volant et la 2 CV se mit à rouler sur la berme. Il finit par la garer tout à fait et en sortit. Mehdi, ne sachant que faire, ouvrit la portière et vint se poster à la hauteur de son cicérone. Celui-ci avait ôté sa *taguia* et regardait au loin une colonne d'hommes qui se dirigeaient vers eux, d'un pas lourd, sur le bord de la route. On entendait une sorte de complainte émaner du lent cortège. Bientôt, celui-ci arriva à la hauteur de la 2 CV. C'étaient tous des hommes – pas la moindre femme, aucun enfant – et ceux qui ouvraient le cortège portaient à hauteur d'épaule une sorte de civière sur laquelle reposait quelque chose : on ne voyait qu'un drap blanc. Ils chantaient tous ensemble une mélopée à laquelle Mehdi ne comprit goutte. Le rythme en était ensorcelant et la mélodie d'une beauté vraiment étrange. Que se passait-il ? C'était quoi, cet orchestre improvisé, à l'entrée de la ville où il allait commencer une nouvelle vie ?

Lorsque la colonne disparut dans un tournant de la route, Mokhtar poussa un long soupir puis monta dans la 2 CV. Il avait l'air pensif, presque abattu. Mehdi regagna son siège, s'efforçant d'arborer lui aussi une mine soucieuse pour ne pas désobliger son oncle *(son oncle ?).*

Après une centaine de mètres, Mokhtar se tourna

vers Mehdi et lui posa une question. C'était forcément une question puisque le ton filait dans les aigus vers la fin de la phrase. L'enfant s'efforça de reconstituer l'interrogation à partir des deux mots qu'il avait compris *(ch'ti* et *meskin*, soit : « t'as vu ? » et : « misérable »). T'as vu quoi et misérable qui ? Il crut comprendre qu'on lui demandait d'expliquer quelque chose. Peut-être la scène à laquelle il avait assisté ? Eh bien, allons-y.

— C'était une *procession de gueux*, annonça-t-il.

Il avait lu cette expression dans un livre qui traînait dans la bibliothèque de son père et auquel il n'avait pas compris grand-chose *(Ce ne sont pas des livres de ton âge !).* Mais il en avait retenu quelques jolies expressions, parmi lesquelles celle-ci, « une procession de gueux », qu'il était fier maintenant d'avoir pu placer dans la conversation. Certes, il n'en saisissait que globalement le sens, mais il sentait d'instinct qu'elle s'appliquait parfaitement à la situation. Le mot « gueux », en particulier, avait la sonorité qui convenait pour décrire ces hommes énigmatiques au visage fermé… Il se rendit compte, un peu tard, que Mokhtar ne pouvait pas le comprendre puisqu'il n'entendait pas le français.

Mokhtar lui jeta un coup d'œil perplexe, puis il prononça un mot :

— *G'naza !*

Hein ?

Il répéta :

— *G'naza ! Rajel mat !*

Rajel, cela voulait dire « homme » et *mat*, qu'il était mort. *G'naza*, cela voulait donc dire « funérailles », en arabe. Mehdi ferma les yeux très fort pour ne pas laisser échapper le mot. *G'naza.* Cela pouvait toujours servir. La fin du monde était proche, de toute façon.

Tout de même, quel étrange comité d'accueil.

Lorsqu'ils furent enfin arrivés à Casablanca, Mokhtar entreprit de trouver « le lycée des Français ». S'arrêtant le long du trottoir, il hélait des passants qui s'approchaient, pleins de bonne volonté, aussi serviables qu'ignorants de la topographie de leur ville. Tous avaient pointé le doigt avec assurance vers les quatre points cardinaux, vers des horizons imaginaires, des colonnes de fumée crachées par des cimenteries, des minarets dressés comme des pieux, au loin. La 2 CV, bringuebalante, proche de l'épuisement, s'était arrêtée devant des bâtisses qui n'étaient pas ce que l'on cherchait : des écoles, quelques collèges, un dispensaire minuscule, une préfecture au planton peu amène qui menaça d'envoyer à la fourrière le véhicule et ses occupants. Après avoir ainsi erré pendant des heures, ils avaient fini par trouver le lycée, devant lequel la 2 CV, exténuée, se gara.

Mokhtar, intimidé, un peu gauche dans sa grande djellaba marron, n'avait pas osé s'aventurer plus loin que la loge du concierge, devant laquelle il avait déposé l'enfant, la valise et les oiseaux. Tapotant la tête de Mehdi, il avait chuchoté une formule de circonstance, de celles que l'enfant connaissait pour les avoir entendues mille fois, sans savoir ce qu'elles signifiaient :

— *'llah y-hssèn.*

Et l'homme, rebroussant chemin, s'en était allé à grands pas vers sa 2 CV.

L'enfant était entré dans la loge, silencieusement.

— Pardon...

5

Le monument aux morts

Revivant toutes ces aventures, allant de l'extincteur
à l'affiche du CAF, Mehdi passa quelques heures mou-
vementées. Parmi la foule d'interrogations que le panneau providentiel avait soulevées, une l'intrigua en
particulier. Comment un « Club français » pouvait-il
être une « association marocaine » ? Sur la photo, tous
les visages étaient indubitablement *nasrani* : peau rose
et yeux bleus. Et lui, plus tard, quand il saurait skier,
pourrait-il en être, de ce CAF mystérieux ? Ou fallait-il
avoir les yeux bleus ?

Une grande famille !

Elle était accueillante, cette famille ?

Il alla lire l'extincteur, qui lui semblait fade maintenant. *Manomètre de contrôle.* Peuh.

Tout au long de l'après-midi, quelques internes
isolés firent leur apparition. Ceux-là venaient généra-
lement de très loin : Oujda, Midelt, Figuig… On ne
prenait aucun risque : on les envoyait largement en
avance pour qu'ils soient bien là le lundi matin, moment
crucial de la rentrée. Après tout, le train Oujda-Casa-
blanca pouvait tomber en panne ; ou le Sebou déborder

56

de son lit, du côté du Gharb ; ou les tribus passer à l'attaque.

Le soir venu, ils n'étaient que quelques-uns dans la cour, à errer en petits groupes. Mehdi s'était posté à côté de l'extincteur : il était en terrain connu, *Homologué NF*, personne ne pouvait lui chercher noise. Et d'ailleurs, personne ne le voyait : il était à peine plus épais que le cylindre rutilant.

Vers les huit heures, dans le crépuscule embaumé, on vit se dresser un homme, devant le réfectoire, et cet homme frappa trois coups secs dans ses mains. Les internes désœuvrés s'approchèrent. La silhouette qui se découpait contre les lumières du réfectoire leva le bras – ils s'immobilisèrent. Une voix de basse, presque caverneuse, prononça lentement ces mots.

— Messieurs ! Soyez les bienvenus, en ce jour de rentrée scolaire ! Jour béni entre tous !

Une pause.

— Je suis Dumont. Dumont tout court. Ni Jean, ni Pierre, ni Nicéphore. Dumont ! C'est moi votre surveillant, ce soir, cette nuit et demain matin. « Il n'y a point de paix pour les méchants, dit l'Éternel. » Je dois sans doute payer les erreurs d'un ancêtre peccamineux.

Il abaissa le bras d'un geste gracieux qui se termina en invitation, la paume vers le haut, les doigts joints tendus vers le flot de lumière qui s'échappait des grandes baies vitrées :

— Messieurs, vos agapes vous attendent !

Les internes entrèrent avec méfiance dans le réfectoire en contournant l'apparition qui parlait un langage si étrange. Maintenant qu'elle n'était plus à contre-jour, la silhouette, on voyait bien que ce n'était qu'un homme.

Ils s'installèrent autour des quelques tables qui étaient dressées. Le réfectoire était immense et très haut de plafond. Des dizaines de tables inutilisées étaient poussées contre le mur du fond, nues, et des chaises empilées les unes sur les autres leur tenaient compagnie. Un cuisinier apporta des marmites pleines de soupe. Tout le monde se servit, sauf Mehdi, qui n'osa pas esquisser le moindre geste. C'était toujours sa mère qui les servait, à Béni-Mellal. Il ne mangea rien et personne ne fit attention à lui. La soupe expédiée, on passa au fameux hachis Parmentier, apporté dans de grandes casseroles. De nouveau, Mehdi resta les bras ballants, trop intimidé pour se saisir de la louche.

Dumont, qui déambulait entre les tables, s'approcha, regarda le bol et l'assiette, tous deux vides, puis Mehdi. Il se pencha exagérément jusqu'à ce que son visage effleurât l'assiette puis le tourna vers l'enfant pétrifié. Leurs nez se touchaient presque, comme deux eskimos se saluant au-dessus d'un ustensile inutile. Le surveillant refit deux ou trois fois la même manœuvre, l'air effaré, comme s'il constatait un événement considérable. Puis, comme par enchantement, hop ! son visage reprit son impassibilité initiale et ce fut sur un ton glacial qu'il demanda :

— Eh bien, on boude le frichti, mon brave ?

Mehdi ne répondit rien. C'était quoi, le *frichti* ? Il était sûr de n'avoir jamais lu ce mot ni dans les bandes dessinées ni dans les vrais livres. Ça ne sonnait même pas français. Pourtant, l'homme qui le toisait avec sévérité était indubitablement français avec ses yeux bleu clair, sa peau rose, son bouc blond. C'était peut-être un Breton, comme dans *Les Deux Nigauds ?* Le *frichti*, c'est la soupe des Bretons ?

Dumont, constatant que l'enfant était frappé d'aphonie, s'empara de la louche, la souleva très haut, à bout de bras, et la plongea dans la marmite qui était restée sur la table. Il versa une rasade généreuse dans le bol de Mehdi.

— Mangez, mon ami, mangez cette soupe, vous m'en direz des nouvelles ! Et ensuite, vous prendrez du hachis. Il s'agit de se sustenter, ici, avant d'affronter les pentes arides du savoir. (Il leva la main.) *Ces choses-là sont rudes/Il faut pour les comprendre avoir fait des études !* Et sans calories, pas d'études ! *Une armée marche sur son ventre.*

Mehdi, sous la menace du regard bleu, prit sa cuillère, la trempa dans le *frichti* et la porta à ses lèvres. Ce n'était pas mauvais. Les Bretons savent faire la cuisine, en conclut-il, content d'avoir appris au moins cela.

Dumont s'éloigna de quelques pas, se campa sur ses ergots, les poings sur les hanches, et lança un sonore :

— *Bon appétit, messieurs ! Ô ministres intègres !*

Quelques internes se regardèrent avec étonnement, d'autres, des anciens, haussèrent les épaules en secouant la tête. Quand le surveillant se fut éloigné, le voisin de Mehdi, un garçon maigre et mélancolique, se pencha vers lui.

— C'est Dumont, murmura-t-il.

Je sais déjà cela, pensa Mehdi.

L'autre ajouta :

— Il est fou.

Ah, voilà.

Mehdi murmura, pour dire quelque chose, pour être dans le coup, pour ne pas donner l'impression qu'il refusait la grande amitié que l'autre lui proposait en lui révélant les antécédents psychopathologiques de Dumont :

— Il est breton ?

Le maigrelet enregistra la question, avala la cuillerée de soupe que sa bouche contenait encore, réfléchit pendant quelques instants. Il posa sa cuillère, considéra le plafond, renifla, fit la moue, émit une sorte de chuintement dubitatif puis, las de chercher, il demanda à son voisin :

— Eh ! Dumont, il est breton ?

Le voisin, sans s'arrêter de manger, fronça le sourcil, puis cracha vers une autre table, à voix haute, postillonnant tous azimuts :

— L'est breton, Dumont ?

Ainsi apostrophés, les trois internes qui occupaient cette table se regardèrent, interloqués, l'espace d'une seconde puis, ne firent ni une ni deux : ils se mirent à chanter en chœur, de toute la force de leurs petits poumons :

— *Ils ont des culs tout ronds, vive la Bretagne ! Ils ont des culs tout ronds, vivent les Bretons !*

Le surveillant, qui regardait la cour à travers les vitres, mélancolique, les bras croisés, se retourna, vif comme un chat. Son visage se transforma en masque de tragédie. Il vint vers eux au pas de course, le sourcil en bataille, la narine frémissante. Il tonna :

— Messieurs ? De quoi s'agit-il ? Un binôme ? La Révolution ? La chienlit ?

Un ancien lui cria :

— M'sieur ? Vous êtes breton ?

Le surveillant eut un *haut-le-cœur* (c'est du moins ce qu'il sembla à Mehdi qui n'avait jamais vu un vrai

60

haut-le-cœur mais connaissait l'expression) ; et ce fut sur un ton pathétique qu'il s'écria :

— Et qui s'intéresse donc à mon état civil ? À mes gènes, à mes ancêtres ? Suis-je originaire des Côtes-du-Nord ? Du Morbihan ? Peut-être mon ancêtre fut-il évêque de Saint-Malo ? Qui le dira jamais ?

— Lui ! s'écrièrent tous les internes en désignant Mehdi du doigt.

Mehdi mourut, là, instantanément, de saisissement. Lui qui, après la catastrophe des dindons, après la confrontation avec l'ogresse, après avoir été surpris à tailler une bavette avec des chênes qui n'en étaient pas, pensait enfin avoir rétabli la situation, être redevenu invisible, silencieux, inodore ; existant à peine, comme il sied à un boursier ; voilà qu'il se trouvait à nouveau sous les feux de la rampe, objet de l'exécration géné-rale, mille doigts tendus vers lui comme autant de poi-gnards, tous voulant sa perte. Il mourut. Quand il ressuscita, le visage de Dumont était quasiment collé au sien – décidément, c'était une manie. Il sentait le tabac.

— C'est vous qui m'accusez d'être breton ?

Mehdi, tétanisé, ne bougeait pas. L'autre insista :

— Vous m'avez probablement déjà vu jouer du biniou ? Arborer une coiffe bigoudène ?

Biniou ? Bigoudène ?

Des éclats de rire, des ricanements, des lazzi fusaient de toutes les tables et se réverbéraient sur les murs pendant que Mehdi gardait obstinément les yeux fixés sur le bord de son bol. Dumont se redressa et s'ébroua tel un pur-sang – comme ça, pour rien. Le cuisinier apportait les desserts : des éclairs au chocolat. Quand il fut à sa hauteur, Dumont l'arrêta, le bras tendu contre sa poitrine, prit le plateau et distribua lui-même les éclairs à la table de Mehdi. Il en déposa deux devant l'enfant qui n'en crut pas ses yeux. Que se passait-il ?

Dumont déclamait :

— Double ration pour celui qui m'a insulté ! Il faut être doublement généreux devant l'adversité. « *Donne-lui tout de même à boire, dit mon père.* » Hugo ! Chapeau bas, mes amis ! Toute la France en exactement dix mots ! C'est ça, la véritable noblesse ! Apprenez cette leçon, messieurs, vous en aurez peut-être l'usage dans vos vies qui ne font que commencer et que je vous souhaite longues et belles !

Il se pencha et murmura à l'oreille de Mehdi.

— Ce n'est pas vrai, que vous m'ayez insulté. Les Bretons sont des gens très bien, quoiqu'un peu celtes. Mais bon, il ne faut jamais perdre une bonne occasion de faire une scène. La colère, l'indignation, ce sont les émotions les plus faciles à jouer. Et les plus gratifiantes.

Dumont s'éloigna, d'un pas dansant, et alla de nouveau se poster près d'une vitre, où il reprit son air cafardeux. Le maigrelet lugubre se pencha vers Mehdi :

— Tu partages un éclair avec moi ? T'en as deux, c'est pas juste, moi j'en ai qu'un et, en plus, t'es un nouveau et, même, t'es tout petit. Et c'est grâce à moi que t'en as deux.

Mehdi poussa la pâtisserie vers son voisin qui l'engloutit en quelques bouchées. Satisfait, il tendit la main au partageux :

— Je m'appelle Nagi. Je viens de Midelt.

— Moi, je suis Mehdi Khatib. Je viens de Béni-Mellal.

— Béni-Mellal ? Mais ce n'est pas très loin ! Pourquoi tu es venu le samedi ? Tu aurais pu attendre dimanche, non ?

Mehdi sentit qu'il lui fallait dire la vérité. Toute la vérité, rien que la vérité. Il y a des moments dans la vie où l'on ne peut se dérober. Assez finassé, assez rêvé, assez menti ! Il se lança résolument.

— Mes parents, ils sont très très riches, ils vont passer la semaine à New York, en Amérique, alors ils m'ont déposé ici, et puis ils sont allés à *l'aéroport*, et puis alors ils ont pris l'avion et puis, et puis ils sont allés à New York.

— À New York, en Amérique ?

— Ouais, la vraie.

Ledit Nagi émit un petit sifflement et considéra Mehdi avec admiration. Celui-ci essayait d'imaginer une suite aux aventures de ses géniteurs au pays des *cow-boys* mais il sécha lamentablement (*que font les gens à New York ?*). Heureusement, le dénommé Nagi n'exigea aucun détail ni aucune preuve. Quand tout le monde eut fini de manger (Mehdi était passé directement de la soupe à l'éclair), Dumont tapa dans ses mains et clama :

— Assez bâfré, messieurs ! Une demi-heure dans la cour et puis tous au dortoir ! Profitez-en pour marcher, ça fait du bien !

La petite troupe sortit du réfectoire et s'égailla dans la nuit. Au moment où Mehdi passait devant le surveillant, celui-ci l'attrapa par le col et le plaqua contre la porte vitrée.

— Minute, papillon !

Ils étaient maintenant seuls. Dumont scrutait les yeux de l'enfant saisi.

— Tout cela ne me dit pas pourquoi vous m'avez traité de Breton, tout à l'heure. Eh bien, parlez !

Mehdi, cloué contre le verre froid, se mit à balbutier.

— M'sieur… Vous avez dit *frichti*… Je croyais qu'vous étiez breton… comme dans *Les Deux Nigauds*…

Le tueur au regard bleu murmura, comme s'il entamait une conversation avec lui-même :

— V'là qu'i m'traite de nigaud. Et l'année n'a même pas encore commencé. Ça promet.

Il relâcha Mehdi qui n'osa pas bouger. Dumont leva le doigt et énonça :

— Quand on ne sait pas, il faut demander. N'hésitez jamais à poser des questions ! Tout commence par là : une interrogation. Le grand philosophe Platon (notez ce nom, mon ami !), le grand Platon l'a écrit, il y a plus de deux mille ans – vous n'étiez pas encore né : « *Cet état, qui consiste à s'émerveiller, est tout à fait d'un philosophe ; la philosophie en effet ne débute pas autrement.* » C'est dans le *Théétète*, je crois. S'étonner, s'émerveiller, demander : il ne faut jamais perdre une occasion de s'instruire. Bon. Voyons. *Frichti*, ça veut dire : la nourriture. C'est de l'argot. Mais il ne faut pas mépriser l'argot ! La belle langue d'aujourd'hui…

Mehdi fut pris d'une envie pressante d'uriner mais il n'osa pas bouger.

— … la belle langue d'aujourd'hui, elle s'est bâtie sur l'argot d'hier. Au lieu de *frichti*, j'aurais pu dire mangeaille, bouffe, boustifaille, tambouille, pitance, que sais-je ! Allez, répétez, jeune homme !

— Mangeaille, bouffe…

— Boustifaille, tambouille, pitance !

— Boustifaille, tambaille, pitace…

— Bravo, Petit-Breton ! Mais d'abord, savez-vous qui était Petit-Breton ?

Mehdi, dont la vessie était sur le point d'exploser, gémit :

— Non, m'sieur…

Dumont eut de nouveau un haut-le-cœur – cette fois-ci, il l'exécuta de façon encore plus convaincante que pendant le repas.

— Petit ignorant ! Lucien Petit-Breton a remporté deux fois le Tour de France, il a été champion du monde… Et il est mort pour la France. Voilà le héros dont vous usurpez le nom ! Vous savez ce que cela veut dire, « mort pour la France » ?

Mehdi, dévoré par une douleur intolérable au niveau de l'aine, tout occupé à évacuer quelques gouttes d'urine pour ne pas mourir, fût-ce pour la France, ne répondit rien. Dumont secoua la tête et le prit par la main.

— Venez, je vais vous montrer quelque chose.

Ils traversèrent toute la cour, sous le regard des internes (on entendait dans les fourrés des murmures pleins d'espoir : « il va lui mettre une tannée », « il l'emmène chez Lombard », « il va le tuer »). Dans le hall d'entrée, à proximité de la loge du concierge, Dumont s'arrêta devant un panneau de marbre rose, qui ornait un des murs. Des noms y étaient gravés, qui formaient quelques colonnes bien rangées, trois ou quatre au total. Les lettres étaient faites d'encoches dorées, ce qui les rendait difficiles à déchiffrer. En haut, à gauche, une effigie en bronze montrait le visage émacié d'un homme au regard douloureux, surmontant un nom : *Pierre Simonet.* Dumont se planta devant le petit

pan de mur rose et se recueillit un instant, la tête inclinée, l'œil solennel. Puis :

— Voilà ! *(Geste.)* Tous ces noms, ce sont des
anciens du lycée, des profs ou des élèves, il y en a
exactement cent trois, qui sont tombés pendant la
guerre, pour défendre leur patrie : la France. C'est pourquoi on dit qu'ils sont « morts pour la France ». Comme
Petit-Breton. On dit aussi « tombés au champ d'honneur ». Vous m'entendez ? Au champ de quoi ?

— Donneur ?

— Parfaitement ! *Dulce et decorum est pro patria
mori.* C'est du latin, c'est dans une ode d'Horace. Vous
comprenez le latin ? C'est pas grave, vous en ferez cette
année. Belle langue, le latin… Mais morte, hélas,
morte, *dead, kaputt*, comme tous ces braves *(ample
geste enveloppant)*. Répétez, Petit-Breton ! *Dulce et
decorum…*

— *Douché et décor homme.*

Dumont passa la main à plat sur la plaque de marbre,
comme s'il la caressait.

— Vous remarquerez que le premier est « Ahmed,
Lucien ». Aucune idée de qui était ce M. Lucien Ahmed
mais on ne pouvait rêver meilleur nom pour mener un
cortège funèbre franco-marocain. Un programme à lui
tout seul ! La fraternité d'armes incarnée dans un nom !
(Songeur.) On a eu une Mlle Lucien ici, autrefois,
comme professeur d'histoire. Une vieille fille, d'une
grande douceur… C'était peut-être son enfant, laissée
en bas âge… ?

Il se tut un instant.

— Évidemment, vous devez vous demander où sont
les noms des Marocains musulmans…

Mehdi, tout occupé à contenir les flots, ne se demandait rien du tout.

— Beaucoup sont morts pour la France, certes, mais ici, il n'y a que les noms d'anciens élèves ou professeurs de Lyautey. Or, à l'époque, avant la guerre, ils étaient peu nombreux à fréquenter les lycées français. C'est regrettable mais c'est comme ça. Heureusement, les temps ont changé, vous en êtes la preuve vivante. Vous venez d'où ?

— Pipi Mellal !

— Ah, Béni-Mellal, je vais faire des randonnées par là-bas, c'est très beau... *(Revenant au monument.)* Vous remarquerez aussi la diversité des patronymes. Un *Jacques de Menorval* y côtoie un simple *Jean Martin*, un *Éric de Seinelhac* (ça fleure bon la vieille France, ça !) ne croit pas déchoir en voisinant avec un *Jean Simond.* Contrairement à ce que prétend ce mécréant de Régnier (j'espère que vous ne subirez pas son influence délétère), la lutte des classes, si elle existe, est très secondaire devant ça : le coude-à-coude dans les tranchées pour défendre la nation ! *Heureux les épis mûrs et les blés moissonnés...*

Sa poitrine se gonfla d'émotion.

— Et puis la diversité des patronymes, c'est aussi cela : *Georges Naïmi, Jean Ferracci, Maurice Leibovici, Paul Katzman... (Son doigt courait sur le marbre au fur et à mesure qu'il appelait les morts.)* Il y a là-dedans du Juif, de l'Italien, du Roumain, du Teuton... et tout cela fait d'excellents Français ! Un jour, vous en serez un, qui sait ? Si vous allez jusqu'au bicorne... Polytechnique ! On ne vous laissera plus repartir...

Il baissa les yeux sur le futur polytechnicien qui dansait d'un pied sur l'autre.

— Mais… qu'est-ce que vous avez à gigoter comme ça ? Un peu de respect devant le monument aux morts, Petit-Breton ! grogna-t-il.

Mehdi suffoquait :

— M'sieur ! Il faut que j'aille… que j'aille au W.-C.

Le surveillant leva les bras au ciel.

— Mais allez-y ! Allez-y, mon ami ! Est-ce que je vous retiens ? Suis-je opposé à l'évacuation des liquides ? Suis-je l'ennemi des grandes eaux ? Les toilettes, c'est par là !

Mehdi fila vers les lieux en répétant « Douché et décor homme ! Douché et décor homme ! » pour penser à autre chose qu'à sa vessie qui menaçait de l'engloutir dans une gigantesque conflagration.

Quand il revint des lieux, Dumont avait disparu. Mehdi, doublement soulagé, s'approcha du panneau de marbre et se mit à épeler les noms dans sa tête. Comment avait-il pu perdre son temps avec l'extincteur alors qu'il y avait tous ces noms fantastiques à lire ! Le deuxième nom, juste après Ahmed, était *Baltenberger, Maurice*. Ça ressemble à quoi, un *Baltenberger* ? Il devait au moins être blond, grand et méchant, avec un tel patronyme : il pouvait se le permettre. *Guillaume de Bourgoing.* (Il devait être roux, il portait un heaume et une cotte de mailles, il était sans peur et sans reproche.) *Guetz, Max. Yvan Le Gueut, André Charvet, Régis Charvet…* Deux frères ? Un père et son fils ? Étrange !

Il entendit au loin un rugissement suivi d'une belle phrase et il se hâta de courir se joindre au petit groupe des internes du samedi. Dumont les fit se mettre en file indienne, et tapa dans ses mains. Ils le suivirent, comme des canetons, en direction du dortoir, qui se trouvait au troisième étage de l'immeuble.

Alors qu'ils montaient l'escalier, à la queue leu leu, ils croisèrent Morel qui descendait de sa chambre, située au dernier étage de l'immeuble. Morel s'exclama, jovial :

— Alors, Dumont, toujours aussi facho ?

Ledit Dumont continua son ascension sans dire mot, la tête fièrement portée, droit comme un I. Seule une petite crispation de la mâchoire trahissait son irritation.

Morel était maintenant à la hauteur de Mehdi.

— Tiens ! Bonjour, Fatima !

— Bonne nuit, m'sieur, murmura machinalement Mehdi.

Ce fut la dernière nuit de Morel. Au petit matin, la femme de ménage le trouva mort dans son lit, un grand pieu enfoncé dans la poitrine, les yeux grands ouverts, un rictus hideux voltigeant sur ses os décharnés. Le seul indice dont disposaient les enquêteurs était un bout de papier pelure roulé en boule, qui bouchait la gorge du supplicié comme une poire d'angoisse. Déroulé, on pouvait y déchiffrer ces mots mystérieux tracés en lettres de sang : *Je ne m'appelle pas Fatima, m'sieur.* Même le grand Sherlock Holmes, appelé à la rescousse, n'y comprit goutte. Il s'en retourna bredouille dans son Londres brumeux, flanqué du fidèle Watson. Jamais on ne découvrit l'assassin…

… qui se demandait, pour l'heure, comment mettre son pyjama rose sans déclencher l'hilarité générale. Il alla se brosser les dents, puis revint se glisser dans son lit, tout habillé ; prit le pyjama et le fourra sous les draps ; enleva son pantalon, au prix de mille contorsions ; passa enfin l'horrible vêtement rose…

Il posa sa tête sur l'oreiller, ferma les yeux et commença à réciter à voix basse les noms qui figuraient sur le monument aux morts. *Ahmed, Baltenberger, Bard, Basset, Beau...* Il s'endormit rapidement.

Le lendemain matin, un rayon de soleil vint lui caresser les paupières. Il émergea lentement du néant. Où était-il ? Il vit d'abord de grandes fenêtres ouvertes, d'où entraient des flots de lumière qui menaçaient de tout noyer, puis des rideaux blancs qui se balançaient au gré des courants d'air comme autant de linceuls volants (la *g'naza !*), des lits superposés, vides comme des cages attendant le retour des fauves, un plafond immense sur le point de s'effondrer. Une odeur de lavande lui remplit le nez. Il entendit des bruits étouffés de douche, des éclats de voix. Où était-il ? Renonçant à comprendre, il se tourna sur le flanc, décidé à se rendormir, à retourner au néant, lorsque son regard rencontra l'œil bleu d'un homme accroupi à son chevet et qui l'examinait avec attention. Ah, oui ! Le fou... Dumont... Platon... *bigoudène*... Mort pour la France ! Tout lui revint, d'un coup. Le cauchemar continuait. La vie.

— Tout va bien, Petit-Breton ? Vous n'avez besoin de rien ?

Le ton était sarcastique mais Mehdi ne le perçut pas. Mal réveillé, il répondit :

— J'ai rien à lire, m'sieur.

Dumont resta figé pendant quelques secondes. Puis il se leva.

— Tous vos petits camarades sont réveillés ! tonnat-il. J'ai sonné deux fois le réveil. Il faut croire que vous êtes sourd. Allez ! On se lève, on prend sa douche, on s'habille et on va déjeuner. Et qu'ça saute !

Mehdi ne bougea pas, attendant que l'homme s'éloigne. Celui-ci, se méprenant sur l'immobilité de l'enfant – une forte tête, peut-être ? –, se baissa, empoigna un bout du drap et l'arracha d'un coup sec, révélant le corps malingre enveloppé comme un bonbon. Dumont, pensif, demanda :

— C'est votre maman qui vous fait porter des pyjamas roses ?

Croyant voler au secours de sa mère, Mehdi cria :

— C'est l'ogresse !

Dumont, cette fois-ci vraiment interloqué, rejeta le drap qu'il tenait toujours à la main et murmura :

— Vous avez bien dit « l'ogresse » ? Oh, là, là, on est de plus en plus mal parti, Petit-Breton. *Vipère au poing*... Une Folcoche au Maroc... Il fallait bien que ça arrive. Toutes les Fatma ne peuvent être des parangons de dévouement, en dépit de ce qu'on prétend... Eh bien, vous serez le Bazin du *bled*... En attendant, levez-vous et débarrassez-vous vite de votre rose accoutrement, si vous ne voulez pas devenir la risée de vos petits camarades. Cet âge est sans pitié.

Mehdi s'habilla très vite, oublia de faire sa toilette et ce fut avec des yeux chassieux qu'il s'assit au réfectoire. Il se demandait ce que c'était, un *basin du bled*. Un oiseau, peut-être ? Dumont, contrarié, passait de table en table.

— Messieurs, c'est une catastrophe, la logistique est défaillante. Vous n'aurez que du café et des croissants. Le reste, le jus d'orange, le beurre, les confitures, a été commandé pour demain matin par je ne sais quel imbécile qui a oublié les rentrants du samedi : vous, messieurs.

Veuillez accepter les excuses de la direction. Vos billets vous seront remboursés. D'ailleurs, si la direction avait le sens de l'honneur, elle se serait perforée de trois coups d'épée, comme Vatel.

Nagi, de plus en plus lugubre, se pencha vers Mehdi :

— Je t'l'avais dit, hein, que Dumont était fou ? On pige jamais ce qu'il raconte.

Mehdi hocha la tête. Tout cela n'augurait rien de bon.

Il sortit du réfectoire en se demandant s'il allait d'abord lire l'affiche du CAF, l'extincteur ou le monument aux morts. Il n'eut pas le temps de faire un choix. Dumont fondit sur lui. Miracle ! Il souriait ! Ou faisait semblant ! C'était plutôt un projet de rictus, une sorte de contraction nerveuse des lèvres, mais c'était déjà ça. Il fourra un livre dans les mains de Mehdi :

— Eh bien, Petit-Breton ! Vous vous plaigniez tantôt de n'avoir rien à lire. Je ne laisserai personne dire que le lycée Lyautey est un désert culturel ! Voilà de la lecture, mon ami. Amusez-vous bien !

Et il s'éloigna à grandes enjambées. Mehdi, ravi, déchiffra le titre : *Le Théâtre et son double*, d'un certain Antonin Artaud. Il alla s'asseoir sur la poutre et se mit à lire. Il ne comprit rien à la première phrase *(Jamais, quand c'est la vie elle-même qui s'en va, on n'a autant parlé de civilisation et de culture)*. Il ne comprit rien à la deuxième phrase, qui était d'ailleurs trop longue *(Et il y a un étrange parallélisme entre cet effondrement généralisé de la vie qui est à la base de la démoralisation actuelle et le souci d'une culture qui n'a jamais coïncidé avec la vie, et qui est faite pour régenter la vie)*. Il ne comprit rien à la troisième phrase, qu'il ne finit même pas *(Avant d'en revenir à la culture je considère que le monde a faim...).* Il se leva et alla lire l'affiche du CAF.

Petit à petit, des familles commencèrent à arriver. La plupart se composaient de trois éléments, qui jouaient presque toujours le même rôle. Le père, affectant une bonne humeur un peu forcée, serrait la main à M. Lombard, qui souriait, allait et venait, désignait le bâtiment où se trouvaient les dortoirs, levait la main vers le ciel bleu – c'était effectivement un beau temps de rentrée, et c'était chaque année le même. Parfois, il cessait de sourire, penchait la tête vers le père qui lui soufflait quelques mots à l'oreille. Il se redressait alors, hochait la tête en avançant les lèvres en cul-de-poule et en fermant les yeux – « je vous ai compris ! » – et semblait accorder sa protection à la progéniture, ou au moins une attention plus soutenue, tout au cours de l'année. La mère, la mine un peu chiffonnée, le regard inquiet – certaines avaient même les yeux rouges –, se cramponnait à son fils ou à sa fille – les filles internes étaient nettement moins nombreuses que les garçons. Ceux-ci avaient le choix entre plusieurs attitudes. Ils pouvaient regarder autour d'eux, blasés, faire semblant de lire les noms sur le monument aux morts ; se dégager, agacés, de l'étreinte de la mère ; faire des signes aux autres internes qui déambulaient, déjà installés, dans la cour. Ils pouvaient se joindre aux hommes – le père, M. Lombard –, sourire, dire quelques mots à propos de l'internat, qu'on retrouvait sans s'émouvoir. Ils pouvaient se faire blêmes d'appréhension ou rouges d'excitation, jeter autour d'eux des regards apeurés ou émerveillés, enlacer tout à coup leur mère – pour qu'elle s'en aille ? Pour qu'elle reste ? Tout cela dépendait, bien sûr, de l'âge du petit acteur et surtout de sa condition : nouveau ou ancien. Et tout cela dans un grand tralala de valises, de cartables, de sacs à dos de diverses tailles, de boîtes en carton et de petits paquets contenant sans doute des gâteaux. Pas le moindre faisan, ni même une grive. Mehdi observait, de loin, ces sketches qu'il s'efforçait de comprendre en mettant dans la bouche de chaque acteur des paroles de son cru, puisqu'il ne pouvait les entendre d'aussi loin.

M. Lombard : *Bonjour, cruche, allô, ici Londres.*

Le père : *Ta-ra-ta-ta. Ils sont fous, ces Romains.*

M. Lombard : *Nous y sommes, Tex. Bla-bla-bla. Basin du bled !*

Le fils : *Petit nigaud, Gribouille. Quand est-ce qu'on mange, tavernier du diable ?*

Après quelques saynètes, il prit conscience du caractère étrange de sa propre rentrée. Même avec ces dialogues décousus, ce qui se passait là-bas avait l'air plutôt normal comparé avec son arrivée de marchand de volailles sans feu ni lieu – il en éprouva un vif sentiment de honte et commanda à Dieu d'anéantir le monde. Là, à l'instant. Une grande boule de feu, une lueur intense, et tout disparaît, pour toujours. Pour toute réponse, Dieu fit fienter une mouette, volant haut dans l'azur, et le jet blanc poisseux passa à quelques centimètres de Mehdi qui le vit s'écraser sur le sol en une flaque minuscule.

— Raté, pensa-t-il.

Mehdi 1, Dieu zéro.

Vers la fin de l'après-midi, il remonta au dortoir, curieux de voir ses nouveaux condisciples. Il alla s'installer au fond du dortoir, sur son lit, et tendit le cou pour voir ce qui se passait.

Un garçon entra bientôt, un petit étui à la main, suivi d'une sorte de factotum qui portait une valise dans chaque main, ainsi que quelques housses sur l'épaule. Mehdi, toujours acagnardé dans son coin, écarquilla les yeux : les cheveux du nouvel arrivant étaient blancs ! Il ne devait pourtant pas avoir plus de douze ans. Le garçon hésita un instant, se retourna, puis sautilla quelques instants pour voir s'il y avait des bagages sur les lits supérieurs. Il constata que tous étaient occupés sauf celui qui surplombait le lit de Mehdi. Il y jeta son petit étui, qui avait une forme oblongue, et fit un sourire en forme de grimace à celui qui allait devenir son *voisin du bas*. Il se baissa un peu pour mieux le regarder.

— Je parie que t'es un *nouveau*. T'es un nouveau, hein ? Tu entres en sixième ? Eh bien, bonjour ! Je suis Sidi Mohammed Khalid M'Chiche El Alami. Je suis un ancien. J'entre en cinquième.

Il n'avait pas dit « je m'appelle Sidi… » mais « je suis Sidi… ». Étrange.

— Et toi ?

Mehdi fit un effort pour parler, malgré la boule dans son estomac.

— *Je suis* Mehdi Khatib.

— Tu viens d'où ?

— Béni-Mellal.

Sidi Mohammed Khalid M'Chiche El Alami souleva un sourcil, de façon exagérée, comme s'il jouait un personnage dans une pièce de théâtre. Il se prit le menton dans la main droite et s'écria, d'une voix suraiguë :

— *Bnimlal ?* C'est où, ça ?

Mehdi ne comprit pas la question. Il ne s'était jamais

demandé *où* était Béni-Mellal. C'était sa ville natale et il n'en était jamais sorti. Son tourmenteur, dont les yeux étaient cachés derrière des lunettes à verres bleus, semblait attendre une réponse, le sourcil en accent circonflexe, le menton disparu dans le poing. C'est alors que l'occupant du *box* d'en face, qui avait suivi le dialogue tout en rangeant soigneusement ses affaires, une à une, dans son armoire, jeta d'un ton dédaigneux, sans se retourner :

— Béni-Mellal ? C'est très loin. C'est dans la montagne.

L'albinos se retourna et son visage se fendit dans un vrai sourire. Il cria joyeusement :

— On ne t'a pas sonné, Savall !

Le dénommé Savall continuait de ranger ses affaires, une valise ouverte déposée sur son lit. Il répliqua, sans se retourner :

— Toujours aussi con, Khalid ?

Ils éclatèrent tous deux de rire. Puis Savall se retourna et les deux garçons se serrèrent la main, comme deux hommes. Khalid parut ensuite se désintéresser de la question géographique. Il constata que le factotum avait ouvert ses valises et commencé à en sortir des chemises et à les accrocher dans l'armoire. Il se recula un peu pour mieux contrôler la manœuvre, l'œil sévère. Au bout de quelques instants, il alla inspecter le travail. On le vit se pencher, fourrer sa blanche toison dans l'armoire puis la ressortir. Perplexe, il se pencha vers Mehdi :

— Mais où sont tes chemises ?

Sans attendre la réponse, il se pencha et se mit à farfouiller dans les deux tiroirs du bas, dans lesquels s'entassaient pêle-mêle les vêtements de Mehdi. Il en

76

sortit une chemise bleu ciel toute froissée qu'il brandit comme un trophée.

— Idiot ! Tu abîmes tes vêtements ! Il faut les accrocher, il ne faut pas les foutre en boule dans le casier. Il est vraiment nul, lui !

Le dénommé Savall se retourna pour constater, lui aussi, les dégâts. Les deux « anciens » examinèrent gravement la chemise coupable qu'exhibait l'albinos, le bras levé haut.

— Il a raison, dit Savall. T'auras l'air de quoi avec un chiffon pareil ? C'est pas avec ça que tu vas draguer Mme Gobert.

Mme Gobert ? C'est dans quel livre ?

L'albinos tendit la chemise à Mehdi et annonça à la cantonade :

— Bon, allez, à t'à l'heure ! Je vais dire au revoir à mes parents. Ils sont restés en bas, chez Lombard, à bavarder.

Savall, soudain intéressé, demanda :

— Ils connaissent bien Lombard, tes parents ?

Sidi Mohammed Khalid M'Chiche El Alami répondit sur un ton très naturel :

— Ben ouais, il vient parfois chasser à la ferme, avec mon père.

Il s'en alla, suivi du factotum, qui n'avait pas prononcé un seul mot. Mehdi ressentit une vague complicité avec lui. Il aimait bien les taiseux, qui lui semblaient être des chats à corps humain. Resté seul avec Savall, il évita de le regarder pour ne pas le provoquer.

Quelques instants plus tard, un autre garçon, jovial, un peu gros, entra dans le *box*. Il serra avec énergie la main de Savall et les deux garçons entamèrent une discussion animée. Ils s'exprimaient dans une langue étrange que Mehdi ne connaissait pas. Ce n'était pas du français, bien sûr, ni de l'arabe, dont Mehdi connaissait les sonorités à défaut de comprendre tous les mots. Tout à coup, à sa grande horreur, une question jaillit de ses lèvres, il ne sut comment – il croyait pourtant maintenir sa bouche hermétiquement close :

— C'est quoi ?

Les deux garçons s'arrêtèrent net de parler et se tournèrent vers lui. Ils parlèrent en même temps, sur le même ton, ce qui fit que Mehdi entendit :

— *Quoi c'est quoi qu'est-ce quoi tu dis qu'il dit quoi ?*

Il était trop tard pour reculer. Il avait lui-même provoqué le désastre. Il fallait mourir en héros, l'étendard claquant au vent, le regard tourné vers les hauteurs, en vrai basin du bled, avec le seul regret de n'avoir jamais rencontré Mme Gobert. Il répéta sa question, d'une petite voix tremblante :

— C'est quoi, là, la langue que vous parlez ?

Les deux garçons répondirent d'une seule voix :

— Ben, c'est de l'espagnol.

Savall ajouta, le regard soupçonneux :

— Ça t'dérange ? T'as un problème ? T'es raciste ?

C'était la fin. Il ne répondit rien, résigné, stoïque. Mais le gros garçon vint à son secours.

— Salut, je m'appelle Ramón Fernández, je suis en cinquième. Lui, c'est Juan. Et toi, tu es qui ?

Mehdi n'avait jamais vu d'Espagnol et voilà qu'il en avait deux en face de lui. Il écarquilla les yeux. Ils avaient l'air normal, tous les deux. Ramón Fernández, n'ayant obtenu aucune réaction, se rembrunit.

— Qu'est-ce t'as à me regarder comme ça ? Tu veux ma photo ?

— J'ai jamais vu d'Espagnol, murmura Mehdi.

Les deux garçons se regardèrent puis éclatèrent de rire en même temps. Le dénommé Ramón reprit :

— Ah ouais ? T'as jamais vu Pirri et Amancio à la télé ? Le Real Madrid ?

— Non. On n'a pas de télé à la maison.

— Tu n'as jamais regardé la télé ?

— Non.

— Tu n'as jamais regardé la télé *de ta vie* ?

— Non.

Les deux Espagnols se regardèrent de nouveau, au comble de la stupéfaction. C'était quoi, ce *nouveau* ? Il sortait d'où ? D'une grotte, dans la montagne ? Savall enfonça son index dans la poitrine du nouveau.

— T'as jamais regardé la télé ? Tu vas pas m'dire que t'as pas vu les Américains débarquer sur la Lune, en juillet ? Il y a deux mois ? Tout le monde l'a vu, même les chèvres !

Mehdi baissa la tête. Juan haussa les épaules et se remit à inspecter son armoire. Ramón s'en alla, non sans avoir jeté un coup d'œil apitoyé sur l'extraterrestre qui n'avait jamais vu Pirri ni Amancio.

6

L'illustre Morel

Vers les sept heures du soir, Morel entra dans le dortoir et se mit à hurler, sans raison.

— Bon, allez, bande de clowns, tout le monde au réfectoire ! Et qu'ça saute !

Les internes qui traînassaient dans les travées, bavardant, riant, échangeant des plaisanteries, se dirigèrent vers la porte. Mehdi les suivit, l'estomac noué. Ils descendirent les marches de l'escalier qui conduisait au rez-de-chaussée et suivirent le couloir qui menait au réfectoire. Là, ils s'installèrent autour de tables entourées de huit chaises. Mehdi resta debout entre deux tables, hésitant. Allait-il s'asseoir à côté des deux Espagnols, à gauche, ou de Sidi Mohammed Khalid M'Chiche El Alami, à droite ? Il avait l'impression d'être un intrus dans les deux cas.

Morel, qui surveillait la manœuvre, s'approcha, feignant d'être courroucé.

— Ben alors, quoi ? Tu vas manger debout ? Comme un pélican ?

Mehdi sursauta, leva les yeux vers le surveillant et, sans qu'il sût comment, sa bouche formula cette question :

— Ils mangent debout, les pélicans ?

Il avait complètement oublié, pendant une seconde, où il était et ce qu'il faisait là. Le mot « pélican » avait fait resurgir en lui cette douce soirée de printemps, deux ans auparavant, où il avait lu un livre pour enfants qui contenait quelques images de l'étrange animal à la grande poche sous le bec. Dans l'une de ces images, la poche était remplie de poissons et il n'avait trouvé personne pour lui expliquer comment lesdits poissons s'étaient retrouvés là, ni comment l'oiseau s'arrangeait pour les faire passer dans son estomac. L'occasion se présentait enfin de résoudre l'énigme.

Morel leva les bras au ciel.

— Ma parole, mais il est obsédé par les volatiles, lui ! Qu'est-ce que j'ai fait au Bon Dieu pour tomber sur des mabouls pareils ? Qu'est-ce ça peut t'foutre *comment que* les pélicans mangent ? D'ailleurs, ma langue a fourché, je voulais dire : un flamant rose. C'est ces abrutis d'flamants roses qui sont toujours debout, l'air con et la vue basse, avec la patte repliée… Comme toi, quoi ! Allez, va t'asseoir !

Il le poussa vers une chaise vide à côté de M'Chiche qui prit un air dédaigneux en le regardant s'asseoir. Ils étaient trois à cette table. Samir Tanji, la tête tournée, regardait au loin, à travers la vitre. La cour était maintenant tout à fait vide et paisible. M'Chiche avait un bol de soupe devant lui mais il n'y touchait pas.

— On bouffe que d'la merde, ici, glissa-t-il à Mehdi sur le ton de la confidence. Heureusement que j'ai fait un bon gueuleton avec mes parents avant de venir. Et toi ?

Mehdi, qui se demandait comment on pouvait confondre un pélican et un flamant rose – déjà, la couleur était différente –, se souvint à temps qu'il pouvait tenir son rang dans cette discussion et qu'il n'était pas obligé de garder le silence, honteux et confus.

— J'ai mangé des brochettes avec mon oncle Mokhtar, sur la route, annonça-t-il, très fier. Des brochettes de viande. Avec de la sauce. Et il y avait aussi une procession de gueux.

M'Chiche se tourna vers lui.

— Une quoi ?

Il était trop tard pour se rétracter. Mehdi, qui ne savait pas pourquoi il avait cru bon de donner ce détail, répéta avec force, dans l'espoir de tuer dans l'œuf le débat qui s'amorçait :

— Une procession de gueux !

M'Chiche fronça le sourcil.

— Une *possession dégueu ?* C'est quoi, ça ? C'est une salade, pour accompagner les brochettes ?

Samir Tanji suivait maintenant la discussion sans en perdre un mot. Il trépignait sur sa chaise, la fourchette dressée, attendant l'instant propice pour y mettre son grain de sel. Il intervint, péremptoire :

— Une *précession d'œufs deux*, c'est un dessert ! J'en ai déjà mangé. C'est très bon. Comme la pêche Melba.

— Ça m'étonnerait, répliqua M'Chiche. Je connais tous les desserts. À la maison, on a une bonne qui fait qu'ça. Ça *n'eguéziste* pas.

Morel, qui se tenait debout entre leur table et celle des Espagnols, n'avait pas cessé d'observer les trois enfants. Il intervint sèchement :

— Qu'est-ce que vous avez à papoter au lieu de manger, bande de feignants ? C'est le dernier salon où l'on cause ? Vous vous croyez chez la Pompadour ?

M'Chiche leva les yeux vers le *pion*, sans s'émouvoir.

— M'sieur, l'nouveau, là, Machin, il raconte n'importe quoi. Il dit qu'il a mangé à midi un dessert qui s'appelle une *possession dégueu...* J'sais même pas ce que ça veut dire. Et lui non plus, j'en suis sûr.

Samir Tanji stridula :

— Une *précession d'œufs deux*, c'est d'la pêche Melba !

Morel haussa les épaules.

— Une *récession d'mes deux ?* C'est pas un dessert, ça n'existe pas. C'est même très vulgaire, comme expression. Inacceptable au lycée Lyautey.

M'Chiche conclut, en repoussant l'assiette de soupe à laquelle il n'avait pas touché :

— C'est bien ce que je disais. Ça *n'egueziste* pas.

Morel examinait attentivement Mehdi.

— T'es pas un peu cinglé, toi, Fatima ? T'es mal parti, dans la vie, avec ton obsession pour les oiseaux, tes mensonges et tes obscénités.

Le cuisinier vint déposer au milieu de la table une grande casserole et en enleva le couvercle d'un geste brusque du poignet, avant de le déposer sur la table. Puis il grommela quelque chose et disparut. Morel alla chercher une louche sur une crédence et vint lui-même servir les trois compagnons. Il déposa avec précaution un monceau jaunâtre qui ressemblait à de la purée dans l'assiette de Mehdi.

— T'es cinglé, répéta-t-il, mais ça n'empêche pas de manger. Même les fous ont un estomac. En plus, c'est du hachis Parmentier, *ça tient bien au corps.*

Il regarda le bol vide de Mehdi, qui s'efforçait de comprendre cette nouvelle expression. (Ça voulait dire quoi, « ça tient bien au corps » ? Comment faisait-elle, la purée, pour « tenir » quoi que ce soit ? Elle s'agrippait aux parois, dans l'estomac ?)

— Mais t'as pas mangé ta soupe, mon lascar ! s'exclama-t-il. Ah, ça va pas, ça va pas… Bon, je ferme les yeux cette fois-ci mais tu dois manger ta soupe chaque soir. C'est plein de vitamines et ça fait grandir. T'es pas plus grand qu'une fauvette des marais…

Mehdi eut l'impression que le cauchemar de la veille recommençait. La soupe à laquelle il n'avait pas touché, le hachis… Allait-on manger ça tous les soirs, toute l'année ? *(Et qui était Parmentier ?)* M'Chiche interrompit Morel sur un ton moqueur :

— Mais moi non plus, j'ai pas mangé ma soupe, m'sieur.

Morel rugit :

— Tu veux ta baffe, M'Chiche ? Je me fous que t'aies pas mangé, toi : ton père possède la moitié du Gharb et il produit des millions de tonnes de riz chaque année, tu bouffes ou tu bouffes pas, tu t'débrouilles avec lui, j'm'en fous ! Mais lui, là, le pélican (il montra Mehdi du doigt), d'abord il est barjot, ensuite il vient d'on ne sait où avec une bourse de la République française, ça fait quatre ou cinq bonnes raisons de s'occuper de sa petite santé et moi, con et obéissant, fier de mon pays, la France éternelle, je vais faire ça pendant toute l'année, m'occuper du petit Chose, du p'tit boursier d'la République, j'suis là pour ça, et si t'es pas content, M'Chiche, la mort de tes os, ma parole, je te fais avaler mon parapluie !

La moitié du Gharb haussa les épaules.

— On vous a jamais vu avec un parapluie, m'sieur. I pleut jamais, ici.

— C'est une métaphore, p'tit con.

— Des promesses, toujours des promesses…

Morel, estomaqué par l'aplomb de Khalid M'Chiche El Alami, éclata de rire et mit une taloche à Mehdi, sur le sommet du crâne – sans la moindre raison. Puis il s'en alla, riant toujours.

Mehdi, le crâne endolori, plongea sa cuiller dans la boule jaune et goûta avec précaution. C'était un peu fade mais ce n'était pas mauvais. À l'intérieur de la purée, surprise, il y avait de la viande hachée – pas aussi goûteuse que celle que sa mère faisait, mais tout à fait comestible. Il mangea de bon appétit sous le regard intéressé de son voisin qui avait rabattu ses lunettes bleues sur le bout de son nez. Mehdi, se tournant machinalement vers lui, sursauta en apercevant les deux globes blanchâtres, injectés de filaments de sang, fixés sur lui. M'Chiche ricana :

— Qu'est-ce t'as à te goinfrer comme un cochon ? Tu viens du pays de la faim ?

Mehdi se méprit sur le sens de la question.

— De la fin de quoi ? La fin du monde ?

— Idiot : de la faim, f-a-i-m. *Blad aj-jouᶜ*.

C'était les premiers mots qu'il prononçait en arabe. Il continua.

— Ma grand-mère me parle parfois du pays de la faim. Il paraît que les gens y mangent des sauterelles et des souris, tellement ils crèvent la dalle. C'est d'là qu'tu viens ?

Mehdi, furieux, piqua du nez dans son assiette et ne répondit rien. M'Chiche continua, sur le même ton ironique.

— Ah mais c'est vrai : tu viens de *Bnimlal*. Mais ça ne veut rien dire : c'est peut-être là-bas, *blad aj-jouᶜ*.

Changeant de sujet :

— À propos *(à propos de quoi ?)*, pourquoi Morel il t'appelle Fatima ?

Mehdi, à bout, se mit à pleurer. C'était furtif, quelques larmes dans les yeux, un petit reniflement, mais son bourreau s'en rendit compte. Il poussa un soupir.

— Bon, ça va, si on peut plus poser de question... Et toi, tu viens d'où ?

Il s'était tourné vers Samir Tanji qui avait suivi attentivement leur échange tout en faisant un sort à son hachis.

— De Marrakech, répondit-il, très fier.

M'Chiche fit la moue en dodelinant de la tête.

— Ouais, c'est pas mal, Marrakech, concéda-t-il. On a une villa là-bas, dans la Palmeraie. Une grande villa. On y va pour skier dans l'Oukaïmeden. Mais qu'est-ce que tu fais ici ? Il y a un lycée de la mission à Marrakech, non ? Mes cousins y vont. Ça s'appelle Victor-Hugo, non ?

Samir Tanji le regarda droit dans les yeux et dit :

— On m'a mis ici parce que mes parents sont en train de divorcer et que ma mère a l'intention de venir s'installer à Casablanca. Ils veulent pas que je change de lycée au cours de l'année.

Cette fois-ci, M'Chiche fut vraiment impressionné. Il émit une sorte de sifflement.

— Ben, mon vieux !

Puis il ne trouva rien à ajouter et se mit à fouiller, du bout de sa fourchette, dans la casserole à demi pleine de hachis. Il se livra à une opération compliquée qui consistait à dégager la viande hachée de sa gangue de purée et à la déposer dans son assiette. Samir Tanji, voyant que l'autre était en train de confisquer l'essentiel de ce qui restait dans la casserole, protesta :

— Eh là ! Et si j'en reveux ?

M'Chiche haussa les épaules.

— D'abord, on ne dit pas : j'en reveux, on dit : je veux *du rab*. Ou du rabiot.

Mehdi, qui s'était arrêté de pleurer, l'interrompit étourdiment :

— Comment ça s'écrit ?

— Ça s'écrit pas, imbécile, ça se dit : je veux *du rab*, tu veux *du rab,* il veut *du rab* (il désigna Samir Tanji du bout de la fourchette qu'il tenait toujours à la main).

Mehdi protesta d'une voix fluette :

— Mais… si ça se dit, ça s'écrit ! C'est obligé.

— Pas du tout, répliqua d'une voix lasse le garçon aux lunettes bleues. C'est de l'argot. Ça s'écrit pas. Si tu sais pas ça, c'est que tu es vraiment nul. Ce qui ne m'étonne pas d'ailleurs, vu que tu viens du pays de la faim.

Mehdi, rouge de honte, se reprocha amèrement d'avoir ouvert la bouche. Parler, ça débouchait toujours sur ça : l'humiliation. Il mangea tristement la poire que le cuisinier vint déposer devant lui. Puis il remonta au dortoir et alla s'étendre tout habillé sur son lit. Le dortoir était vide car les autres internes étaient restés dans la cour, à bavarder et à raconter des blagues.

Une heure plus tard, le dortoir se remplit. M' Chiche El Alami arriva sans se presser, ouvrit l'armoire et en sortit un très beau pyjama vert pomme, qui semblait luire dans la lumière crue que dispensaient les ampoules fixées au plafond. Il se déshabilla derrière la porte de l'armoire et alla bavarder avec les voisins. Ramón Fernández lui lança d'un ton moqueur :

— Eh M'Chiche, t'as l'air d'une plante verte, avec ton pyjama ! Il faudrait te mettre en pot. Fais gaffe, si un mouton passe dans le coin, il te broute.

Des éclats de rire saluèrent la saillie. M'Chiche répondit tranquillement :

— La plante, elle te dit merde. Et le pyjama vient de Paris, direct des Champs-Élysées. Tu peux en dire autant, Espagnol *hazeq* ?

— Ça veut dire quoi, *hazeq* ?

— Ben, demande-le à ton chauffeur marocain, ou à ton jardinier, ils comprennent l'arabe, eux.

— Mais je n'ai ni chauffeur ni jardinier, idiot. Mon père est maraîcher. Tu crois qu'on est tous des rupins comme toi ?

— C'est bien ce que je disais. Espagnol *hazeq* : fauché.

— Sale capitaliste ! On vous aura ! Les aristocrates, à la lanterne !

— C'est ça, c'est ça…

Et il revint dans le box. Il s'agenouilla et alla chercher quelque chose dans sa valise, sous le lit. Puis il se redressa et se pencha vers Mehdi allongé de tout son long.

— Tiens, prends, lui dit-il.

Mehdi n'en crut pas ses yeux. C'étaient des albums de bandes dessinées, il y en avait au moins dix, et des plus beaux, des plus chers : *Tintin, Astérix, Achille Talon*, etc. Il n'en avait jamais vu autant. C'était un rêve, bien sûr. Dieu se moquait de lui. Il s'en empara quand même et les serra sur sa poitrine afin d'en profiter un peu, juste avant de se réveiller. Mais M'Chiche continuait de le regarder à travers ses lunettes bleues. Une lueur ironique se mêlait à ce qui ressemblait à… à de la bonté. (*Ce ne peut pas être de la bonté*, pensa Mehdi. *Je rêve vraiment.*)

— Je te les donne, bougonna M'Chiche. Parce que je n'aurais pas dû te dire que tu venais de *blad aj-jou*[c]. En fait, c'était juste une blague. Je croyais que tu allais rire ou réagir ou…

Mehdi, interloqué, ne disait rien.

— Enfin, tu aurais pu aussi me traiter de tous les noms. Faut s'défendre, quoi. Mais je crois que tu n'as pas compris que je plaisantais. En fait, tu n'as aucun sens de l'humour. Le prof' de français, il dit que c'est nécessaire pour survivre, le sens de l'humour. Bon, allez, donne-moi ça (il reprit les bandes dessinées), je les mets dans ton casier, elles sont à toi pour le moment. Tu me les rendras quand tu les auras finies. C'est plus la peine de bouder, p'tit con. Amis ?

Il tendit la main à Mehdi qui la serra, ébahi, jeta les *Tintin* et les *Astérix* dans l'armoire, puis grimpa lestement le long de la petite échelle, comme un gros caméléon vert, en criant « Vive Franco ! » en direction de Ramón Fernández.

— Et ta sœur, facho ! répondit l'autre.

— Elle bat l'beurre, répliqua le caméléon.

Puis ils se turent car les lumières venaient de s'éteindre. Mehdi en profita pour mettre discrètement son pyjama rose. À travers les vitres, dans l'entrebâillement des rideaux, on pouvait voir les lueurs blanchâtres que dispensait une lune généreuse et totalement indifférente.

C'était sa deuxième nuit à l'internat. Recroquevillé contre le mur, tenant dans son poing serré un coin du drap qui recouvrait son corps malingre, Mehdi revit le film des événements – il pensa vraiment au mot *film*, car il lui semblait maintenant n'avoir rien vécu, il lui semblait qu'il avait *vu* tout ce qui lui était arrivé. Bien sûr, il avait eu à plusieurs reprises, au cours de la journée, le ventre noué et le cœur affolé, il avait même tremblé de peur, parfois, mais cela pouvait aussi arriver en regardant un film. Drôle de journée, tout de même. Il était passé de main en main – sa mère, puis Mokhtar, puis Miloud, puis Lombard, puis Morel… – et cette chaîne qui lui voulait du bien (à ce qu'il avait compris) aboutissait là, dans ce lit étroit, dans cette pièce immense qu'il devait partager avec des dizaines de parfaits inconnus. Les yeux grands ouverts, il était tout à fait incapable de s'endormir. C'était une sensation qu'il n'avait éprouvée qu'une seule fois dans sa vie : l'avant-veille, à Béni-Mellal. Une *insomnie*. Allait-il devenir un… un *insomniaque ?* Où avait-il lu ce mot ?

Insom/niaque. Niaque, niaque, niaque. Dans la claire nuit d'angoisse, quelques phrases se mirent à voltiger dans les airs. « *Je ne me souviens pas de mon enfance ; je fus probablement malheureux comme tous les ânons…* »

Quelqu'un se mit à tousser, faiblement, au milieu du dortoir. Aussitôt, une voix malicieuse, s'efforçant de prendre un ton sévère, retentit :

— Les malades, à l'infirmerie !

C'était l'un des deux Espagnols, sans doute Ramón Fernández. Des rires fusèrent. Tiens, pensa Mehdi, il n'était pas le seul à être éveillé. La toux sèche reprit et, cette fois-ci, ce furent trois ou quatre internes qui crièrent, dans un bel enchevêtrement de voix aiguës, graves ou moqueuses :

— Les malades, à l'infirmerie !

— C'est Khalès qui crache ses poumons !

— Va falloir l'achever !

Le « malade » protesta :

— M'faites pas chier, les gars, j'suis pas malade, j'ai juste… juste…

Il n'arrivait pas à trouver ses mots. Sans doute voulait-il dire « j'ai un chat dans la gorge » – du moins, c'est ce que pensa Mehdi. Il se demanda s'il lui fallait voler au secours du dénommé Khalès en lui soufflant la bonne formule mais avant qu'il ait pu se décider, les voix reprirent, impitoyables, criant, susurrant, chantant :

— Mais oui, t'es malade, Khalès !

— Faut pas nier l'évidence !

— C'est la fin, Khalès !

— T'as la peste !

— T'es en tain de crever !

— Il est mort, Khalès !

Et un chœur improvisé entonna une chanson, en latin :

— *De profundis, morpionibus…*

On entendit soudain un grand chambardement. La porte de la petite chambre venait de s'ouvrir avec violence. Morel déboula comme un sanglier entre les deux rangées de lits et se mit à hurler :

— Vos gueules, bande de petits merdeux ! Je dors, moi ! J'ai besoin de silence ! Qu'est-ce que c'est que ce bordel ? Si j'entends encore une voix, je viens personnellement lui casser la gueule !

Casser la gueule à une voix ? Mehdi fut choqué

d'entendre une phrase aussi illogique mais il n'osa pas protester. Il tira le drap sur sa figure et cessa de respirer. Le pion allait et venait en pestant dans ce dortoir qui semblait maintenant désert tant le silence qui y régnait était absolu. Khalès ne toussait plus. Il était peut-être vraiment trépassé ? Avant de regagner sa chambre, le pion donna un coup sec sur le montant du lit le plus proche, comme pour attirer l'attention de tous les mac-chabées qui peuplaient sa nécropole, et il prononça d'une voix forte cette belle sentence qui se grava à jamais dans la mémoire de Mehdi :

— *Faut pas confondre sympathique et con !*

Puis la porte se referma avec violence et on n'entendit plus rien, sauf ce chuchotement (Savall ? Fernández ?) qui établissait la seule conclusion possible de l'incident :

— C'est la faute à Khalès !

Mehdi se souvint à temps, juste avant de mourir, qu'il pouvait respirer de nouveau et il aspira une énorme bolée d'air frais. Puis il ferma les yeux. Il s'efforça d'imaginer un visage « sympathique », il n'en trouva aucun, puis celui d'un « con » : Morel s'imposa. Comment pouvait-on confondre les deux ?

Il finit par s'endormir, perplexe.

7

La fille à Chamayrac

Morel sortit de la *piaule*, peigné et pommadé, se dressa à l'entrée du dortoir, aspira profondément et fit retentir un rugissement à faire trembler les vitres :

— Allez, bande de p'tits cons, on s'réveille !

Puis il passa entre les box au pas de course, jurant et grognant. Si quelqu'un dormait encore, il se penchait sur lui et se mettait à brailler :

— Alors, la Belle au bois donnant ? T'attends le prince charmant ? Compte pas sur moi pour te réveiller d'un baiser, crapaud, j'ai pas envie d'attraper la vérole ! Allez, zou !

Et il arrachait le drap d'un geste vif, laissant sa victime se tortiller sur son lit comme un petit cachalot échoué sur une plage hostile. Le suivant, s'il avait eu le malheur de ne pas se réveiller, avait droit au même couplet ou à une variante :

— Alors, p'tit cul, t'as les portugaises ensablées ? T'as une couille dans l'oreille ? C'est pour ça que tu m'entends pas ?

Et ainsi de suite, jusqu'à ce que tous fussent debout, devant leur lit, bâillant et se frottant les yeux. Morel, qui était le seul de tous les surveillants à exiger cet alignement matinal, hurla :

— Allez ! On va s'laver, même si ça sert à rien avec vos tronches de tarés. Vous s'rez toujours aussi laids ! C'est pas comme ça que vous allez draguer la fille à Chamayrac !

Lorsque Mehdi entendit cette expression, il crut que Morel parlait d'un village – Chamayrac, quel joli nom ! En se brossant les dents dans la grande salle d'eau collective, il se demanda pourquoi ce village ne comptait qu'une seule fille : où était le reste de la gent ? Les avait-elle toutes éliminées, parce que rivales, les unes après les autres ? Et comment ? Par le poison ? L'assommage discret au coin des rues ?

Il finit de se brosser les dents et s'attaqua à ses cheveux rebelles, qu'il s'agissait de mouiller légèrement puis de plaquer contre le cuir chevelu, pour qu'aucun épi ne dépasse.

Peut-être avait-elle conduit toutes les autres filles du village au bord d'une falaise, en jouant de la flûte, comme dans le conte, et elles s'étaient *fracassées en contrebas* ? (Il avait retenu cette spectaculaire expression en la lisant dans un livre de la Bibliothèque Verte où l'on parlait de châteaux pris d'assaut par l'ennemi.)

Toujours houspillés par Morel, les internes descendirent, en file indienne, et entrèrent dans le réfectoire. Ils allèrent s'asseoir, par groupes de huit, autour des tables sur lesquelles trônaient des brocs de lait, de café et de chocolat. Des baguettes croustillantes, des barquettes de beurre, des pots de confiture étaient posés à côté des brocs. Mehdi, qui s'était retrouvé avec les deux Espagnols, écarquilla les yeux. *C'était Byzance !* (Il pensa un instant à M. Bernard, qui lui avait appris cette expression, et tant d'autres.)

Il s'assit, et quand tout le monde fut servi, il se versa discrètement un peu de chocolat chaud. Le broc était presque vide maintenant. Tout en sirotant son chocolat chaud, il revint au problème de tantôt : la jouvencelle. Une question le turlupinait : pourquoi étaient-ils tous, lui et ses petits camarades, censés vouloir *draguer* cette fille unique, en son lointain village ? Il se pencha sur Juan Savall, qui était assis à côté de lui, et lui demanda à voix basse :

— Tu l'as déjà vue, toi, la fille à Chamayrac ?

— Ouais, j'l'ai vue, répondit Savall en dévorant une tartine dégoulinante de confiture d'abricot. Tout le monde l'a vue. L'a les yeux violets. L'est blonde. L'a un joli p'tit cul tout rond.

Mehdi n'en revenait pas.

— Ah bon ? Tu es déjà allé à Chamayrac ?

Savall le regarda d'un air interrogateur.

— Qu'est-ce tu veux dire ?

— Eh bien, là où elle habite…

— Mais elle habite là-bas, dit l'Espagnol d'un air agacé en montrant du doigt le petit immeuble, entre le bâtiment H et les dortoirs, où logeaient quatre familles. Chamayrac, c'est un surveillant général et sa fille habite avec lui, c'est normal, non ? Qu'est-ce t'as à m'faire chier ?

Mehdi posa son bol de chocolat et fixa d'un regard incrédule Morel qui admirait son reflet dans une vitre du réfectoire, quelques mètres plus loin. Morel se retourna et vit qu'on le regardait avec insistance. Trois bonds souples et il était au-dessus de Mehdi, comme une tour humaine se penchant, menaçante, sur un petit Sarrasin.

— Y a un problème, Fatima ? T'as perdu tes dindons ?

Mehdi, transi, ne bougeait plus. Morel insista :

— Eh ben quoi, parle, fils, quoi, quoi, qu'est-ce qu'il y a ?

Les sept commensaux de Mehdi s'étaient arrêtés de manger et le regardaient, ravis de le voir sur le point d'être dévoré tout cru par le surveillant. Mehdi espéra une grande explosion, qui ne vint pas, un raz de marée, qui ne vint pas non plus, puis s'entendit dire d'une voix mal assurée et trop aiguë :

— C'est que… vous dites « la fille *à* Chamayrac », m'sieur, mais il faut dire « la fille *de* Chamayrac ».

Les sept internes ouvrirent grand leurs yeux. On n'avait jamais vu ça. C'était trop beau ! Ce bizuth osait corriger Morel ! Il y avait de la gifle dans l'air, du coup de poing dans les gencives, peut-être un meurtre. Ledit Morel resta là, sidéré, la bouche ouverte, pendant quelques secondes ; puis, ayant enfin compris ce qu'on lui disait, il se redressa, passa la paume de sa main sur ses cheveux, hagard, et se mit à vagir :

— Putain… mais attends, attends… mais putain… mais je rêve… attends, attends… c'est pas vrai… d'où i sort, lui ? Avec ses dindons… i prétend m'apprendre le français… attends, attends, je rêve… putain de bordel de merde… Fatima veut m'apprendre *ma* langue… i déboule d'la montagne et i veut m'apprendre ma langue…

C'est alors que Ramón Fernández, qui s'était tranquillement remis à manger, leva son couteau et énonça d'une voix claire et nette cette phrase que Mehdi n'allait plus jamais oublier – elle était pourtant banale, cette phrase, mais elle le marqua profondément, pour la vie, comme si elle dressait un rempart définitif contre toutes les injustices :

— *N'empêche qu'il a raison !*

Morel se tourna vers le fâcheux. Il explosa :

— Ouais, bon, ça va, ta gueule, Fernández ! C'est quoi, ça, l'alliance de l'Espagnol et du Marocain ? Le toréador et le blédard ? L'aveugle et le paralytique ? Dolorès et Fatima ? Bande de sous-développés ! Z'avez pas un kilomètre d'autoroute entre vous deux ! Z'avez pas un train ! Pas un téléphone qui marche ! Allez, va danser le flamenco, espèce de gitan, au lieu de prétendre m'apprendre *ma* langue !

— Moi, j'ai rien dit, répliqua posément Ramón en beurrant une tartine. Mais lui (il désigna Mehdi du menton), il a raison. En bon français, on dit « la fille *de* Chamayrac ». D'ailleurs, vous le savez très bien.

Morel, irrité par le ton serein que prenait ce garçon de douze ans pour lui faire la leçon, aboya :

— Trois heures de colle !

Ramón Fernández haussa les épaules et ne répondit rien. Le pion se tourna vers Mehdi.

— Et toi aussi, le flamant rose, trois heures de colle !

Morel s'en retourna près de la vitre, en secouant la tête. Mehdi aurait voulu pouvoir hausser les épaules, comme Fernández, mais il ignorait ce que cela voulait dire, « trois heures de colle ». Il allait coller quoi ? Ou bien allait-on le coller contre une planche ? Pendant trois heures ? Au soleil ? Il se souvint de l'image d'un pilori, vue dans un livre d'histoire illustré, et se demanda si c'était là le châtiment qui l'attendait. Tout ça pour avoir fait une bonne action ! Il se tourna vers Juan Savall et lui demanda à voix basse :

— C'est quoi, des heures de colle ?

Juan Savall le regarda d'un air moqueur :

— Tu t'fous d'moi ? Tu ne le sais pas ?

— Non.

— Eh ben… c'est simple : le samedi, au lieu de rentrer chez toi, tu vas à l'étude pendant trois heures. Ensuite seulement, tu pourras partir.

Mehdi finit de boire son chocolat qui s'était considérablement refroidi. Il se fit la réflexion que ce pilori des temps modernes n'était pas vraiment redoutable. Il avait quelques chances de finir l'année vivant. Pour la première fois depuis vendredi, il lui sembla que la boule dans l'estomac avait vraiment disparu.

8

Mehdi apprend à jouer du xylophone

La première semaine passa rapidement. Une certaine routine s'installa dans la vie de Mehdi même si chaque jour, avec son lot de nouveaux professeurs et de nouvelles matières, était différent du précédent. Le matin, le surveillant les réveillait vers sept heures. Ils avaient chacun leur méthode. Celle de Morel était la plus extravagante : une bordée d'injures qui résonnait longtemps sous le plafond et dont on comprenait mal à quoi elle rimait. Madini se contentait de taper très fort dans ses mains, en passant entre les lits, s'étant fait le masque du loup solitaire. Si quelqu'un s'obstinait à dormir, entortillé dans ses draps, la tête tournée vers le mur, Madini entrait dans le box et se mettait à applaudir tout près de son oreille, de plus en plus fort, comme s'il assistait au concert d'un sourd. Personne ne résistait à ce traitement et même les « anciens », qui mettaient un point d'honneur à ne jamais se lever avant les « bizuths », finissaient par rabattre le drap sur leur poitrine et à se dresser en grommelant.

Dumont se plantait devant la piaule et disait d'une voix forte : « Messieurs, debout ! *Le vent se lève ! Il faut tenter de vivre !* » Ayant prononcé cette phrase énigmatique, toujours la même, il faisait des allées et venues dans le dortoir. Si quelqu'un restait au lit, Dumont s'approchait de lui, croisait les bras haut sur la poitrine et le fixait de son regard bleu. C'était magique : le gisant, même s'il avait les yeux fermés, commençait à remuer, comme transpercé par un rayon laser, et ne tardait pas à ouvrir les yeux.

Régnier, lui, avait une approche personnalisée : il se penchait sur chaque lit et secouait le dormeur jusqu'à ce que celui-ci donnât des signes de vie – le plus souvent, un grognement ou un chuintement. Mehdi remarqua que Régnier ne secouait pas tout le monde de la même manière. C'est tout juste s'il le toucha, lui. Plutôt une caresse qu'autre chose. En revanche, il se rua sur M'Chiche El Alami et se mit à le pétrir comme de la pâte molle jusqu'à ce que M'Chiche hurle :

— Ça va, merde, chuis réveillé !

Et, entre ses dents, il siffla :

— Sale communiste !

La sarabande des *profs* commença. Le professeur de mathématiques, M. Marcellus, avait l'œil noir et vif, des mains d'étrangleur et le crâne luisant. Personne n'osait parler pendant son cours. Un seul regard, lancé en demi-cercle, décourageait toutes les velléités de chahut. Il introduisit les diagrammes de Venn dans un silence de plomb. Après les avoir dessinés au tableau, il se mit à en parler plaisamment comme de « patates » (« L'intersection de la patate A et de la patate B… »). Les enfants redoublèrent de mutisme apeuré.

— Il n'est pas interdit de rire ! tonna-t-il.

On entendit une mouche voler.

Les autres professeurs étaient moins effrayants mais ils avaient chacun leur façon de faire régner l'ordre et le silence. Sauf le professeur de musique.

Mehdi en avait tant rêvé, de ce premier cours de musique, dès qu'il l'avait repéré sur « l'emploi du temps » qu'on avait remis aux élèves, le lundi matin ! Les quelques mots qu'il connaissait et qui se rapportaient à la musique s'étaient mis à danser dans sa tête. *Cantate, sérénade, mélodie, refrain, ritournelle...* Et aussi la *crécelle d'un lépreux*, expression cueillie dans un de ces « livres pour les grands » que son père ne l'empêchait pas de lire. Il se voyait déjà installé devant un piano, jouant avec entrain une « sonate » ou une « fugue » – il n'avait aucune idée de ce que ces mots signifiaient, mais qu'ils étaient beaux ! Ils avaient leur musique en eux-mêmes, ils chantaient rien qu'à être prononcés. « Fugue » avait quelque chose de fuyant mais aussi, vers la fin, de rugueux, comme une course échevelée qui finirait contre un mur (le monument aux morts ?). « Sonate » promettait des sons qui tintinnabulent, des cloches, comme dans *Heidi*, peut-être un carillon. Il était convaincu, maintenant qu'il était au lycée des Français, qu'on allait faire de lui un virtuose, avant la fin de l'année – dès Noël, peut-être. Il fut un peu déçu lorsqu'il entra dans la salle de classe, qui ressemblait à toutes les autres, et qu'il dut s'asseoir derrière un pupitre quelconque, portant les mêmes scarifications *(Mort aux vaches, X... est un con, etc.)*. Le professeur, M. Doucet, semblait constamment au bord de la panique. Il distribua aux élèves des petits xylophones, d'un air craintif, puis alla vite se cacher derrière une sorte de lutrin de bois qui trônait sur l'estrade. Seules ses grosses lunettes en émergeaient, surmontées d'un crâne fuyant comme une fugue. Il énonçait les notes en tapant sur un instrument invisible – il s'en passait des choses, derrière le lutrin ! Les élèves, invités à retrouver les notes sur le petit xylophone, commencèrent d'abord par donner quelques petits coups perplexes, qui formèrent une charmante cacophonie flottant mollement dans l'atmosphère moite de la salle. Doucet continuait d'égrener des syllabes incompréhensibles *(do, ré, mi, fa...)*. Quelqu'un, au dernier rang, s'enhardit et tapa plus fort sur les petites lattes argentées. TIC, TAC, TIC, TIC, TIC... Doucet ne réagit pas. Erreur fatale.

Ce fut la curée. Comprenant qu'ils avaient un *faible* en face d'eux, les *déconneurs* se déchaînèrent. Chacun se mit à taper de plus en plus fort sur son xylophone, avec le petit maillet à tête rouge, et puis, c'était couru, un petit génie découvrit qu'il était encore plus amusant de taper sur la tête de son voisin. Une telle innovation fut promptement imitée et la classe ne résonna plus de sons cristallins mais de mates vibrations, de tapes molles et d'injures diverses. On découvrit vite les possibilités lyriques des increvables « ta mère ! » ou « ta sœur ! » modulés par un maillet s'abattant sans pitié sur la chair, l'os ou le cheveu. Doucet essaya d'abord de s'opposer au chahut avec l'innocence des martyrs sautant les pieds joints dans la fosse aux lions. Émergeant de son lutrin, il s'avança vers la cohue, tremblant, offrant sa poitrine au danger, et voulut abattre sa main sur un pupitre du premier rang en criant « silence ! ». Il s'y prit si mal qu'il fracassa d'un seul coup sa montre Lip (des ressorts en jaillirent) et bêla :

— Licence !

Licence ? La salle explosa de rire. Doucet, hébété,

regardait sa montre tout à fait morte. Machinalement, il essaya de la remonter (ses doigts dodus s'affolaient autour de la petite couronne) alors qu'on voyait bien que le boîtier était à moitié ouvert, exhibant ses entrailles. Un tel clown méritait qu'on le bombardât à coups de boules de papier. Un justicier de onze ans, n'écoutant que sa conscience, s'offrit à exécuter la punition. La première boule, jaillissant du fond de la classe, frappa Doucet entre les deux yeux – ou, du moins, sur le pont de ses lunettes. Choqué, le professeur de musique s'écria :

— Trois heures de colle !

Le naïf… Ne savait-il pas que l'expression « trois heures de colle » devait, pour être effective, être précédée d'un nom ? Lancée nue, elle ne signifiait rien, il aurait pu tout aussi bien japper en japonais. Trois heures de colle, qui ? Trois heures de colle, quoi ? Une bronca monstre accueillit son imprécision. Abasourdi, il se retira lentement, à reculons, et alla se réfugier derrière le lutrin.

Mehdi, assis au premier rang, n'avait rien compris à l'affaire. Il entendait le vacarme que faisait la classe en folie, derrière lui, mais n'osait pas se retourner. Parfois une boulette de papier tombait sur son pupitre mais il résistait à l'envie de l'ouvrir pour la lire. Sa voisine de pupitre, une fillette plus grande que lui et que les professeurs nommaient « Mlle Kirchhoff », secouait la tête d'un air désolé et murmurait :

— Oh ! Ils exagèrent !

Tout ce tapage avait atteint l'oreille exercée de M. Lombard, dont le bureau était situé au rez-de-chaussée de l'immeuble. Il ne fit ni une ni deux. La porte de la salle de classe s'ouvrit violemment et le surveillant général apparut. Il s'était fait la tête des mauvais jours : lèvres serrées, œil noir, sourcils frémissants. Son front dégarni semblait prêt à donner des coups de boutoir. Il alla droit au fond de la salle, en extirpa un élève au hasard et lui donna une gifle retentissante. Puis il désigna tout le dernier rang : « Toi, toi et toi, quatre heures de colle ! Allez, vos noms, et que ça saute ! » Il nota les noms dans un petit calepin, alla se planter devant le premier rang et se mit à rugir :

— Mal élevés ! Voyous ! Vous vous prenez pour qui ? Qu'est-ce que c'est que ce chabanais ? On vous entend depuis la cour ! C'est une honte ! Mais je vous préviens : ça va changer ! Pas question de tolérer un chahut au lycée Lyautey ! Les meneurs, je les mettrai personnellement à la porte ! Vous irez à Marrakech ou à Rabat voir si j'y suis !

Un silence de plomb régnait maintenant dans la salle. M. Lombard continuait de fixer la salle d'un œil charbonneux jusqu'à ce que plus personne n'osât lever la tête. Satisfait, mais n'en laissant rien paraître, le surveillant général s'en alla non sans avoir glissé quelques mots derrière le lutrin :

— Voyons, monsieur Doucet, il faut les tenir ! Un peu d'autorité !

Le reste de la leçon se fit sans se faire, au son tristounet d'un xylophone violé sans conviction. En sortant de la classe, après la sonnerie qui annonçait la récréation, Mehdi se demandait s'il lui fallait renoncer à son rêve d'être Paganini avant Noël.

9

Les prolétaires n'ont pas de patrie

La semaine scolaire prit fin, le samedi matin, par un cours de géographie qui passionna Mehdi. Il crut se découvrir une nouvelle vocation. Il fixait avec fascination, les yeux écarquillés, les cartes colorées que déroulait d'un geste vif l'imposant M. Porte, comme un prestidigitateur qui fait jaillir de son chapeau une succession de lapins. Il les plaquait de la main gauche contre le tableau et il pointait l'index de la main droite sur plusieurs endroits vivement colorés, en énonçant avec autorité des noms et des mots inconnus : *sillon rhodanien, massif du Jura, drainage, coteaux...* Il avait l'air de faire aux élèves le tour du propriétaire, pas peu fier de posséder la France et de si belles cartes.

À la fin du cours, la fillette qui s'asseyait toujours à côté de Mehdi, au premier rang, mais qu'il n'avait jamais osé regarder, lui demanda :

— Tu t'appelles comment ?

— Khatib.

— Kaki ?

— Kha-tib.

— C'est très joli comme nom, Kaki. Tu es minuscule, mon petit Kaki.

Il s'enhardit enfin à la regarder en face. Elle avait de grands yeux pervenche, de longs cheveux blonds et portait une sorte de salopette rose croisée dans le dos. Elle sentait le savon frais. Elle se leva, ramassa ses affaires et lui dit d'une voix chantante :

— Je m'appelle Cathy Kirchhoff. (Il le savait bien, il avait tendu l'oreille lors de l'appel et il avait une mémoire infaillible.) Au revoir, mon petit Kaki !

Il était midi passé quand Mehdi, la tête pleine des monts et des vaux de M. Porte mais l'estomac tenaillé par la faim, se rendit au réfectoire. Il vit avec étonnement que celui-ci était dépeuplé : la plupart des tables étaient vides, les autres clairsemées. Seuls une dizaine d'internes s'étaient rendus au réfectoire pour le déjeuner. Les autres, un sac ou une valise à la main, avaient déjà quitté le lycée en compagnie de leurs parents ou de leur correspondant.

Mehdi, tout étonné de se trouver seul à table, regardait autour de lui quand Morel fit son apparition, le torse bombé, le regard impérieux. Il « gueula » un bon coup :

— Allez, les orphelins, on se regroupe ! Remplissez-moi les tables, de ce côté !

Il désigna d'un coup de menton les tables qui s'alignaient le long du mur. Son regard achoppa sur Mehdi, seul à sa table, les pieds ballants, qui le regardait avec appréhension. Il rugit :

— Alors, la marquise, tu attends que le *butler* vienne te servir ? Une table pour toi tout seul ? Allez, zou ! Fatima, au fond, comme tout le monde !

Mehdi dégringola de sa chaise et alla s'asseoir à une des tables du fond. On ne l'avait encore jamais traité de marquise. Il en éprouva un vif sentiment d'humiliation, mêlé de perplexité. Les ducs et les comtes et les marquis, c'était tout de même des gens distingués ? Mais il y avait ce maudit féminin qui gâchait tout. Pourquoi Morel ne l'avait-il pas traité de petit comte ? C'est si facile de faire plaisir aux gens.

Il mangea en silence son hachis Parmentier puis son yoghourt sans oser lever les yeux sur les autres internes. Ceux-ci bavardaient sans lui prêter la moindre attention. L'un d'eux but une rasade de vin, claqua la langue et s'écria :

— Encore une que les Allemands n'auront pas !

Les autres éclatèrent de rire, sauf celui qui faisait face à Mehdi. Il murmura lentement, d'une voix menaçante :

— C'est pour moi que tu dis ça ?

Celui qui venait de boire lui répondit gaiement :

— Mais pourquoi tu te sens toujours visé, Kohlauer ? C'est juste une expression. Mon père l'utilise toujours après avoir sifflé une bouteille. Ça fait rire ma mère.

— Ouais. Comme par hasard, c'est toujours les Allemands qui trinquent.

— Ça va, on l'saura, qu't'es un Boche. Mais je t'le répète : j'te visais pas !

Kohlauer haussa les épaules et se servit à son tour du vin. Mehdi avait assisté à la prise de bec le souffle coupé. Il n'avait jamais vu d'Allemand. Il examina le *Boche* à la dérobée, essayant de découvrir *les signes*. Il fut un peu déçu. Ce Kohlauer avait l'air tout à fait normal.

Les Allemands sont des gens comme les autres.

On en apprenait des choses, au lycée français de Casablanca !

En début d'après-midi, il s'installa sur un banc, à côté du bac à sable, et s'absorba dans la lecture des bandes dessinées de M'Chiche. Il était tellement pris dans les aventures d'un *cowboy* taciturne (qui revenait dans une ville du Texas pour se venger d'on ne savait trop quoi) qu'il ne vit pas un jeune homme barbu, vêtu d'un blouson militaire kaki et d'un jean élimé, s'approcher de lui et se planter à quelques mètres, les mains dans les poches, l'œil perçant, comme s'il examinait une scène d'un grand intérêt. L'instinct de survie avertit Mehdi de la présence du danger. Il leva les yeux et rencontra le regard de Régnier. Celui-ci demanda :

— Qu'est-ce que tu fais sur ce banc ?

Mehdi, ne sachant comment répondre, murmura à tout hasard :

— J'suis interne.

— Bravo, dit l'homme en se caressant la barbe. Félicitations. Et maintenant, réponds à ma question : que fais-tu sur ce banc ?

— Je… lis… une *banddessinée*.

Régnier se mit à triturer les extrémités de sa moustache.

— Mais ça, je peux le voir. Je ne suis pas aveugle. J'ai l'air d'un aveugle ? Elle est où, ma canne blanche ? Allons, je ne suis pas miraud : je vois bien que tu lis un torchon américain qui propage l'idéologie impérialiste pour mieux endormir les masses. Ce que je te demande, c'est la chose suivante : puisque tu es interne, puisqu'on est samedi, puisqu'il est deux heures de l'après-midi dépassées de quelques poussières, qu'est-ce que tu fais sur ce banc *au lieu de te trouver à l'étude* ?

Il avait haussé la voix en prononçant ces derniers mots. Mehdi ressentit une violente douleur dans les boyaux. Il ignorait qu'il lui fallait passer l'après-midi dans l'étude. Il se leva et se mit, en quelque sorte, à la disposition du barbu, les yeux baissés. Celui-ci, satisfait, lui fit signe de marcher derrière lui. Ils traversèrent la cour en diagonale pour arriver à la classe Hl dont la porte était grande ouverte. Régnier s'effaça et laissa entrer Mehdi qui alla s'asseoir au premier rang, derrière un petit pupitre. Un énorme cartable trônait sur le bureau qui occupait un coin de l'estrade. L'homme vint s'asseoir d'une fesse sur le bureau.

— Je crois bien que tu vas rester seul. Enfin, seul avec moi. Il est temps que nous fassions connaissance. Je m'appelle Régnier, mais ça, tu dois déjà le savoir puisque j'ai fait la garde de nuit mercredi dernier. Je suis pion ! Et je dis bien *pion*, et non *surveillant*, comme disent mes valeureux collègues, parce que c'est ce que nous sommes : des pions dans le système de bourrage de crâne, des pions dans le *Système*.

Il fit un grand geste enveloppant, des deux mains, en disant ces derniers mots, qu'il répéta, avec un horrible rictus.

— Le Système !

Il alla à la porte jeter un coup d'œil, comme pour s'assurer que l'ennemi ne mijotait pas un mauvais coup. La cour était vide. Tous les élèves étaient rentrés chez eux.

— Curieux, grommela Régnier en revenant s'asseoir derrière le bureau. Il n'y a personne d'autre que toi.

D'habitude, il y a au moins trois ou quatre internes, le week-end. C'est à croire que…

Il s'absorba dans ses pensées, tout en lissant sa barbe. Puis il regarda Mehdi avec un intérêt grandissant.

— Sais-tu pourquoi tu es ici, un samedi après-midi, au lieu d'être chez toi ?

Non, je ne le sais pas. Je ne me suis même pas posé la question.

Régnier ne sembla pas entendre cette réponse muette qui se lisait pourtant clairement dans les yeux inquiets de l'enfant.

— Parce que tu es un pro-lé-taire ! lui assena-t-il d'une voix forte.

Mehdi eut envie de pleurer. Il ne connaissait pas le mot mais il sonnait comme une injure. Pourquoi ce barbu l'insultait-il ?

— Toi et moi, nous sommes tous deux des prolétaires. Tu es marocain, je suis français, mais au fond, nous sommes frères, nous partageons une même condition, un même destin : nous sommes les damnés de la Terre ! Nous voici face à face, dans cette salle de Lyautey : c'est dans l'ordre des choses. C'est ainsi, cela a toujours été ainsi : le prolétaire surveille le prolétaire, pour le plus grand profit du Système. Les flics, les sans-grade, les *mokhaznis*, ce sont tous des prolétaires. Et ils cognent sur qui ? Sur d'autres prolétaires, leurs semblables, leurs frères ! Tous tes petits camarades sont chez eux en train de manger de la brioche, M'Chiche fouette ses serfs, les rupins de mon âge sont en train de skier sur l'Oukaïmeden, comme ce facho de Dumont, le soleil brille au-dehors et nous deux, qu'est-ce qu'on fait ? On s'enferme dans une salle de classe pour que je te tienne à l'œil ! C'est ça, la logique du Système !

Mehdi se demandait quel goût avait la brioche. Régnier, contrarié, lui demanda :

— Eh bien, tu ne dis rien ?

Pris de panique, Mehdi fit un effort pour imaginer une phrase, n'importe laquelle. Il voulut demander quel goût avait la brioche mais ses lèvres formèrent une autre question, qu'il s'entendit énoncer avec étonnement :

— C'est quoi, un *pro-lait-terre* ?

Un large sourire s'épanouit sur les lèvres de Régnier, ses yeux se mirent à briller, il se leva d'un coup et se mit à aller et venir sur l'estrade, d'un pas saccadé, le bras levé comme si sa main indiquait une direction. Il articula d'une voix puissante, proche du braiment :

— Un prolétaire, de par l'étymologie, c'est celui qui n'a rien d'autre sur terre que sa *proles* ; c'est-à-dire qu'il n'a que ses enfants !

Mehdi se demanda si l'homme ne se moquait pas de lui. Comment pouvait-il, lui, à dix ans, avoir des enfants ? Le tribun continuait :

— Il ne possède pas de capital, le prolétaire, il ne jouit d'aucune rente, il n'habite même pas chez lui – ou, à la limite, comme moi, chez ses parents. On l'exploite de tous les côtés. Il n'est *rien*. Et un jour, pourtant, il sera *tout* !

Régnier embrassa la salle vide d'un coup d'œil exalté et informa l'auditoire fantôme, ainsi que Mehdi, de ce fait étonnant :

— Oui ! Bien que, nous autres prolétaires, nous n'ayons, métaphoriquement, que nos enfants, nous sommes l'avenir de l'humanité !

Il pointa un index accusateur sur l'enfant, qui se faisait tout petit.

— *Tu* es l'avenir de l'humanité !

L'avenir de l'humanité, d'émotion, fit pipi dans ses braies. Ce n'étaient que quelques gouttes mais ce n'était qu'un début. Il leva le doigt et demanda s'il pouvait aller aux w.-c. Régnier, contrarié, comme s'il venait de découvrir que le prolétariat avait des besoins naturels, lui fit signe de sortir, d'une main méprisante qui semblait balayer ces basses contingences.

Quand Mehdi revint, il s'aperçut avec horreur que le *pion* était en train de déchirer méthodiquement les bandes dessinées que lui avait prêtées M'Chiche. Il les jetait ensuite dans la corbeille à papier, à côté du bureau.

— Tu n'as plus besoin de lire cette propagande impérialiste, lui annonça-t-il. Tex le *cow-boy* ! On croit rêver ! Les cow-boys, ce sont ni plus ni moins que des garçons vachers, les gardiens du bétail, quoi ! Chez toi, dans la Chaouïa ou dans le Tafilalet – t'es d'où, au fait ? –, chez toi, on ne fait pas d'un garçon vacher un héros, non ? T'as déjà vu un film de Disney intitulé *Bouazza le ᶜaroubi* ? Alors, pourquoi lire ces bêtises amerloques ? Mais ne t'inquiète pas : tu ne vas pas t'embêter, j'ai de la lecture pour toi.

Il alla farfouiller dans le cartable qui reposait sur le bureau comme un petit rorqual et en sortit quelques livres. Il sembla hésiter quelques instants, son regard allant d'une couverture à l'autre, brillant d'excitation, puis il se décida.

— Il faut commencer par le commencement, énonça-t-il sur un ton sentencieux. Voici un bouquin passionnant. On est là jusqu'à sept heures du soir, tu as donc le temps de bien avancer.

Mehdi eut tout juste le temps d'attraper au vol l'ouvrage qu'avait jeté le pion dans sa direction. Il le posa à plat sur son pupitre et en déchiffra le titre : *Karl Marx*, par un certain Roger Garaudy. Sentant le regard de Régnier posé sur lui, il se mit à lire. Il vérifia discrètement s'il y avait des illustrations mais n'en découvrit aucune. Craignant de devoir subir une interrogation écrite à la fin de l'étude, il se concentra sur le livre qui mettait en scène un Allemand né dans une ville au nom français : Trèves. Ça commençait bien : par une situation absurde ! Poursuivant son déchiffrage, sans comprendre tous les mots, il apprit que cet Allemand, qu'on surnommait *le Maure* parce qu'il était noir – mais alors, que faisait-il en Allemagne ? –, était un grand bagarreur. Il se battait à coups de sabre avec des étudiants. Il avait fini par épouser une aristocrate, une certaine Jenny von Westphalen, mais on voyait bien que l'auteur du livre manquait d'expérience : le *happy end* avait lieu dès la page 3, alors que c'est toujours à la fin des contes que le héros épouse la princesse.

Les chapitres suivants étaient illisibles. Aucune péripétie, aucune anecdote, que des mots et des phrases compliqués. Que signifiait *plus-value* ?

Mehdi, découragé, ferma discrètement les yeux et se mit à rêvasser. À quoi pouvait ressembler Jenny von Machin ? Une aristocrate allemande, c'était du blond, ça. Du blond et du bleu, pour les yeux. Une coiffe blanche, un hennin. Une taille de guêpe… Une licorne, dans un coin… Et cette jolie fée, un Maure l'avait épousée ?

Mais alors, lui, Mehdi, il avait toutes ses chances.

Il se mit à rêver à son avenir de prolétaire. Il ferait donc, avec un sens admirable du devoir, plein d'enfants à Jenny von Westphalen, la princesse blonde, qui ressemblait étrangement à Cathy Kirchhoff. Il s'endormit tout à fait et fit un rêve très agréable aux couleurs d'or et d'azur, interrompu vers la fin par le hennissement d'un zèbre. Se réveillant en sursaut, il avisa Régnier qui criait dans sa direction, en agitant les bras :

— Mais tu dors ! En lisant la biographie de Marx ! Mais… ça s'fait pas !

Mehdi se remit à lire, orphelin de Jenny et de sa prolifique descendance. Il pensait avec appréhension à M'Chiche auquel il ne pouvait rendre ses bandes dessinées. Qu'allait-il dire ? Allait-il croire Mehdi ? Allait-il exiger que celui-ci le rembourse ? Mais avec quel argent ? Il n'avait jamais eu un centime en poche.

Le pion s'était mis à écrire avec fureur dans un grand cahier à spirale, tout en laissant échapper, de temps à autre, un beuglement. C'était une sorte de mécanique de l'indignation à laquelle Mehdi assistait, médusé. Régnier jetait un coup d'œil sur un manuel ouvert sur le bureau, mugissait, puis gribouillait dans son cahier. Il finit par refermer avec rage le livre et rugit en direction de Mehdi.

— Le droit international, c'est de la foutaise ! Y a qu'la loi du plus fort !

Puis il descendit de l'estrade et se mit à faire les cent pas.

— Je suis le seul étudiant français en fac de droit, ici. C'est un suicide social, m'a dit Morel, l'autre jour. Il ne comprend pas que je ne sois pas allé en France poursuivre mes études, après le bac. « Un suicide social » ! Tu connais Morel ? C'est un con, doublé d'un vantard, triplé d'un… d'un…

Il n'arrivait pas à trouver la troisième insulte. Contrarié, il résuma, d'un seul mot :

— C'est un pied-noir !

Il lissa sa barbe et reprit, à voix basse, comme s'il tenait conclave avec lui-même et que Mehdi n'était que le greffier nain d'un conciliabule égoïste :

— Remarque, mon père aussi était pied-noir. Mais Morel, c'est un pied-noir d'Algérie. Ce sont les pires. Ils ont fait suer le burnous, là-bas. Ils ont refusé de s'entendre avec les Algériens et ils ont tout perdu. Et maintenant, Morel, il vient faire le mac ici. Moi, mon père, c'était un ouvrier ! Il a travaillé côte à côte avec des musulmans. Sur les mêmes chantiers ! Dans la même tranchée ! Tous pareils !

Il arrêta son va-et-vient et regarda Mehdi avec intensité :

— Note ce que je te dis, fils : *les prolétaires n'ont pas de patrie* ! Répète !

Mehdi, inquiet, bafouilla :

— Les prolétaires n'ont pas de parti.

Régnier gronda :

— Imbécile ! De *patrie* ! Répète !

— … n'ont pas de patrie.

Satisfait, le pion regarda l'heure à sa montre et claqua dans ses mains :

— Allez, c'est l'heure ! On va manger. C'est encore moi le surveillant, au réfectoire. Les cadences infernales ! Le Système ! J'ai bien conscience de me faire exploiter mais patience ! Je ronge mon frein. Tout cela se paiera un jour.

Il prit son cartable, y fourra ses livres et son cahier et fit signe à Mehdi de sortir. Après avoir fermé à clé la porte de la salle Hl, il se dirigea à grands pas vers le réfectoire, suivi du petit prolétaire trottinant. Ils furent accueillis par Bouchta, le cuisinier en chef, qui se tenait à l'entrée, bien d'aplomb, les jambes écartées, les bras croisés. Il toisa l'équipage et éclata de rire :

— Alors, camarade Régnier, c'est ça, ta section ? Tu n'as qu'un enfant de troupe, un seul ? C'est comme ça qu'on va gagner contre le *Fitnam* ?

— Le Vietnam, c'est fini, Bouchta, répondit Régnier d'une voix amusée. Enfin, en ce qui nous concerne, parce que les Américains y sont toujours. Totalement embourbés, depuis l'offensive du Têt… Le peuple vietnamien vaincra ! Charlie *forever* !

Bouchta secoua la tête, toujours souriant, comme s'il ne pouvait comprendre qu'un Français pût tenir un tel langage. Puis il abaissa le regard et planta ses yeux dans ceux de Mehdi.

— Et toi, pourquoi tu es resté ? Où sont tes parents ?

Mehdi ne répondit rien. Il regardait avec horreur la saignée du coude de Bouchta. Un énorme trou semblait la traverser de part en part. Régnier s'aperçut de la scène et gronda :

— Eh bien, un peu de discrétion !

Bouchta se mit à rire.

— Bah, laisse, laisse, camarade… Il faut bien que ces petits *moutchous* apprennent la guerre. Regarde bien, petit.

Il déploya le bras et Mehdi, au bord de la nausée, vit qu'il était déchiqueté sur toute sa longueur. Crevasses violettes, cicatrices blanchâtres et renflements se succédaient. Régnier, impressionné, bien que ce ne fût certainement pas la première fois qu'il voyait l'horrible blessure, essaya de plaisanter :

— Et il ne *leur* a même pas tenu rigueur, il a épousé une Vietnamienne !

Bouchta lui adressa un large sourire et dit d'un ton bonhomme :

— Tu parles encore de ma femme, je te tue.

Il passa le pouce de la main droite sur sa gorge, d'un geste vif. Régnier haussa les épaules et entra dans le réfectoire. Il fit signe à Mehdi de s'asseoir à la même table que lui. Bouchta leur apporta deux bols de soupe aux légumes, du pain et une carafe de vin rouge. Le *pion* versa du vin dans le petit verre Duralex et le vida d'un trait. Il se servit de nouveau puis inclina le col de la carafe au-dessus du verre de Mehdi :

— Tu bois du vin ?

Mehdi, effrayé, fit non de la tête. Régnier reposa la carafe en soupirant.

— Ah oui, *votre* religion. L'opium du peuple… Pourtant, sans un bon verre de vin de temps en temps, la vie n'a aucun goût. Vraiment aucun. Tu es sûr que tu ne veux pas goûter ?

Mehdi secoua énergiquement la tête. Il n'avait aucune envie de subir les flammes éternelles de l'Enfer. Le pion haussa les épaules.

— Tant pis pour toi. Et tant mieux pour moi, je vais me taper toute la carafe. Je suis sûr que c'est du vin de Boulaouane. En tout cas, ce n'est pas de la piquette !

De la piquette ?

Quelques minutes plus tard, Bouchta revint de la cuisine avec deux grandes assiettes qu'il posa avec précaution sur la table. Mehdi fit bien attention à ne pas regarder le bras du cuisinier. Il avait maintenant devant lui un énorme steak, à moitié caché par un monceau de frites. Il se mit à manger de bon appétit. Pendant plusieurs minutes, on n'entendit que les bruits de la mastication et de la déglutition, interrompus de temps en temps par le glouglou des gorgées de vin que Régnier avalait avec un plaisir évident. Puis celui-ci posa la main sur le bras de son petit commensal :

— Écoute, fils, le steak, ça se mange avec de la moutarde.

Il prit le pot, y introduisit son couteau, lui fit faire une sorte de mouvement circulaire puis, après l'avoir brandi d'un air gourmand, il étala une couche de la pâte jaunâtre sur le morceau de viande à peine entamé par Mehdi. Bouchta, qui les regardait de loin, se leva et disparut dans la cuisine.

— Regarde, disait le *pion*, à Lyautey, on ne fait pas les choses à moitié, c'est de la vraie moutarde de Dijon.

Il répéta, content de lui :

— *À Lyautey, on ne fait pas les choses à moitié.* Tiens, j'ai inventé un slogan ! Dommage que je déteste la réclame, cet instrument du capitalisme, tout juste bon à berner le peuple. Sinon, j'ai des dons, c'est évident. J'aurais pu faire carrière chez Bleustein-Blanchet.

Il agita son index en direction du plat :

— Allez, mange, qu'est-ce que tu attends ?

Mehdi, renonçant à demander qui était *bleuchteyn-blanché*, découpa avec application un petit morceau de son steak et le porta à ses lèvres, avec sa couche de moutarde, en faisant bien attention à ne rien laisser tomber. Dès qu'il eut refermé la bouche, ce fut comme si quelqu'un avait craqué une allumette sur sa langue, comme si des petits démons se battaient dessus à coups de lance-flammes. Son nez s'emplit d'un nuage âcre et il sentit, d'un seul coup, des gouttes de sueur sur son front. Certes, il avait ressenti un tel incendie dans son

118

palais en mangeant les brochettes avec Mokhtar, à Settat, le samedi précédent ; mais ce qui était nouveau, c'était cette colonne de feu qui lui remontait par le nez. Ça, *c'était français*.

Bouchta était revenu de la cuisine avec une carafe d'eau froide. Il en versa un verre et le tendit à Mehdi, en grommelant :

— *Had nesrani, bgha y-qtlek.*

Le verre d'eau, bu d'une seule rasade, éteignit en partie l'incendie. Pendant ce temps, Régnier protestait :

— Faites gaffe, Bouchta, je comprends l'arabe. Et d'abord, ici, à Lyautey, on parle la langue de Voltaire, OK ? Sinon, faut aller dans les lycées marocains, les Khwarizmy, les Mohammed V…

Bouchta haussa les épaules.

— Ti comprends l'arabe ? Et alors ? Qu'est-ce que je lui ai dit ?

— Vous avez dit : *Ce Français, il veut te tuer.*

Le cuisinier parut impressionné.

— Bravo ! Et pourquoi vous parlez jamais en arabe, si vous en êtes capable ?

Il disait *capab'*. Cela sonnait comme un défi. Régnier haussa les épaules.

— On est dans un lycée français, non ? D'ailleurs, vous êtes vous-même un ancien sous-off de l'armée française.

— Le sous-off, il te dit : on n'offre pas du vin à un *moutchou* de dix ans. *C'i pas normal !* Et lui donne pas non plus de la moutarde, *c'i digoulasse.*

— Hé ! Ho ! Il faut bien qu'il apprenne la vie !

— Il a tout le temps. La vie, elle est pas toujours belle.

Bouchta prit un morceau de pain et nettoya le reste

119

du steak de Mehdi, enlevant soigneusement la couche de moutarde.

— Allez, mange, *pitchoun !*

Il alla s'asseoir à la table voisine, gardant un œil sur eux. *Pion* et *pitchoun* se remirent à mastiquer. La viande était toujours un peu piquante mais elle était comestible. Mehdi, tout en mâchant, réfléchissait à cet échange sur « la vie » qui avait opposé les deux hommes et auquel il n'avait pas compris grand-chose. Ce breuvage à l'odeur infecte, cette espèce de pâte jaune à l'âcre saveur – c'était ça, le secret de l'existence ?

Quand ils eurent fini de manger, Régnier vida la carafe puis se mit à ululer, sans raison apparente. Mehdi s'attendit, au moins, à ce que ce fou fracassât la carafe sur son crâne, déjà mis à mal par toutes les tribulations de la journée. Bouchta, qui semblait bien connaître les bizarreries de l'homme, éclata de rire. Il se redressa et se dirigea vers la cuisine, dont il revint bientôt avec deux petites coupes de crème caramel qu'il déposa devant eux. Puis il retourna à sa table, sans cesser de les regarder.

Sur ces entrefaites, M. Lombard entra en coup de vent dans le réfectoire, suivi d'un gros chien noir.

— Ne vous levez surtout pas, cria-t-il en direction de Régnier qui n'avait pas esquissé le moindre geste.

Il alla serrer la main de Bouchta qui, lui, s'était levé et avait esquissé le salut militaire. Les deux hommes se mirent à bavarder. Le chien était venu flairer Mehdi qui, n'osant plus bouger, s'était immobilisé dans une pose curieuse : le bras en équerre, la cuillère à quelques centimètres de sa bouche entrouverte. Régnier le regardait avec stupéfaction.

— Tu te prends pour le mime Marceau ? demanda-t-il à l'enfant tétanisé par la peur.

L'animal se désintéressa bien vite de l'enfant changé en statue. Il alla quémander, le museau levé et fureteur, les yeux mouillés, une caresse chez le pion. Celui-ci, se reculant légèrement et pivotant sur sa chaise, lui donna quelques discrets coups de pied pour le chasser. M. Lombard s'aperçut du manège de Régnier et tonna dans sa direction :

— Ho, le communiste, vous avez fini de martyriser Médor ? Votre haine de l'humanité ne s'étend tout de même pas aux animaux ? Ils exploitent qui, les animaux ?

Régnier protesta :

— Je suis en train de manger. C'est pas hygiénique, la truffe d'un animal jusque dans mon plat. On n'est pas des veaux !

— Sa truffe, comme vous dites, est plus propre que votre plat, répliqua M. Lombard d'un ton sévère. D'ailleurs, vous avez fini de bâfrer. Allez, venez par ici, il faut qu'on parle !

Régnier se leva, de mauvaise grâce, pendant que Médor lui faisait fête, sautillant et jappant, et il alla se mettre debout, à côté de M. Lombard. Ils engagèrent immédiatement une conversation à voix basse. Mehdi, dont l'ouïe était excellente, en capta quelques bribes : « … *le petit Khatib*… mobilise la cuisine, des pions… tout un week-end… voir ce qu'il faut faire… »

Il essaya de se faire encore plus petit, mais il n'y arriva pas ; et il restait là, encombré de son corps menu, assis au bord de la chaise, avec le goût délicieux du caramel dans sa bouche, avec la saveur âcre de la moutarde qui irritait ses fosses nasales ; avec une bête féroce qui rôdait autour de lui, prête à le dévorer ; avec l'idée confuse qu'il dérangeait, d'une façon ou d'une autre, le bel ordre de l'univers des Français ; et que, tôt ou tard, il allait payer cher son outrecuidance.

Il adressa une requête silencieuse à Dieu, sous forme de chantage : c'était pour lui la seule manière de communiquer avec l'Être suprême. On ne lui avait jamais appris à prier.

— Si Tu existes… Prouve-le : fais que ce bâtiment s'écroule sur nous tous et nous enterre à jamais. Maintenant ! Sinon je ne croirai plus en toi.

Il ne se passa rien. Les fondations du bâtiment paraissaient solides. M. Lombard et Régnier continuaient leur messe basse en lui jetant des coups d'œil. L'enfant accorda à Dieu un délai de dix secondes.

— Je compte jusqu'à dix.

Un, deux, trois… Il arriva à dix sans que rien n'advînt, pas la moindre secousse, pas même le grincement d'une porte vacillant sur ses gonds. Il fit une croix sur Dieu. Il en avait l'habitude : Dieu le décevait toujours.

Entre-temps, Régnier était revenu s'asseoir à côté de lui, en secouant la tête. M. Lombard était parti, suivi par le dogue. Le pion grogna :

— T'as fini ?

Puis, sans attendre la réponse :

— T'as vu le chien de garde ? Ils en tiennent une couche, hein ?

Mehdi comprit qu'il lui fallait, cette *fois-ci*, avoir une vraie discussion avec le pion. Puisque Dieu n'existait pas, il fallait chercher des alliés du côté des hommes. Il répondit, d'un ton décidé :

— L'est tout noir. Je l'aime pas !

— Moi non plus. Mais pourquoi dis-tu qu'il est noir ? Il est plus blanc que toi.

Il est fou. Il a la berlue. Le fou, après quelques secondes, éclata de rire.

— Ah, je vois ! Tu croyais que je parlais de Médor ! Imbécile, je parlais de Lombard, le surveillant général. C'est lui, le chien de garde du Système. Allez, va te promener dans la cour. Tu as une demi-heure. Ensuite tu vas au dortoir. C'est Madini qui est de service.

Il commençait à faire sombre, dehors.

10

Tout vous est Aquilon

— Eh, Khatib !

C'était sans doute Madini. Mehdi trottina en direction de la silhouette. Madini était un jeune homme de grande taille, au teint brun et mat et aux cheveux noirs. Il portait un jean, des chaussures de sport et un pull marron à même la peau, sans chemise. Lorsque l'enfant fut en face de lui, Madini lui demanda :

— D'où tu viens, toi ?

Mehdi se retourna et pointa le doigt en direction du banc où il venait de passer une demi-heure. Madini secoua la tête en soupirant, comme s'il ne pouvait croire qu'on pût être aussi niais. Puis il reprit :

— Idiot, je te demande d'où tu viens : de quelle ville ?

— Béni-Mellal.

Madini fronça les sourcils et posa une question extraordinaire :

— C'est ton père, le gouverneur de Béni-Mellal ?

Mehdi considéra cette question sous deux angles différents. D'abord, il devait exister un gouverneur dans sa ville natale, puisque le *pion* qui lui faisait face en parlait avec beaucoup d'assurance. Bon, ce point était acquis. Maintenant, il y avait son père. Il ne savait pas vraiment ce que faisait son père, dans la vie. Il l'avait toujours vu à la maison, lisant un journal ou faisant faire des dictées à ses enfants. Il sortait peu. De plus, on ne l'avait plus vu depuis des mois. On ne savait pas où il était. Théoriquement, rien ne s'opposait à ce qu'il eût été nommé, depuis, gouverneur. Répondre « oui » à la question ne serait pas vraiment mentir. D'un autre côté…

Madini, impatient, interrompit le raisonnement :

— Eh oh, t'es sourd ? Il faut répondre quand on te pose une question !

Quelle était la question ? Paniqué, il voulut répondre « oui » pour faire plaisir à son interlocuteur mais il cria :

— Non !

— Bon, ça va, c'est pas la peine de gueuler, protesta Madini. Il est quoi, ton père, alors ? Commissaire divisionnaire ? Homme d'affaires ? Il est quoi ?

Totalement affolé, Mehdi voulut dire la vérité. Mourir pour mourir, autant le faire en ayant le droit de son côté. Ne pas mentir. Dire les choses comme elles sont. C'est alors qu'il se produisit un incident curieux qui allait le tourmenter pendant toute l'année et le remplir de honte et de confusion à chaque fois qu'il y pensait.

Voulant dire la vérité, il conçut dans sa tête, très clairement, la phrase « je ne sais pas ».

Il ordonna fermement à ses lèvres de la prononcer.

Cela donna cette affirmation extravagante et inexplicable qu'il chuinta plus qu'il ne la dit :

— Il est japonais !

La face de Madini exprima l'ahurissement le plus complet. Il se courba, approcha son visage de celui de

Mehdi et l'examina attentivement, exactement comme l'avait fait Dumont dans le réfectoire.

— Tu te fous de moi ? T'as pas l'air japonais du tout. T'as pas les yeux bridés. En plus, tu t'appelles Khatib, tu t'appelles pas Yamamoto Qu'a-des-ratés ou Kenzo Qui-chie-du-haut-du-mât ou un truc de ce genre. De plus, il paraît que tu t'es pointé au lycée escorté de deux paons, à la rentrée. Deux paons ! C'est Miloud le concierge qui le raconte à tout le monde. Bon, on tirera cette affaire au clair un autre jour. En tout cas, je comprends que tu sois resté au lycée pendant le week-end, avec une hérédité aussi floue. Le gouverneur ou le commissaire, ils auraient pas laissé leur fils se morfondre ici le samedi et le dimanche. Allez, file au dortoir !

Après s'être brossé les dents et avoir enfilé son pyjama, Mehdi se glissa vite dans son lit, toujours mortifié par l'incident nippon. En fermant les yeux, il se souvint qu'au cours de cette journée Morel l'avait traité d'orphelin puis de marquise ; Régnier, de prolétaire ; le cuisinier de *moutchou* et de *pitchoun ;* Madini, d'idiot. Il s'était lui-même accusé, sans raison, d'être japonais. Il eut la vague intuition que tout cela s'équilibrait, d'une façon ou d'une autre, et qu'à force de le traiter de tous les noms, les gens ne pouvaient savoir qui il était vraiment, ce qui était sans doute une bonne chose. En somme, il était tout et n'importe quoi. Il s'endormit, enfin rasséréné.

Le lendemain, il se réveilla à l'aube mais resta dans son lit, effrayé par le silence qui régnait dans le dortoir désert. Vers les huit heures, il entendit la porte de la *piaule* s'ouvrir. Madini, invisible, s'éclaircit la gorge et hurla :

126

— Oh, le Nippon ! T'es réveillé ? Tu t'es quand même pas fait *hara-kiri* ?

Mehdi voulut crier « oui » mais, pris au dépourvu, incapable de poser sa voix, il le fit sur une note suraiguë qui finit par le ridiculiser complètement, après le désastre de la veille. Horrifié, il se cacha sous son drap. Pour comble de malheur, il se souvint qu'il était emmailloté dans un pyjama rose. Madini ne poussa pas son avantage. Il se contenta de brailler encore plus fort, de loin :

— Bon alors, tu te lèves, tu t'habilles, tu te laves – dans l'ordre, hein ! – et tu descends au réfectoire. Y a des nouilles et du saké, spécialement pour toi. Et ne traîne pas ! J'y vais déjà.

Dix minutes plus tard, le visage encore humide, mal fagoté, Mehdi poussa timidement la porte du réfectoire.

— *Banzaï !* cria Madini en l'apercevant. Voilà l'Empereur ! Excuse-moi si je ne me jette pas à tes pieds, j'ai de l'arthrose. Allez, viens prendre ton petit déjeuner. Assieds-toi là.

Il désigna une chaise à côté de la sienne. Mehdi sirota son chocolat chaud en silence, pendant que Madini bavardait avec le cuisinier qui n'était pas Bouchta mais un autre vétéran de l'Indochine. À première vue, celui-ci ne pouvait exhiber une blessure aussi horrible que son collègue mais on ne pouvait jurer de rien, l'homme n'étant pas nu.

Après le petit déjeuner, Madini commença à regarder sa montre avec impatience.

— Il est où, ce connard de Morel ? grommelait-il.

La porte du réfectoire s'ouvrit et M. Lombard entra, impétueux, comme la veille, suivi du monstre poilu, comme la veille. La vie était un éternel recommencement, hélas. Médor vint immédiatement flairer l'enfant, qui se figea, le ventre noué. Entre-temps, M. Lombard, qui portait un simple pantalon de flanelle et une chemisette, avait pris un air soucieux. Il s'adressa au *pion*, d'une voix autoritaire :

— Écoutez, Madini, il y a un contretemps. Morel ne peut pas être là aujourd'hui. Vous vous occuperez du gamin toute la journée.

Le visage de Madini se décomposa. Il bredouilla :

— Mais… je ne peux pas.

Le surveillant général le toisa, le visage sévère, un sourcil relevé.

— Comment ça, vous ne pouvez pas ?

— Euh… Je ne suis pas libre.

— Eh bien, libérez-vous ! Si c'est une fille, elle reviendra. Elles reviennent toujours, croyez-moi. Je sais de quoi je parle. Les femmes…

Il siffla son chien et s'en alla, pressé. Le cuisinier avait disparu. Madini regardait Mehdi avec un regard lourd de reproche.

Il me hait. Il va me tuer.

— Tu vois ce que tu as fait, petit con ! explosa-t-il.

Qu'est-ce que j'ai fait ?

Madini pianota un instant sur la table, puis se leva, d'une seule détente, et cria :

— Allez, à l'étude. Zou !

La matinée passa, morne, dans la salle Hl, dont la porte resta ouverte. Mehdi entreprit d'apprendre par cœur « Le Chêne et le Roseau » – c'était le devoir de français de la semaine – pendant que Madini, un livre d'économie ouvert sur le bureau, la tête entre les mains, s'absorbait dans sa lecture.

Le Chêne un jour dit au Roseau :
Vous avez bien sujet d'accuser la Nature ;

Madini poussa un soupir, jeta un coup d'œil en direction de la cour ensoleillée où les arbres prenaient majestueusement leurs couleurs d'automne. Mehdi s'était arrêté de lire.

C'était quoi, un chêne ?

Le *pion* ramena son regard vers le troll installé au premier rang. Ah, misère !

Un Roitelet pour vous est un pesant fardeau.

— Khatib !

Le pesant fardeau sursauta et leva les yeux vers le pion.

— T'es sûr que personne ne peut venir te chercher cet après-midi ? Je peux téléphoner, s'il le faut. Merde, quoi, t'es pas tombé d'la Lune ! T'es pas d'la génération spontanée ! T'es pas un champignon qui a poussé pendant la nuit ! Tu as bien un correspondant ? Non ?

L'enfant murmura :

— Je... J'ai pas de correspondant.

— Quoi ? Mais c'est obligatoire ! Tous les élèves *doivent* en avoir un !

— J'ai pas de correspondant.

Madini secoua la tête, vaincu par le roseau, qui revint à sa lecture.

Le moindre vent, qui d'aventure
Fait rider la face de l'eau,
Vous oblige à baisser la tête

Madini s'était de nouveau plongé dans son manuel d'économie. Il prenait des notes sur un petit cahier. Parfois il se mettait à réfléchir, les yeux au plafond, la bouche tordue en une grimace douloureuse.

Tout vous est Aquilon, tout me semble Zéphyr.

Mehdi relut trois fois cette phrase étrange. Il leva distraitement le doigt, oubliant qu'il était face à l'ennemi. Trop tard pour se reprendre : l'ennemi l'avait vu, l'ennemi grommelait.

— Quoi, qu'est-ce qu'il y a ? Tu veux aller aux toilettes, c'est ça ? Ben, va-z-y, j'vais quand même pas venir te torcher.

Mehdi n'eut pas la présence d'esprit de saisir la perche qui lui était tendue. Il s'obstina.

— Non, m'sieur. Y a une phrase que je comprends pas.

De très mauvaise grâce, Madini se leva, descendit de l'estrade et vint regarder les mots que désignait Mehdi. Son visage sombre exprimait une sourde hostilité envers La Fontaine, qui ne lui avait pourtant rien fait.

Tout vous est Aquilon, tout me semble Zéphyr.

— Et alors ? Y a rien à comprendre. Aquilon, j'sais pas ce que c'est, c'est peut-être le nom d'un type de la mythologie grecque, y en a des milliards et ils ont tous, en plus, deux ou trois noms. Zéphyr, ça veut dire « vent », je crois. Mais y a une majuscule, c'est p't-êt' le blaze d'un aut' gus. *(Quoi ?)* Y a rien à comprendre, t'as qu'à apprendre par cœur. Tout ça, c'est des trucs de Français, t'as qu'à apprendre par cœur et le leur recracher tel que. J'te dis que c'est un truc de Français, compliqué même quand c'est pas la peine.

Mehdi écarquilla les yeux.

— Vous n'êtes pas français, vous, m'sieur ?

— Mais… t'es con ou quoi ? Je m'appelle Madini, regarde ma gueule, regarde mes cheveux, est-ce que j'ai l'air d'un Français ? Si t'es même pas capable de distinguer un Français d'un Marocain, t'es mal parti dans la vie, je peux te l'assurer.

11

Les trois visages de la peur

Madini le Marocain alla s'installer derrière le bureau, sur l'estrade. Mehdi n'osa plus rien demander.

La Nature envers vous me semble bien injuste.

Midi arriva. Le pion, qui avait l'air d'avoir attrapé la migraine à force de compulser son traité d'économie, se massait les tempes, les yeux fermés. Puis il jeta un coup d'œil à sa montre et s'exclama :

— Allez, on va manger !

Au réfectoire, on leur servit une salade, des steaks-frites et une compote de pommes. Mehdi regarda, bouche bée, Madini s'emparer de la carafe qui trônait sur la table, remplir son verre et avaler une rasade de vin. Il n'avait jamais vu un Marocain boire de l'alcool. Madini s'aperçut du manège et grogna :

— Quoi ? Qu'est-ce qu'il y a ? Tu vas encore me parler de Zéphyr ?

— Non, bredouilla Mehdi.

— Alors, qu'est-ce t'as à me regarder ?

L'enfant hésita.

— Ben, vous buvez du vin…

132

— Et alors ?

— Ben, c'est interdit, non ?

Madini fronça les sourcils.

— Interdit par qui ?

— Par la religion.

— Quelle religion ?

— Ben… la vôtre.

— Et qu'est-ce t'en sais, d'ma religion, p'tit con ? Tu sais quoi de moi ?

— Ben, vous m'avez dit que vous étiez pas français… Vous êtes donc musulman.

— *Donc* ? *Donc* ? Tu es un nigaud et un ignorant. Tu fais des hypothèses, des suppositions alors que tu ne sais rien. Sache, d'abord, qu'on peut être marocain sans être musulman. Y a des Marocains juifs – t'as qu'à voir Chochana la lingère, par exemple – et même des chrétiens. Moi, je suis athée. Tu sais ce que c'est qu'un athée ? Je ne crois pas en Dieu.

Le plafond du réfectoire s'ouvrit avec fracas. Du ciel soudain obscurci un éclair s'abattit sur la tête du mécréant qui se transforma en une torche vivante qui poussait des cris stridents. L'instant d'après, ce n'était plus qu'un squelette carbonisé, au rictus abominable, qui s'effondra lentement sur sa chaise sur laquelle il ne forma plus qu'un petit tas de cendres. Mort, Madini ! Madini, mort ! Exit ! *Kaputt !* Reprenant une gorgée de vin, le défunt continua :

— Ensuite, même si j'étais musulman, je boirais quand même du vin.

Il se tourna vers la cuisine et beugla :

— Taïbi !

L'aide-cuisinier, s'essuyant les mains dans un torchon, rappliqua à petits pas.

— *Ch'nou had al-ghouat*, Madini ?

— Explique-nous quelque chose, demanda Madini en français. Tu es musulman, non ?

— *Hamdoullah !*

— Est-ce qu'il est interdit aux musulmans de boire du vin ?

— *Wana mali, fqih ?*

— Je sais bien que t'es pas un *fqih*, mais tu sais quand même deux ou trois choses de ta religion, non ? Bon, alors contente-toi de confirmer ce que je vais dire à ce *barhouch* : la seule chose qui est interdite, en islam, c'est de faire la prière en état d'ébriété. N'est-ce pas, Taïbi ?

— *Ita di briti ?*

— État d'ébriété ! C'est-à-dire « saoul ». Tu n'as pas le droit de faire la prière si tu es saoul. C'est tout ce qu'il y a dans le Coran. On y conseille aussi, quelque part, d'éviter le vin. « Éviter », tu entends ? Mais ça, c'est pour les soiffards qui ne peuvent pas se contrôler, qui sifflent trois bouteilles d'affilée. Moi, je connais mes limites, je me contrôle parfaitement, donc je n'ai aucun problème. Même si je croyais en Dieu, je n'aurais aucun problème avec le Coran.

Il versa un peu de vin dans le verre de Mehdi.

— Tiens, goûte ! Après, tu pourras parler.

L'aide-cuisinier protesta.

— *Hchouma lik, t'charrab pitchoun !*

Madini haussa les épaules.

— Les Français, ils mettent du vin dans le biberon de leurs enfants. Et c'est eux qui nous ont colonisés, pas l'inverse, non ? Le vin rend fort et courageux.

— Il rend… *m'fouti !* répliqua Taïbi en repartant vers sa cuisine.

C'étaient les premiers mots de français qu'il prononçait. Madini tendit le verre à moitié plein au petit garçon, qui suppliait en silence Dieu – qu'il existe ou pas – de tuer le pion. Dieu haussa les épaules et les laissa se débrouiller. On le vit distinctement quitter les yeux et se retirer sur son nuage. Le pion tapotait sur la table d'un index impatient. Mehdi prit le verre et le porta en tremblant à ses lèvres. Une odeur âcre lui remplit le nez. Il reposa le verre.

— M'sieur… J'peux pas boire ça. C'est… c'est dégueulasse.

Madini secoua la tête.

— Bon, c'est pas du château petrus mais ce n'est pas non plus une piquette. Tant pis pour toi.

Et il but d'un trait le verre. Au dessert, Taïbi posa deux pots de crème caramel devant Mehdi. Celui-ci crut à une erreur et leva les yeux vers l'aide-cuisinier, qui sourit et cligna des yeux. Il posa l'index de sa main droite sur ses lèvres et mima le mot *Chut !*

Madini ne s'était rendu compte de rien.

Après le déjeuner, Mehdi alla s'asseoir sur son banc favori et se remit à lire la fable de La Fontaine. Il était résolu à l'apprendre par cœur, même s'il n'y comprenait pas tout.

Comme il disait ces mots,
Du bout de l'horizon accourt avec furie
Le plus terrible des enfants
Que le Nord eût portés jusque-là dans ses flancs.

Levant les yeux, mû par un vague pressentiment, il vit Madini se diriger vers lui. Tiens ! Il était accompagné d'une jeune fille. Le couple se planta en face de lui et pendant quelques instants aucun mot ne fut échangé. Mehdi vit une sorte de colère rentrée dans les yeux de la jeune fille – ou peut-être était-ce une jeune femme, Mehdi ne savait pas quand il fallait utiliser l'une ou l'autre des deux expressions.

Puis Mehdi, sans se rendre compte qu'il parlait à haute voix, répéta la dernière phrase qu'il avait apprise :

— *L'Arbre tient bon ; le Roseau plie.*

Madini et sa compagne se regardèrent, ahuris. Elle caqueta :

— I' t'insulte, là, non ? I' s'moque de toi ? I' te traite de roseau ! Tu vas pas t'laisser faire, Rachid. Mets-lui deux heures de colle.

Madini – tiens, il s'appelait Rachid ? – haussa les épaules.

— À quoi bon ? C'est encore moi qui devrais le surveiller. C'est comme si je me mettais deux heures de colle à moi-même. Je pourrais aussi me foutre des baffes, tant qu'on y est, ou m'arracher le nez.

Mehdi se demanda comment on en était arrivé aussi vite à évoquer des châtiments corporels, alors qu'il n'avait encore rien fait. Certes, il avait bien l'intention, maintenant, de faire crever les yeux de cette sorcière par une chouette (Dieu ! Une chouette, vite !) mais tant qu'il n'était pas passé aux actes, on ne pouvait rien lui faire. Il fallait trouver l'oiseau, d'abord. La sorcière le regarda avec hostilité et dit, en arabe, en faisant la moue :

— *Gueddou gued el-foula !*

Mehdi ne comprit pas tout mais ça n'avait pas l'air très gentil. *El-foula*, ça voulait dire la fève. On le traitait de fève ? Voilà qui était nouveau. Le pion se mit à rire puis il tapota l'avant-bras de sa « poule » – c'était sa poule ?

— Calme-toi, Nabila. C'est pas sa faute.

Il toussota.

— Écoute, fils. En principe, tu dois aller à l'étude pendant tout l'après-midi et moi, je dois te surveiller mais il y a un film super à L'Arc et on veut le regarder, Nabila et moi. Je viens de voir Lombard partir avec sa femme et ses filles en bagnole. Il ne va pas revenir avant ce soir. Y a personne pour vérifier qu'on est bien à l'étude. Alors on va aller tous les trois au cinéma mais ça reste entre nous. Tu le dis à quelqu'un, je te tue.

— Et moi, je t'achève, compléta la dénommée Nabila.

Tu ne peux pas m'achever si je suis déjà mort, pensa Mehdi. Cette sorcière était vraiment bête.

Madini s'impatientait.

— Alors ? Hein ? On est d'accord ?

Mehdi baissa la tête.

— J'ai pas d'argent. Pour le billet.

Madini balaya l'objection d'un geste impatient de la main gauche.

— S'il n'y a que ça comme problème… Je paie ta place, fils. J'suis comme ça, moi : j'suis généreux. D'ailleurs, t'es tellement petit qu'on pourra essayer de te faire entrer gratis. Tu n'occupes même pas un siège.

Il se mit à rire en se tournant vers la jeune femme.

— On leur dira que c'est notre fils…

— Quelle horreur ! glapit Carabosse. J'voudrais pas de lui. Avec ses petites lunettes ridicules… Quatz' yeux ! Moi, quand j'aurai un fils, au moins il sera beau.

Mehdi se leva et suivit ses parents d'un jour. Ils

sortirent du lycée, traversèrent le boulevard et se joignirent à la petite queue qui patientait devant le cinéma L'Arc. Levant les yeux, Mehdi vit qu'on donnait deux films. La première affiche portait ce titre insolite : *Quinze potences pour un salopard*. Pourquoi quinze ? Une seule aurait suffi, pensa-t-il. Mais ce fut la deuxième affiche qui le fascina. Trois visages de femmes – une blonde, une brune, une rousse – formaient un V surmonté de cette affirmation : UN CHEF-D'ŒUVRE ABSOLU SIGNÉ MARIO BAVA. Deux des femmes regardaient Mehdi d'un air lugubre. La troisième, la blonde, regardait vers la droite. Elle était livide. Trois gouttes de sang perlaient du visage de la brune, au milieu. Deux mains d'étrangleur se dirigeaient vers sa gorge ; ou bien, plus ambitieuses, comptaient-elles étrangler les trois femmes en même temps ? Au-dessous des mains s'étalait le titre du film : LES TROIS VISAGES DE LA PEUR, surmonté des noms des victimes : Michèle, Jacqueline et Boris – Boris ? Bizarre.

Le caissier ayant fait son apparition derrière le guichet, digne et plein de lenteur, la queue s'ébranla et Mehdi se retrouva bientôt avec Madini et sa poule au balcon. D'autorité, Madini s'était précipité vers la rangée du fond et avait réquisitionné les trois fauteuils du bout, tout contre le mur. Il s'installa dans le dernier fauteuil de manière à occuper l'angle, surplombant toute la salle. Celle qu'il nommait Nabila s'assit dans le fauteuil d'à côté, en gloussant, et Mehdi prit le troisième. Le caissier n'avait pas voulu croire qu'il avait moins de six ans, malgré les tapes sur la tête que lui avait discrètement infligées la sorcière pour le rapetisser. Madini avait dû, en rechignant, lui prendre un billet entier.

La lumière s'éteignit, sous les applaudissements du public. Une espèce de râle, plein d'excitation et de joie prématurée, ondula dans l'obscurité, au-dessus des têtes. « Les actualités », *présentées par le Centre Ciné-matographique Marocain*, apparurent sur l'écran et Nabila sursauta, laissant échapper un petit cri, une sorte de piaillement, comme si elle était surprise par quelque chose. Qu'est-ce qui lui prenait, à cette idiote ? Ce qu'on voyait n'était pourtant pas très étonnant, ce n'était qu'un avion, comme il y en a tant d'autres, qui se posait sur une piste d'aéroport. Au loin, des camions-citernes brillaient au soleil et quelques palmiers faisaient de la figuration. L'appareil décrivit une courbe élégante et vint s'immobiliser devant les caméras, pendant que des fourmis affolées déroulaient un tapis noir dans sa direction. Nabila miaula pendant qu'un homme, un Africain élégant, descendait de l'avion et elle chuchota avec indignation « Arrête ! Touche pas mon soutien-gorge ! » pendant que Hassan II donnait l'accolade à celui que le speaker survolté nommait « le président Ahmadou Ahidjo du Cameroun ». Les deux hommes, Hassan II et Ahidjo, examinèrent une datte pendant que Nabila gazouillait en tressautant. Le président but une franche rasade de lait et Nabila gifla Madini, qui grogna, mécontent. Devant eux, un autre couple semblait aussi se chamailler puis se réconcilier au rythme des images qui défilaient. Quand on arriva à la fin des actualités, le silence régnait à la droite de Mehdi. Il coula un regard en direction du pion et de sa poule, discrètement, et ses yeux s'agrandirent de stupéfaction.

Ma parole, ils s'embrassent.

On n'y voyait pas très bien, dans la pénombre, mais un petit bruit chuintant, une sorte de *smac* ou de *chmac*

– difficile à dire – palliait ce défaut. Rougissant, Mehdi se concentra sur l'écran où *Les Trois Visages de la peur* avait commencé. Pendant l'heure qui suivit, Mehdi mourut à plusieurs reprises, dans des circonstances horribles. Il fut harcelé par un inconnu. Un téléphone rouge sang sonnait sans cesse dans la pièce pendant que la poule de Madini roucoulait au lieu de répondre et que Madini lui-même semblait pris d'une frénésie de grognements. Puis ils furent transportés à la campagne, mais on était loin de Settat ou de Béni-Mellal : tout était embrumé, sinistre, menaçant. C'était la nuit, une nuit qu'on devinait froide et hantée de fantômes et de sorcières. À propos de sorcière… Mehdi jeta un coup d'œil à sa droite : ses deux compagnons s'étaient transformés en une seule créature toute chantournée, qui semblait ne posséder qu'un dos et qui réussissait l'exploit de rire, gémir et grumeler en même temps. Cependant, le jeune comte Vladimir avait décidé de passer la nuit dans une ferme. On attendait le retour du père. Mehdi, ému, attendait avec eux. Il écarquillait les yeux puis les fermait, malade d'appréhension. Le père revint, effectivement, mais – hélas – c'était maintenant un vampire. C'était bien la peine… Mehdi se mit à pleurer d'angoisse et de chagrin mêlés pendant que Nabila murmurait : *« Pas là, pas là, arrête, j'te dis : pas là. »* L'effrayant vampire contaminait ses proches, les tourmentant l'un après l'autre, Mehdi compris : il était devenu, on ne sait comment, membre de cette famille russe promise aux pires atrocités. Les fesses de Nabila, qui se reculaient sous les assauts du pion, débordèrent du fauteuil et commencèrent à comprimer sournoisement le voisin innocent, Mehdi, comme si elles avaient décidé de l'occire par étouffement culier. Il se recroquevilla dans sa cachette, coincé entre l'amour et la mort. L'horreur atteint son comble quand un enfant trépassa – *mets pas ton doigt !* piaulait Nabila – mais il réapparut, transformé en petit zombie, pendant que ça haletait, à droite, et que les gigotements, qui se transmettaient à peine amortis de siège en siège, reprenaient de plus belle. Quand la lumière revint, Mehdi était transi d'angoisse, Nabila récupéra ses fesses et tapota ses cheveux pendant que la main gauche de Madini regagnait sa base, lentement, comme à regret. Le public commençait à descendre les escaliers qui menaient à la sortie.

— Super, le film, annonça le pion, avec un grand sourire. Très marrant ! Y avait qui, dedans ? Bourvil ? Allez, on rentre !

— Mais attends, protesta sa poule, y a encore le deuxième film. C'est un western. *Quinze potences pour un salopard*. Quinze ! J'adore les westerns, y a plein de paysages. Et y a les chevaux aussi. Et y a Jaune Ouène dans le rôle du héros.

— Non, je ne veux pas prendre de risques, bougonna Madini, Lombard peut rentrer à tout instant.

— Tu as dit qu'il n'allait pas rentrer avant le soir !

— On ne sait jamais avec lui. Il est marié avec le lycée, cet homme-là. Ou bien Régnier pourrait me dénoncer.

— Sale communiste, affirma-t-elle sans conviction.

À la sortie du cinéma, un planton leur donna un petit carton rose sur lequel était écrit ce seul mot, en gras : **entracte**. Madini réquisitionna le petit carton de Mehdi ainsi que celui de sa poule. Il entra dans une négociation compliquée avec trois adolescents qui venaient voir le deuxième film au rabais. Ils finirent par s'entendre et

Madini leur vendit les « entractes ». Un des garçons lui demanda alors :

— À propos, c'est quoi, le deuxième film ?

— *Cowboy*, jeta Madini en s'éloignant.

Les adolescents jetèrent quelques cris d'Indiens et entrèrent dans le cinéma, au comble de l'excitation.

Madini demanda à Mehdi, en traversant la rue qui menait au lycée :

— Ça reste entre nous, hein ?

Mehdi hocha la tête en se demandant à quoi le pion faisait allusion. Ils rentrèrent au lycée qui était aussi désert que quand il l'avait quitté.

La cour immense poudroyait sous le soleil d'automne.

12

Mehdi et le grand Thespis

Après les convulsions de la première semaine, où tout était violemment nouveau, les choses rentrèrent dans l'ordre et les jours commencèrent à se ressembler, chacun n'apportant d'autre catastrophe que d'être le lendemain de celui qui le précédait. Les immeubles ne s'effondraient plus, les arbres parlaient aux arbres et les professeurs devinrent des figures familières.

M. Porte, conformément à une prédiction de Régnier selon qui « l'impérialisme est le stade suprême du capitalisme », ne possédait plus la France nue mais le monde entier. Il délaissa le Massif central pour parler avec lyrisme de sa *toundra*, qui s'étalait au nord-est de Moscou. Il levait le doigt, prenait des airs de conspirateur *(Ô temps, suspends ton vol !)* puis révélait des secrets inouïs : la toundra possède une strate végétale unique, faite principalement de lichen. Lui qui d'ordinaire était si solennel, se fit primesautier :

— On trouve aussi le mot « lichen » dans un grand poème français. Qui le connaît ? Vous, mademoiselle Kirchhoff ? Denis Berger ? Fetter ? Personne ? Eh bien, c'est dans *Le Bateau ivre*, de Rimbaud, que vous apprendrez plus tard. *Des lichens de soleil et des morves d'azur...*

Il aperçut un bras fin levé avec énergie au premier rang.

— Oui, mademoiselle Kirchhoff ?

— Vous avez bien dit « morve », monsieur ?

— Oui, mademoiselle.

— Mais n'est-ce pas un gros mot ? Ma mère m'interdit de le prononcer quand il y a des gens... enfin, des invités... des...

— C'est exact, mademoiselle. Ce n'est pas un mot très... comment dire ? Très... ragoûtant. Et pourtant, Arthur Rimbaud l'utilise dans le plus beau poème de la langue française. C'est comme ça. Les poètes ont tous les droits. Il y a aussi ce qu'on appelle la « licence poétique ». On peut s'écarter de l'usage courant pour la beauté de l'image, pour la rime, pour la sonorité... Rimbaud évoque quelque part des « *fraguemants* en prose ». *Fra-gue-mants*. Licence poétique !

Mlle Kirchhoff n'avait pas l'air convaincue. Elle chuchota en direction de son voisin :

— C'est bizarre, hein, mon petit Kaki ?

M. Porte pérorait maintenant en traçant des chiffres sur le tableau. On était pourtant en classe d'histoire-géo ? C'était ça, les professeurs français : ils sautent de la toundra à un poème, parlent musique puis résolvent une équation, juste pour s'amuser. Mehdi était fasciné par ces hommes qui n'avaient peur de rien (sauf M. Doucet).

À propos de Doucet...

Du chaos originel, dont le point d'orgue fut la gifle assenée par Zeus-Lombard, sortit un cosmos très ordonné, qui arrangeait tout le monde. La classe de musique se scindait en deux groupes. Dans les premiers rangs, ceux qui voulaient vraiment écouter M. Doucet : Mehdi, Cathy Kirchhoff, Denis Berger et quelques autres. Au milieu et dans les derniers rangs, ceux qui n'avaient pas l'oreille musicale ou qui se moquaient des dièses et des bémols. M. Doucet donnait son cours en chuchotant, pour ne pas les déranger, et eux-mêmes chahutaient en silence, comme des mimes enragés, pour ne pas attirer l'attention de M. Lombard. Dans cette atmosphère de messe basse, où résonnait parfois le ping ! timide d'un xylophone angoissé, Mehdi ne put devenir le grand virtuose qui se voyait déjà en haut de l'affiche. C'est tout juste s'il apprit le solfège, sous le regard moqueur de Mlle Kirchhoff (« mon petit Kaki s'applique beaucoup »).

Au cours de la deuxième semaine, le professeur de français annonça qu'il fallait choisir des « activités d'éveil » pour le mercredi après-midi. Cette demi-journée était libre, en ce sens qu'il n'y avait pas de cours, mais il était obligatoire de s'adonner à ces mystérieuses activités. Mehdi, qui entendait cette expression pour la première fois, se demanda avec inquiétude s'il fallait s'endormir d'abord pour ensuite s'éveiller. Ou se faire réveiller ? Et par qui ? (Jenny von Westphalen ?) Et pour quoi ? Tout cela n'était pas clair. Il se sentit découragé et las, alors que la journée avait à peine commencé. Décidément, la vie était semée d'embûches.

M. Flamand avait déjà inscrit, de sa belle écriture, une liste de noms au tableau, avant que les élèves n'entrent. Ceux-ci s'ébahissaient en les déchiffrant :

Ornithologie
Théâtre

Poterie / céramique
Chant choral
Dessin
Archéologie

– Vous avez tout le temps de réfléchir, les rassura M. Flamand. D'ailleurs, vos parents ont dû vous en parler. Parmi toutes les lettres qu'ils ont reçues avant la rentrée, il y en avait une concernant tout ça. (Il fit un geste en direction du tableau.) À la fin du cours, vous me direz quel est votre choix. Si vos parents ne vous ont donné aucun conseil (parents indignes !), fiez-vous à votre instinct.

Il leva un doigt, arrondit les lèvres et sa voix se fit légèrement saccadée. C'était son habitude lorsqu'il citait – et il aimait citer, comme Dumont.

— *Méfiez-vous de la première impression, c'est toujours la bonne !*

Il mit sa main droite à la verticale sur le bord de la bouche et souffla, en clignant des yeux, comme s'il révélait un secret :

— Oscar Wilde !

Trente paires d'yeux le regardaient, impassibles. Il continua, un peu froissé :

— Bien sûr, vous n'étudierez jamais Oscar Wilde, sauf, peut-être, en cours d'angliche. Mais ne vous en faites pas, on a aussi bien, sinon mieux : Tristan Bernard, les Guitry, Jules Renard, etc. C'est quand même une chance extraordinaire d'avoir le français pour langue maternelle…

Il s'interrompit en pleine envolée lyrique pour abaisser le regard en direction des quelques têtes bouclées parsemées dans la classe.

— L'arabe aussi est une très belle langue, bien sûr,

146

avec une longue histoire et un trésor d'œuvres de grande volée, surtout en poésie. Mais l'esprit français… Voltaire ! Diderot ! Valéry ! Finalement, je vous envie, Saïdi, Khatib, Lahlou… Vous aurez le meilleur des deux mondes, vous qui serez de double culture.

Le cours se déroula sans embûches et Mehdi y prit part autant qu'il pouvait – mais ses yeux revenaient sans cesse à la liste qui le narguait, là-bas, sur le tableau. Cinq minutes avant que la sonnerie ne retentisse, M. Flamand mit fin au cours et commença à faire l'appel.

— Fetter !

— Poterie !

— Afota !

— Dessin, m'sieur !

— Khatib !

— …

M. Flamand leva les yeux.

— Eh bien, Khatib ?

Mehdi avait passé l'heure à regarder les mots qui s'étalaient sur le tableau. *Poterie*, il savait à peu près ce que c'était, mais qu'est-ce qu'une telle activité venait faire dans le beau lycée tout propre des Français ? Il avait vu, un jour, un potier à Béni-Mellal, dans une échoppe sale et encombrée d'objets indistincts. Il avait l'air mélancolique. Un mégot de cigarette pendait aux commissures de ses lèvres. C'était ça qu'on voulait faire de lui ? *Chant choral :* aucune idée de ce que ça voulait dire. Enfin, chant, il connaissait… Mais *chorla ?* (Il avait lu *chorla*, bizarrement, lui qui d'habitude ne se trompait jamais dans le déchiffrement des mots.) *Dessin*, oui, mais c'était quand même assez banal. Tout le monde sait dessiner, non ?

M. Flamand s'impatienta :

147

— Eh bien, Khatib ? On n'a pas toute la journée !

Affolé, Mehdi cria :

— *Orthino... thino !... logie !*

Il était le premier à choisir cette activité. M. Flamand sourit :

— Bravo ! Alors, tu vas m'étudier ? Je m'appelle flamand, hein ? Flamand ? Comme le flamant rose. Mais moi, c'est avec un *d*, et flamant rose, c'est avec un *t*.

Mehdi le regardait, perplexe. Qu'est-ce qu'elle venait faire là, cette histoire de *t* et de *d* ? On n'était pas en cours d'orthographe. Le professeur se rembrunit.

— Bon, tu sais quand même que l'ornithologie, c'est l'étude des oiseaux ?

Ah bon ? C'est ça, ce que ça veut dire ? Mehdi mentit avec aplomb :

— Oui, oui, je sais.

— M'sieur ! cria Fetter, en levant le doigt. Khatib, il est v'nu avec deux faisans, à la rentrée ! C'est pour ça qu'il veut faire le truc, *ornito* machin, là.

Toute la classe éclata de rire. Le professeur ne put réprimer un sourire.

— Ah, c'est lui... J'ai effectivement entendu dire qu'un interne avait apporté des poules pondeuses pour avoir chaque jour des œufs frais. Du moins, c'est ce que m'a dit Mme Gobert mais comme elle est très moqueuse, je ne l'ai crue qu'à moitié.

— Non, m'sieur, reprit Fetter, c'étaient pas des poules, c'étaient des faisans.

— Pas du tout, protesta Afota. C'étaient des vautours !

Une grande discussion éclata dans la salle sur la nature exacte des bêtes qui avaient accompagné Mehdi jusqu'aux portes du lycée. Même ceux qui n'avaient jamais entendu parler de cet événement fabuleux avaient maintenant leur avis là-dessus et ne voulaient pas en démordre. Le seul qui ne disait rien était Denis Berger. Certains criaient des noms d'oiseaux juste pour le plaisir des sonorités.

— Goéland !

— Ibis ! Iiiiiibisssss !

— J'les ai vus, m'sieur, c'étaient des pingouins !

— N'exagérons rien, Amoyal. Des pingouins, au Maroc ? Allons !

— Alouette ! C'étaient des alouettes !

— Bécasse ! Bé-casse ! Bé-casse !

— M'sieur, c'étaient peut-être des perruches ?

Cathy Kirchhoff faisait ce qu'elle pouvait pour le défendre (« Arrêtez d'embêter mon petit Kaki ! ») mais sa voix frêle n'arrivait pas à percer les nuées de rapaces ou de passereaux qui traversaient l'air en rangs serrés, battant de l'aile et faisant s'envoler les feuilles de papier. Mehdi glissait lentement sur sa chaise, disparaissant petit à petit sous le pupitre tout en sommant Dieu – cette fois, c'était sérieux – d'envoyer un gigantesque dinosaure, un ptérosaure si nécessaire, piétiner la salle de classe et tous ces maudits caqueteurs et que le sang gicle et que les murs s'abattent et que le feu… M. Flamand réussit à ramener le silence en tapant dans ses mains mais on voyait bien que ses yeux riaient.

— Allez, c'est bon, on se calme. Donc, Khatib, c'est ornithologie ? C'est bon ?

Mehdi, dégoûté à vie de tous les volatiles, émergea de sous le pupitre et cria :

— Non, m'sieur, je voudrais faire *théâtre* !

C'était le second mot de la liste, sur le tableau.

— Bon, faut savoir ce que tu veux. Va pour théâtre. (Il inscrivit quelque chose dans son cahier.) Tu auras affaire à Sabine Armand qui est surveillante au dortoir des filles. Elle fait très bien les choses.

Le mercredi après-midi arriva bien vite. Vers les quatorze heures, Mehdi traînait dans la cour quand il vit une jeune femme se diriger vers lui avec cinq autres élèves qui la suivaient comme des canetons leur maman. Elle l'aborda avec un franc sourire. Elle était belle, décida-t-il. Elle était vraiment belle.

— C'est bien toi, Mehdi ?

— Oui, madame.

— Appelle-moi Sabine. Allez, avec toi, on a fait le plein. La troupe est constituée !

Elle lui caressa les cheveux – il avait horreur de ça – et ils se dirigèrent vers le bâtiment H. Ils entrèrent dans une salle de classe et leur premier travail d'acteurs fut de retrousser leurs manches et de pousser les pupitres et les chaises vers le fond de la classe, de façon à créer une sorte d'avant-scène. L'estrade fut baptisée « scène » par Sabine Armand *(Voici la scène !)* et elle leur demanda de s'asseoir en rond, à même le sol, devant elle. Puis elle tapa dans ses mains, très fort, ce qui sembla excessif à Mehdi, vu que personne ne pipait mot et que tous la regardaient, fascinés, comme s'il se fût agi d'une star d'Hollywood.

— Pour cette première séance, j'ai demandé à un acteur consommé de venir nous parler de théâtre. La prochaine fois, c'est vous qui travaillerez. Aujourd'hui, vous vous contenterez d'écouter.

Elle regarda en direction de la porte. Comme si quelqu'un, tapi au-dehors, n'attendait que ces mots, elle s'ouvrit d'un seul coup, vl'an ! et le grand acteur entra, la poitrine gonflée, l'œil tragique, le bouc frémissant. Mehdi fut très déçu : c'était Dumont, tout simplement, Dumont le fou, Dumont le pion, pas plus fameux que Régnier ou Madini. Il jeta un coup d'œil sur le public (cinq garçons et une fille, assis en tailleur, qui le regardaient avec curiosité) ; s'avança sur l'estrade ; ferma les yeux. Sabine s'était postée dans un coin de la salle, les bras croisés, pour ne pas gêner l'artiste.

Après quelques instants de recueillement, Dumont rouvrit les yeux et s'écria d'un ton douloureux :

— Le théâtre, c'est la vie !

Les enfants se serrèrent instinctivement les uns contre les autres.

— Oui, s'écria-t-il. Et inversement ! *La vie n'est qu'un immense théâtre, où tout le monde joue un rôle.* Qui a dit cela ?

Personne ne pipa mot.

— Vous, Petit-Breton, répondez !

Il pointa l'index vers Mehdi, qui sursauta et s'entendit répondre, d'une voix blanche :

— M. Lombard ?

Dumond eut un haut-le-cœur et prit un air offensé.

— Petit niais ! C'est de Shakespeare !

Il ferma de nouveau les yeux, les rouvrit, et se mit à aller et venir sur l'estrade, jetant de temps à autre une phrase aux enfants comme on jette des petits morceaux de pain aux canards, au bord d'une mare :

— … le théâtre antique… la Grèce… cérémonies religieuses… Thespis, Eschyle, Sophocle… le théâtre romain… la farce, le mime…

Cela dura une bonne dizaine de minutes. Quand il disait « la farce », il se transformait en une sorte de nain sautillant, une bosse semblait s'épanouir sur son dos, par on ne sait quel miracle, il faisait des bonds de côté tout en s'appliquant de grandes claques sur les fesses – Mehdi en devenait rouge de honte et baissait les yeux, regrettant d'avoir choisi une « activité d'éveil » aussi grossière. Ce n'était pas la peine de venir jusqu'à Lyautey pour ça, on pouvait en voir autant au *souk* de Béni-Mellal, ou dans la rue. Quand il parlait de « mime », Dumont semblait avoir avalé sa langue, pendant quelques minutes, et se mettait à caresser l'air du plat de la main, de bas en haut, en relevant le sourcil comme s'il eût été profondément surpris (mais par quoi ?) ; et ses paumes, bien que vides, semblaient pleines d'une obscénité sournoise. Tout cela inquiéta fortement Mehdi qui commençait à regretter de n'avoir pas choisi le chant *chorla*. On ne pouvait pas se ridiculiser en chantant.

Après ces extravagances, Dumont s'immobilisa soudain et regarda au plafond (tous les enfants levèrent les yeux) avant de révéler, d'une voix pleine d'incompréhension tragique, un événement inouï :

— Et puis le théâtre disparaît au Moyen Âge !

Mehdi se demanda comment tout un théâtre pouvait disparaître. On l'avait démonté pendant la nuit ? Il avait brûlé ? Après avoir, pendant une bonne minute, porté le deuil de cette disparition, la tête inclinée, les yeux clos, Dumont se réveilla *(allons, il faut se ressaisir !)* et repartit de plus belle.

— ... les mystères... le théâtre en langue vulgaire... le Jeu... La Renaissance... le théâtre élisabéthain... le théâtre classique en France... Corneille, Racine, Molière...

Il s'arrêta, alla à la fenêtre contempler la cour déserte

où des arbres indolents montaient la garde. Deux bonnes minutes s'écoulèrent. Sabine Armand fit un petit signe discret aux enfants impatients qui, croyant que c'était la fin, commençaient à bavarder à mi-voix. Elle mima le mot *chut*, en plaçant son index devant ses jolies lèvres roses. Ils se tinrent cois, tout en échangeant des coups d'œil perplexes. Dumont revint, pensif, chargé de l'âme du monde. Sa voix était sourde, il fallait tendre l'oreille pour capter quelques bribes de son savoir.

— Racine !

Personne n'osait bouger.

— Racine… On ne peut comprendre la France, on ne peut comprendre les Français, sans Racine ! Écoutez ça et puis… Et puis, tiens, n'applaudissez même pas, ce serait superflu.

Il se redressa, bomba le torse et proclama :

— *L'amour, toujours, n'attend pas la raison !*

Il se tourna vers Sabine Armand qui esquissa un petit sourire en lui rendant son regard sans ciller. Mon Dieu, qu'elle avait de beaux yeux ! Mehdi, subjugué, avait complètement oublié Jenny von Westphalen et tous les enfants qu'il lui avait faits. Dumont énonça lentement, sans se préoccuper de son public, le corps à moitié tourné vers la jeune femme :

— *L'amour n'est pas un feu qu'on renferme en une âme :*

Tout nous trahit, la voix, le silence, les yeux ;
Et les feux mal couverts n'en éclatent que mieux.

Mehdi vit avec stupéfaction les lèvres de Sabine bouger, sans qu'elle prononçât un seul mot. Elles mimaient, ces lèvres adorables, elles mimaient le mot « arrête ! » et il y avait dans son regard sévère le point d'exclamation. Dumont secoua la tête, triomphalement, comme s'il venait de remporter une victoire et il susurra, d'une voix mâle :

— *Hâtons-nous aujourd'hui de jouir de la vie ;*
Qui sait si nous serons demain ?

Sabine haussa les épaules en faisant la moue. Puis elle secoua la tête de façon presque imperceptible. Dumont, qui ne l'avait pas quittée des yeux, protesta, la main droite plaquée sur la poitrine :

— *Le jour n'est pas plus pur que le fond de mon cœur !*

Sabine sembla hésiter, puis elle s'avança d'un air résolu sur l'estrade, ce qui sembla désarçonner le pion, et dit, en s'adressant directement à l'avant-scène :

— Jean-Pierre a raison, Racine est très important, il y a en français des expressions que tout le monde connaît, mais dont on ne sait même plus que c'est à lui qu'on les doit. Ainsi, le fameux « *pour réparer des ans l'irréparable outrage* », c'est de Racine. Vous connaissiez cette phrase ?

Quelques enfants hochèrent la tête en signe d'affirmation, juste pour faire plaisir à la jolie dame. Celle-ci se retourna avec un sourire malicieux vers Dumont qui était resté figé, la main sur le cœur :

— Je te prie d'excuser cette interruption, je ne sais pas ce qui m'a pris. Continue.

Dumont, hagard, comme s'il venait de se réveiller, bredouilla mécaniquement :

— *Ariane, ma sœur, de quel amour blessée, vous mourûtes*
aux bords où vous fûtes laissée...

Puis il se gratta le front et sembla revenir sur terre.

154

Il reprit son grand exposé, auquel on ne comprenait que quelques mots grappillés au passage :

— Le théâtre moderne… le théâtre de l'absurde : Ionesco, Adamov, Beckett…

Après quelques minutes, il s'arrêta, en sueur. Il fit une pause, que ne troubla que le braiment d'un âne, au loin, en dehors du lycée ; puis conclut par ces mots chargés d'incompréhension :

— Puisque nous sommes au Maroc, il faut noter qu'il n'y a pas, hélas, de tradition arabe du théâtre.

Il fixa le seul Marocain de la petite troupe. À ce reproche, auquel il ne s'attendait pas, Mehdi ne trouva rien à répondre. Il baissa la tête, honteux. Sabine revint vers le milieu de l'estrade, les yeux pétillants de joie – ou était-ce de l'amusement ? – et se mit à applaudir :

— Eh bien, applaudissons Jean-Pierre pour ce magnifique exposé.

Les enfants applaudirent très fort, même Mehdi, malgré le blâme que venait de lui infliger le pion – tiens il s'appelait Jean-Pierre ? Tout le monde disait Dumont. Sauf Sabine, apparemment. C'était sa poule ?

La belle disait aux enfants :

— Jean-Pierre a été acteur pendant ses études, en France.

Se tournant vers lui :

— Si tu avais un seul conseil à nous donner, pour qu'on profite de ton expérience, ce serait lequel ?

Dumont ferma les yeux, son front se plissa et tous attendirent, dans un silence respectueux, « qu'il accouche », comme disait Ramón Fernández. Il rouvrit les yeux et fixa Sabine Armand avec une intensité extraordinaire en prononçant lentement :

— *Le théâtre, ça se consomme à mesure que ça se consume.*

Sabine sourit et lui répondit d'une voix moqueuse :

— Tiens ! On dirait une maxime de La Rochefoucauld : elle peut se lire dans tous les sens. On pourrait aussi bien dire : *ça se consume à mesure que ça se consomme.*

Dumont serra la mâchoire, se recula un peu et clama :

— Non ! Je sais bien ce que je dis : *ça se consomme à mesure que ça se consume !* Et pas autrement ! Quand on a compris ça, on a tout compris.

Sabine, toujours souriante, s'avança et lui fit une bise sonore sur la joue. Il reçut ce don merveilleux comme un moujik des *Trois Visages de la peur*, le regard farouche, sans esquisser le moindre geste. Quel rustre ! Elle se tourna vers les acteurs en herbe.

— Vous avez des questions ?

Personne n'osa rien demander. Chacun sentait instinctivement qu'il ne fallait pas provoquer Dumont. De tout l'exposé, Mehdi n'avait retenu que quelques mots, dont cet inquiétant « amour blessé » qui le rendait perplexe (ça voulait dire quoi, exactement ?). Puisque l'assistance capitulait en rase campagne, Dumont ébaucha un rictus puis salua d'une grande inclination du buste, esquissant une sorte de balayement du sol par sa main droite voltigeant comme une mouette, puis s'en alla, pensif, sans refermer la porte. Sabine tapa de nouveau dans ses mains et dit aux enfants :

— Eh bien, voilà ! C'était tout pour aujourd'hui. Vous voyez que vous vous inscrivez dans une tradition illustre. Sachez en être dignes. Et si le théâtre, ce n'est pas la vie, en tout cas, il la rend plus belle et plus riche, croyez-moi.

La petite troupe se dispersa. C'était tous des externes, à part Mehdi. Ils se dirigèrent vers la sortie du lycée, où leurs parents devaient les attendre. Mehdi s'installa sur son banc préféré en se demandant pourquoi Sabine était la *poule* d'un type aussi bizarre. Parce qu'il était acteur ? Même givrés, ils peuvent avoir des femmes aux beaux yeux ?

Ça valait la peine de faire l'acteur.

Au cours des semaines qui suivirent, Mehdi entrait chaque mercredi avec délices dans ce monde magique où on avait le droit de mentir, de faire semblant, de n'être plus soi-même. Sabine leur apprenait des choses fascinantes.

— Quand vous regardez la scène, en face de vous, la gauche s'appelle « côté jardin », et à droite, c'est le « côté cour ». Comment faire pour s'en souvenir ? Eh bien, imaginez le nom « Jésus-Christ » écrit en grand devant vous. J est donc à gauche et C à droite. J, c'est « jardin » et C, c'est « cour ». Vous comprenez ?

Ils hochèrent énergiquement la tête. Denis Berger leva un doigt hésitant. Sabine se pencha sur lui.

— Oui, mon ange ?

— Madame, pourquoi ne dit-on pas tout simplement « gauche » et « droite » ?

Sabine expliqua patiemment :

— Parce que les acteurs pourraient se tromper, selon qu'ils font face au public ou qu'ils lui tournent le dos. Si on leur donnait comme indication : « Tu sors par la gauche », ils risqueraient de se tromper. Alors que « cour » et « jardin », c'est clair, il n'y a aucune ambiguïté.

Elle conclut :

— Donc, si vous ne savez plus, pensez à Jésus-Christ !

Ses yeux brillaient de malice.

Mehdi commença à sortir de sa timidité maladive le jour où il découvrit qu'il pouvait « jouer » son propre personnage. Il se dit un jour : « Je joue à être Mehdi. » Puis : « J'ai de l'expérience, je suis moi depuis longtemps, et même : depuis ma naissance, et en plus, je peux y ajouter des gestes. »

Désormais, avant de répondre à une question, quelle qu'elle fût, il fronçait les sourcils, juste un peu : c'était le signal convenu, entre lui et lui-même, pour indiquer que les trois coups avaient résonné et qu'il était désormais sur les planches, en représentation.

D'ailleurs, il portait souvent des « costumes », des habits qui n'étaient pas les siens. La lingère, qui n'avait pas oublié que le petit muet avait débarqué de sa montagne avec un trousseau lacunaire, lui donnait tous les vêtements qui avaient perdu leur étiquette nominative et dont on ne pouvait retrouver le propriétaire légitime. (Lequel se manifestait parfois dans la cour ou dans le réfectoire en pointant un doigt accusateur sur le voleur involontaire : *T'es sûr que c'est pas à moi, ça ?*) Chaque semaine, en récupérant son sac au cinquième étage, il avait la surprise d'y trouver une chemise en soie ou un pantalon de velours un peu trop grand, très « chic », qui venaient d'outre-Méditerranée, peut-être même de Paris. En se regardant dans la vitre du réfectoire, il avait l'impression de contempler un inconnu, un petit Français. Il lui était facile alors de donner le change.

M. Lombard, avec la perspicacité que lui avait donnée sa longue fréquentation des élèves, remarqua la métamorphose. Il lui dit un jour en souriant :

— Eh bien, fils, tu t'es habitué ? Bien intégré ? Tu n'es plus l'oiseleur frappé de mutisme que tu étais le premier jour…

Mehdi fronça imperceptiblement les sourcils. Il répondit sereinement (il pouvait jouer la sérénité, maintenant) :

— Ça va mieux, monsieur. Merci.

— Tant mieux. Tu es sur la voie royale. N'en sors pas ! Terminus : Polytechnique !

Mehdi hocha la tête, jouant au petit Français qui comprend d'instinct ces phrases cryptiques qu'on se répétait dans des familles qui n'étaient pas la sienne.

13

Une journée à la plage

Les semaines passèrent. Mehdi regardait souvent l'emploi du temps en se réjouissant d'avance d'assister au cours d'histoire-géographie, de français ou de mathématiques.

Il avait cessé de trembler de peur en regardant M. Marcellus. Celui-ci entrait à petits pas dans la salle de classe, jetait un coup d'œil sur les derniers rangs (qui se figeaient), puis allait se poster à côté du tableau. Chose curieuse, il ne semblait pas posséder de cartable. Tous les enseignants en trimbalaient un, qui en disait long sur leur personnalité : gros et informe, bourré de livres (M. Porte), fin et élégant (M. Flamand), etc. Mais M. Marcellus entrait en scène sans accessoires. Ni livres, ni feuilles de papier, ni stylo : il entrait dans la salle comme par erreur, comme un fêtard s'immisçant chez les voisins après une nuit d'excès, ivre, embarrassé de cotillons et de guirlandes. M. Marcellus, lui, était un intrus d'une redoutable sobriété et « cotillons et guirlandes » étaient la dernière chose à laquelle on pensait lorsqu'il fermait la porte derrière lui. Il demandait d'une voix glaciale à Denis Berger ou à Cathy Kirchhoff :

— Où en étions-nous restés ?

L'élève regardait dans son cahier et lisait à voix haute la dernière phrase qu'il ou elle avait écrite. Le professeur hochait la tête puis il enchaînait : les phrases se succédaient, des formules apparaissaient sur le tableau, les termes « à retenir » papillonnaient dans l'air. Si un murmure s'élevait des derniers rangs, M. Marcellus s'arrêtait net et pointait le doigt vers le coupable :

— Vous ! Au tableau !

Le perturbateur se retrouvait devant le tableau sur lequel le professeur écrivait l'énoncé d'un problème épineux. Tapotant de plus en plus fort avec le bord de la brosse à effacer sur le dossier de sa chaise, M. Marcellus ne lâchait pas le coupable des yeux. Puis il finissait par exploser :

— Alors, on est nul et on se permet d'emmerder le monde ? Libre à vous de vouloir croupir dans votre fange d'ignorance mais vous empêchez vos petits camarades de s'instruire ! Et ça, c'est un crime ! Allez, prenez vos affaires et foutez-moi le camp ! Allez voir M. Lombard !

Personne ne monta deux fois au tableau.

Pourtant, tout cela n'effrayait plus Mehdi. Il s'était vite rendu compte que M. Marcellus était un homme *juste*. Il ne vous faisait rien si vous ne lui faisiez rien. Mehdi entrait dans la salle, s'asseyait à sa place, ouvrait son cahier et ne pipait mot jusqu'à la fin du cours. Il évitait même de regarder le « prof » dans les yeux, il respirait tout doucement et ne bougeait pas d'un pouce même si l'ankylose pointait. Il jouait à être une momie. Moyennant quoi, il n'eut jamais à subir les foudres du terrible professeur de mathématiques. Il finit même par se passionner pour ce monde magique que l'homme sombre créait chaque semaine. Schémas, tableaux, figures : quel univers bien ordonné, où chaque chose avait sa place, où tout était clair, où on pouvait répéter cent fois le même calcul sans que jamais le résultat ne change ! C'était autre chose que le monde au-dehors, plein de dindons et de gendarmes imprévisibles, de pions à moitié fous, d'ogresses et de pyjamas manquants ! Il fut fasciné par le petit symbole qui exprimait « l'appartenance ». M. Marcellus disait d'un ton définitif « *a* appartient à E » et Mehdi sentait en lui monter une bouffée de quiétude.

Le seul jour où l'angoisse revint fut celui où ils durent effectuer des divisions dont les résultats n'étaient pas des nombres entiers. Il fallait « arrondir », « trouver l'ordre de grandeur », etc. Ainsi, même dans ce monde idéal, on ne pouvait être sûr de rien ? Ce soupçon fut vite balayé par les séances de calcul mental où tous les résultats étaient entiers. Mehdi trouvait immédiatement la réponse, s'attirant un imperceptible hochement de la tête de M. Marcellus – sans doute était-ce là le maximum qu'on pouvait espérer de lui en guise d'approbation.

Et puis, ce qui était amusant en mathématiques, c'est qu'on y apprenait aussi beaucoup de mots nouveaux : « parallélépipède » (qu'on peut répéter cent fois pour passer le temps quand on s'ennuie dans la cour, avant l'heure du dîner) ; « perspective cavalière », comme si on caracolait sur un cheval, à la tête d'une armée, pour attaquer Morel ; « l'aire » d'une surface, qu'il ne fallait surtout pas confondre avec « l'air » qu'on respire ; triangle « isocèle » (on dirait un nom d'oiseau !) ; « losange », il y a un ange perdu dans cette figure, trouvez-le ; « les coordonnées » (impossible de se perdre quand on a « les coordonnées » !).

Dès la deuxième semaine, le professeur de français leur fit faire une « composition ». Le sujet en était simple : racontez vos vacances. Mehdi regarda la feuille blanche avec perplexité. Ses vacances ? Elles étaient d'une monotonie décourageante. On s'y levait tard, on lisait, on déjeunait… De nouveau la lecture, une promenade parfois. Puis son père faisait travailler les enfants dans le salon exigu : calcul, dictée, récitation. Le tarif était clair : une remontrance pour une erreur vénielle, une tape sur les doigts par « grosse faute ». Ensuite ils avaient le droit de lire, parfois même des bandes dessinées, pendant que le père, ayant allumé un antique poste de radio, écoutait les émissions en arabe de la BBC. On y parlait de guerres lointaines et d'un certain Nasser, président de l'Égypte.

Raconter cela ? Il prit son stylo Bic bleu, en posa la pointe sur la première ligne et les mots vinrent d'eux-mêmes, comme des petits affamés se répandant dans un réfectoire après qu'on eut ouvert les portes. Il ne savait pas vraiment ce qu'il écrivait – ce devait être les vacances d'un autre. Mais mille mots emmagasinés pour leur sonorité chatoyante, mille expressions d'autant plus séduisantes qu'il ne les comprenait qu'à demi, se bousculaient dans sa tête en criant :

— Moi, moi, moi !

Généreux, il leur fit à tous de la place, il réussit à les agencer tant bien que mal dans son récit : « les grandes chaleurs de l'été », « les éclaboussures de l'eau » (ce qui orienta sa rédaction vers des vacances passées au bord de la mer), « le clapotis des vagues contre les rochers », puisqu'on était dans une « station balnéaire » – expression qu'il avait déchiffrée sur un panneau, un jour, et qu'il fut très heureux de pouvoir resservir, même s'il se demandait ce que « balnéaire » signifiait. Il faillit introduire un « bal » dans l'histoire mais se ravisa : il ne connaissait que la valse (que le mot « valse ») et il n'était pas sûr qu'on valsait à… Où, en fait ? Où se déroulaient ses vacances ? Ah oui : Kénitra, puisque M'Chiche daignait y habiter. Il se reprocha amèrement de n'avoir jamais demandé à M'Chiche si on valsait à Kénitra. Il ferma les yeux et vit les hommes en grand uniforme de la Garde Impériale, les femmes se pâmant par dizaines (on leur faisait respirer « des sels »). Bon, tant pis, ni bal, ni uniformes. Il revint à la plage. Le soleil est toujours « de plomb » – ce qui est curieux, parce que le plomb est grisâtre et le soleil jaune, mais cette langue parfois déroutante des Français, il fallait l'accepter telle quelle, et si « soleil de plomb » déboulait en criant « moi ! moi ! », il fallait lui trouver un emploi et ne pas se poser de questions.

Il pensa insérer « Midi, roi des étés » quelque part, hésita puis renonça parce que son père lui avait souvent répété qu'il ne fallait jamais parler du roi – la politique, c'était dangereux.

« Vapeur brûlante » s'écrivit tout seul sur la feuille de brouillon. Il y avait un hic : cette maudite vapeur sortait toujours d'un *samovar*. Y avait-il des Russes à Kénitra ? Il décida de leur voler leur *samovar*, ni vu ni connu, et d'en faire une bouilloire. Oui, mais celle-ci n'arrivait jamais seule : « brasero » n'était pas loin, veillant sur elle comme un mari jaloux. « Une vapeur brûlante sortait de la bouilloire posée sur le brasero. » Mais, puisqu'on était à la plage, sous un soleil de plomb, dans une *station balnéaire*, que faisait là ce couple étrange bouilloire/brasero ? Mehdi suçota le bout de son stylo Bic, ferma les yeux et entrevit la solution : sa mère ! Sa mère se tenait à l'ombre, en retrait, et c'est elle qui s'occupait de ces ustensiles inséparables. Bien. Mais, dans ce cas, où était le père ? Mehdi parcourut des yeux l'immense plage de Kénitra et ne le vit nulle part. Les larmes aux yeux, il écrivit « le père était allé acheter un journal ». Il reprit confiance quand plusieurs bouts de phrases débarquè-rent sans crier gare : « il plongea la tête la première », « l'écume des vaguelettes venait mourir sur le sable », « une brise de mer caressait » – caressait quoi ? Et d'abord, c'était quoi, une brise de mer ? De fil en aiguille, il en arriva aux mystérieuses « sirènes ». Il hésita. Des sirènes à Kénitra ? Pourquoi pas ? M'Chi-che en avait les moyens. Mais que faisaient-elles toute la journée, ces drôles de créatures ? Ah oui, elles chan-taient ! Caressaient-elles aussi, comme on caresse un chat ? Il éprouva un léger découragement. Tant de choses qu'on ignorait… Il leva la tête et vit, à sa droite, la tête de sa voisine reposant sur son bras gauche posé sur la table, pendant qu'elle écrivait de sa main droite, très lentement. Cette pose extraordinaire lui donna une idée : « Sur le sable, une sirène dormait, les cheveux éparpillés sur le bras sur lequel s'appuyait sa tête. » Puis (il n'avait pas perdu le fil) : « L'écume des vague-lettes venait mourir à ses pieds. » *Mierda !* (Comme disait Ramón.) Il avait vu des images de sirènes : elles n'ont pas de pieds ! Leur corps se termine par une espèce de queue de poisson. Désespéré, il pensa déchi-rer la feuille de papier (les mots étaient déjà écrits et le regardaient, narquois). Que faire ? Il savait bien, à présent, que Dieu ne répondait jamais et que ce n'était pas la peine de lui réclamer un cataclysme. Il se souvint à temps de ce que M. Porte leur avait dit à propos des poètes et il ajouta, soulagé, la formule magique : « L'écume des vaguelettes venait mourir à ses pieds *(licence poétique).* » Il put alors finir sa rédaction : il plongea dans l'eau « la tête la première », son frère s'amusa à « l'éclabousser », sa sœur… Euh… Sa sœur, euh… « Elle se tenait immobile dans l'eau, comme Gribouille. » Finalement, ils allèrent tous trois boire le thé qu'avait préparé la mère. C'était une belle journée à la plage et « mes vacances furent une suite de journées pareilles, dont chacune apportait son lot de petites joies ». En réalité, la phrase qui s'était présentée spontanément (« Prends-moi ! »), et dont il ne se souvenait plus où il l'avait lue, disait ceci : « une suite de journées, dont chacune apportait son lot de consolations. » Mais Mehdi, n'ayant fait pleurer personne dans sa narration, ne voyait pas très bien qui il pouvait consoler. Il remplaça sournoisement « consolations » par « joies », puis en fit « petites joies », parce que vraiment, à part la sirène, il ne s'était pas passé grand-chose sur « la grande étendue de sable blond » – oui, il avait aussi réussi à placer ça. Il rendit sa rédaction en poussant un soupir de soulagement, épuisé par la nage, les « courses au bord de l'eau », à peine ragaillardi par le thé à la menthe servi pas sa mère.

La semaine suivante, M. Flamand rendit les copies. Il commença par la plus mauvaise (« 5/20 ! Vraiment, Afota, vous ne vous êtes pas foulé ! ») et remonta vers la meilleure note. Quand il n'eut plus que deux copies à la main, il fit durer le plaisir en arborant un sourire qu'il voulait sardonique et en faisant coulisser les copies l'une sur l'autre. Puis il annonça d'un seul souffle, comme un crieur de marché :

— Mlle Kirchhoff, 14/20 ! Khatib, 17/20 ! Bravo ! Vous êtes doué, mon petit. J'ai beaucoup apprécié votre « licence poétique » écrit entre parenthèses. Un peu d'humour, s'il est bien placé, ne fait jamais de mal.

La sirène récupéra sa copie et se tourna, souriante, vers son voisin :

— Et en plus, il est « fort », mon petit Kaki ?

En plus de quoi ? Il ne répondit pas. Il se demandait pourquoi M. Flamand avait parlé d'humour. C'était très sérieusement qu'il avait ajouté *licence poétique* à la fin d'une phrase. Ceux du fond de la classe le regardaient d'un air mauvais. En sortant, l'un d'eux lui glissa, hargneux :

— C'est pas la peine de faire le malin !

Il n'avait rien fait.

Il n'avait rien dit.

14

Un week-end chez les Français

Quelques semaines après la rentrée, alors que Mehdi s'était habitué à sa condition d'interne (l'odeur du hachis Parmentier collait à ses vêtements – qui n'étaient pas toujours les siens), sa vie prit un tournant imprévu, qui allait le marquer pour longtemps. Cela se passa un vendredi, vers la fin de l'après-midi. Un long week-end commençait, celui de la Toussaint. Mehdi n'avait pas vu le coup venir et personne n'avait pensé à l'avertir. Le lycée allait fermer ses portes pendant trois jours. Catastrophe !

Ce qui se passa, ce vendredi, Mehdi le vécut comme un film, un *thriller* dont il allait longtemps se repasser les images dans la tête.

17.00

Avec d'autres internes, Mehdi se tient debout dans la loge du concierge, en proie à un sentiment d'inquiétude qui lui tord les tripes. Les internes ne sont pas autorisés à quitter seuls le lycée, c'est pourquoi ils attendent, serrés les uns contre les autres dans ce local exigu, que leurs parents viennent les chercher pour les emmener à la maison. Ils attendent, il n'y a rien d'autre à faire, et tuent le temps en racontant des blagues ou en se chamaillant. Juan Savall et Ramón Fernández bavardent en espagnol. M'Chiche joue avec sa gourmette en or, bâille, traite les Espagnols de *spagnoli hazeq* (ils haussent les épaules). Kohlauer va et vient, pensif, sort de la loge, sautille d'énervement. Samir Tanji raconte sa vie à qui veut l'entendre. Mehdi, lui, ne dit rien, adossé au mur. Impossible de « jouer » quoi que ce soit, la peur est trop forte. De temps en temps, la porte de la loge s'ouvre, des adultes entrent, les uns rieurs et bavards, les autres pressés et peu loquaces, pour réclamer leur progéniture et l'arracher au groupe, qui se réduit petit à petit. Le concierge salue les parents, au garde-à-vous, ce qui en étonne plus d'un. Parfois il échange quelques mots avec un père plus amène que les autres. Les mères, il ne leur dit rien, il ne semble pas savoir comment on parle aux dames.

Morel, un sac de sport en bandoulière, vient jeter un coup d'œil dans la loge. Constatant que Miloud est là, fidèle au poste, il repart vite, en sifflotant.

Un à un, les garçons et les filles s'en vont, avec leur famille. Ceux qui restent regardent avec impatience, par la fenêtre de la loge, les voitures qui glissent sur le boulevard Ziraoui et parfois s'arrêtent devant les portes du lycée. Ils s'agitent ou poussent une exclamation quand ils reconnaissent la Simca ou la Taunus de leur père. M'Chiche ricane : c'est une Mercedes qui viendra le chercher. Mehdi est le seul qui ne regarde pas par la fenêtre de la loge.

18.00

Il est presque six heures. Tous les internes sont maintenant partis. Le dernier était M'Chiche, dont le chauffeur s'est confondu en excuses pour le retard. Mehdi, qui ne peut plus se fondre dans la masse, n'ose pas lever les yeux sur le concierge. Miloud regarde sa montre de plus en plus fréquemment. Et il pose sur le petit prolétaire un regard sans aménité.

Mehdi sait que sa mère ne va pas venir le chercher. Il y a quelques jours, M. Lombard l'a convoqué dans son bureau et lui a demandé d'appeler au téléphone ses parents (*ses* parents ?) pour leur rappeler qu'ils doivent venir le chercher pour le week-end de la Toussaint. Depuis le début de l'année, il a passé tous ses week-ends à l'internat, avec quelques autres internes, pas toujours les mêmes, et parfois tout seul. Tout le monde a remarqué cet enfant qui semble délaissé. Mais ce week-end est particulier : l'internat ferme pour de bon. Ni surveillants, ni cuisinier, ni concierge ne seront là. Mehdi ne pourra pas rester au lycée.

C'est étrange. Il sait et il ne sait pas. Ou ne veut pas savoir. Pendant qu'il écoutait M. Lombard, dans son bureau, Morel était entré, en coup de vent, comme à son habitude.

— Bonjour, *Monsignore !* Tiens, qu'est-ce qu'elle fait là, Fatima ?

— Allons, du sérieux, Morel, j'explique au petit Khatib qu'il ne peut pas rester ici, pour la Toussaint. Cette année, ça tombe un samedi, le 1er novembre : tu me suis, fils ? (Il s'était penché sur Mehdi.) Dimanche 2 novembre, c'est le jour des défunts. Tu sais ce que c'est ?

— Non, avait murmuré Mehdi, qui se rendait bien compte que M. Lombard aimait faire de longs discours et qu'il valait mieux lui en donner l'occasion.

M. Lombard avait pris une profonde inspiration, puis s'était lancé.

— Eh bien, le jour des défunts, c'est la commémoraison des morts, ou la fête des morts…

— Rien qu'du joyeux ! l'avait interrompu Morel.

M. Lombard l'avait foudroyé du regard. Puis il avait continué.

— Pour les catholiques, c'est le moment de demander à Dieu de délivrer ou de soulager les âmes du Purgatoire. Le Purgatoire, y a pas ça chez vous, les musulmans. Ou je me trompe ?

Mehdi était resté muet, n'ayant même pas compris la question. Morel en avait profité pour taquiner M. Lombard.

— Vous cherchez à convertir Fatima ? Je vous rappelle, même si vous êtes mon supérieur hiérarchique, disons que *je me permets de vous rappeler* que nous sommes dans un établissement laïque. Ça s'appelle, bizarrement, la *Mission* Culturelle Française, mais on n'est pas des missionnaires, on est les hussards noirs de la République : on est là pour propager les idéaux laïques de la Révolution…

M. Lombard l'avait interrompu, agacé.

— Qu'est-ce que c'est que ce langage pompeux, Morel ? Ça ne vous ressemble pas. Et d'abord, je ne cherche à convertir personne, simplement j'explique au petit Khatib pourquoi le week-end qui vient est spécial : il ne pourra pas rester à l'internat. On ferme !

— Ça, c'est vrai, avait confirmé Morel en regardant Mehdi d'un air menaçant. On ferme ! Tous ceux qui voudront rester seront dévorés par Médor, le chien de son maître. Ouaf, ouaf !

Mehdi avait quitté le bureau le cœur serré. Il décida

d'oublier tout ce qui s'y était dit. De toute façon, ce fameux samedi 1er novembre 1969 n'allait peut-être jamais advenir. La fin du monde était proche. Tous les espoirs étaient permis.

18.30

Il ne reste plus personne dans la loge. Sauf lui.

— Alors, tu as appelé tes parents ?

M. Lombard avait surgi devant lui, la veille. Pris de court, Mehdi avait fait « oui » de la tête. Le surveillant général était parti, satisfait.

En fait, Mehdi n'avait appelé personne. Comment aurait-il pu le faire ? À Béni-Mellal, ils ne sont que quelques-uns à avoir le téléphone, sa mère n'est pas du nombre et elle ne sort jamais de chez elle, frappée d'un mal mystérieux ce jour funeste où son mari s'est évanoui dans la nuit. Depuis la rentrée, depuis le jour des dindons, Mehdi n'a aucune nouvelle d'elle, ni de son frère et de sa sœur. C'est étonnant mais c'est comme ça. Comment expliquer une telle situation au surveillant général ? Il ne voudrait pas le croire. Et s'il le croyait, quelle honte ! La situation est inextricable. Alors Mehdi attend un miracle : que le calendrier fasse un saut, qu'il passe directement du vendredi 31 octobre au lundi 3 novembre. (M. Porte leur a parlé de cette époque extraordinaire, au XVIe siècle, où on était passé d'un calendrier à un autre. Le pape Grégoire avait fait d'un vendredi 15 octobre le lendemain d'un jeudi 4 octobre ! Donc : rien n'est impossible.)

À défaut d'un miracle similaire (le pape n'est peut-être pas disponible), il espère qu'un avion s'écrase sur le collège, dans une apocalypse de feu, et qu'ils meurent tous, lui, le concierge, le surveillant général, Médor,

Morel… Ou bien un tremblement de terre pourrait détruire toute la ville, ou un raz de marée l'engloutir. Cela résoudrait son problème.

19.30

La nuit commence à tomber. Miloud, excédé, est allé chercher le surveillant général, qui était encore dans son bureau. M. Lombard arrive au galop, le sourcil froncé, la cravate en bataille, avec le concierge clopinant dans son sillage, on dirait deux rhinocéros chargeant un intrus dans la savane – et l'intrus, c'est lui, Mehdi. Les deux hommes se penchent sur le garçon, qui fixe obstinément le sol. À force de le questionner, et malgré ses réponses en forme d'onomatopées, ils finissent par comprendre quelle est la situation. La situation est la suivante : on est vendredi soir, demain c'est la Toussaint et ils ont un gamin sur les bras, un gamin que nul ne viendra chercher.

M. Lombard murmure :

— M… ! On dirait du Dickens.

Mehdi a entendu. Il sait qui est Dickens. Il a lu *Oliver Twist* en français, dans la Bibliothèque Verte. Il rougit violemment.

Que faire ? Les deux hommes le fixent des yeux, espérant sans doute qu'il va s'évaporer dans l'air. Mais rien ne se passe et le grain de sable est toujours là. Tout petit, les yeux baissés, mais bel et bien là.

Soudain, le concierge a une inspiration. Il demande en arabe et en français :

— *Chkoune sahbek ?* Qui est ton ami ?

M. Lombard, qui a tout de suite compris de quoi il s'agit (il n'est pas pour rien surveillant général), hoche énergiquement la tête. Il se joint au chœur.

— Oui, oui, qui est ton meilleur ami ?

Mehdi n'a pas d'amis (il ne sait même pas ce que ça veut dire). Il fait semblant de réfléchir. Il voit une sarabande de visages, Juan Savall, M'Chiche, Samir Tanji, Ramón Fernández et d'autres, qui tous se moquent de lui, lui tirent la langue ou lui donnent des coups de pied. *Un prolétaire n'a pas de patrie.* Il ferme les yeux. Les deux hommes semblent perdre patience.

— Ben alors ? Réponds ! On t'a posé une question !

La peur tord les tripes de l'enfant. Un nom fuse de sa bouche, comme malgré lui :

— Denis Berger.

Tiens ! Pourquoi ce nom a-t-il jailli ? Il n'a jamais adressé la parole à ce Denis, qui est dans sa classe et qui fait partie du petit groupe qui « fait du théâtre » avec Sabine Armand, le mercredi après-midi. Il a toujours été fasciné par ses cheveux blond paille, soyeux et raides. Il ne se lasse pas de regarder ses cheveux. Il n'a jamais rien vu de tel dans les rues de Béni-Mellal, où il a grandi. Même à Lyautey, ils sont rares, des cheveux aussi blonds, presque blancs.

Mais ce n'est pas pour cela qu'il l'a accusé d'être son ami. En fait, il voulait répondre : « Cathy Kirchhoff » (on vit dans l'espoir) mais une sorte de pudeur a fait fourcher sa langue – et puis, il a beau anticiper à perdre haleine, il ne peut quand même pas avancer la pendule de vingt ans. Certes, il épousera un jour Mlle Kirchhoff, et aussi Jenny von Westphalen, et la fille à Chamayrac, et Mme Gobert, qu'il n'a jamais vue, et toutes se fondront en une seule Mme Khatib, mais c'est loin, tout ça : les deux rhinocéros ne pourraient pas comprendre ce plan infaillible, on pourrait se moquer de lui. D'où cette réponse étrange :

174

— Denis Berger.

M. Lombard s'empare du téléphone, réclame le numéro de la famille Berger au concierge, qui le déniche dans un registre, et compose d'un doigt autoritaire ledit numéro. Il est bientôt en grande conversation avec M. Berger. Au début, il semble avoir du mal à expliquer la situation, il bafouille un peu, bégaie, se reprend, mais, au bout de quelques minutes, un grand sourire éclaire son visage et il se répand en remerciements d'une belle voix mâle que module un évident soulagement. L'affaire est réglée. Mehdi va passer la Toussaint avec des chrétiens qu'il ne connaît ni d'Ève ni d'Adam : c'est ce que lui affirme le surveillant général.

Mehdi s'efforce de penser mais son cerveau refuse de fonctionner. Il ne voit qu'un grand écran noir devant lui. C'est la Toussaint. *Les chrétiens vont l'enterrer.*

— Tu vas être avec ton ami Denis ! C'est quand même mieux que rester ici, dans un dortoir désert, dans un réfectoire vide ?

C'est la fin. « Ton ami Denis » ? La vérité va éclater au grand jour. Tout le monde va comprendre qui est exactement Mehdi Khatib.

Un petit imposteur.

20.30

M. Bernard a remis les clés de sa voiture au concierge et lui a demandé d'emmener Mehdi chez les Berger, dans un quartier de Casablanca qu'on appelle étrangement « le Polo ». Miloud semble pressé et de mauvaise humeur. Il roule à toute allure dans les rues de Casablanca, comme s'il conduisait une jeep ou un tank dans la jungle vietnamienne, manque écraser quelques piétons téméraires (ils le sont tous), brandit le poing et injurie généreusement tous les véhicules qui osent croiser sa folie.

Arrivé au Polo, Pat Hibulaire se gare le long d'un trottoir, au pied d'une colline, descend avec agilité du tank, ouvre la portière du passager et extirpe celui-ci sans ménagement. Mehdi heurte son genou contre le tableau de bord, la douleur est si vive qu'il se met à pleurer. Charlie n'en a cure, il explique à Mehdi, planté sur le trottoir, prêt à défaillir, quelle direction il doit prendre. Il répète l'explication, d'une voix menaçante, avec force gestes et quelques menaces à la clé. Dans un instant, il va prendre une mitraillette et la plaquer sur la tempe du petit guérillero. Mehdi comprend à peine ce qu'on lui dit, mais il hoche la tête, effrayé à l'idée de devoir grimper la colline tout seul, mais encore plus effrayé à celle d'attirer sur lui la colère de cet homme si désagréable. Tout ce qu'il a compris, c'est qu'il doit aller au 21, rue de la Dordogne.

La voiture démarre en trombe et s'évanouit dans la nuit indochinoise.

Mehdi se met en marche, boitant tant bien que mal le long de la large route mal éclairée qui mène au sommet de la colline. Il cherche des yeux les plaques qui indiquent le nom des rues qui aboutissent sur la route, à droite et à gauche. Mais il y a un hic : toutes les rues ont été débaptisées, au cours des années précédentes. La rue de la Dordogne, même si on a gardé l'habitude de la désigner ainsi, porte maintenant un autre nom. Mais lequel ? Mehdi déchiffre des rues Lahsen M'hidi ou Ferhat Hachad ou Allal el Fassi, mais quel rapport avec la Dordogne ? Il cherchait une belle région de France, le voilà au milieu de syndicalistes morts ou de glorieux résistants dont il n'a jamais entendu parler. Il fait de plus en plus noir. Fatigué, ne sachant que faire, il va s'adosser à un arbre, au bord des larmes. Son genou est en train d'enfler. Quelques minutes passent, cruellement. On entend des chiens aboyer.

Soudain, il croit voir une ombre bouger, sur le côté. Il cligne des yeux, s'efforçant de mieux voir. Un homme, ou peut-être un spectre, engoncé dans une djellaba marron, s'approche lentement. Il est sorti du porche d'une des villas qui s'étendent le long de la route. Le voici à la hauteur de Mehdi. Il se penche sur l'enfant au comble du désarroi – cette fois, c'est vraiment la fin – et lui adresse quelques mots en arabe. Mehdi ne comprend pas ce que l'homme lui veut mais il a l'impression qu'on lui pose une question. Il ne peut que gémir :

— Rue de la Dordogne, rue de la Dordogne…

Le spectre lui prend la main sans mot dire et l'entraîne fermement vers une petite ruelle sombre. Transi de peur, Mehdi le suit en refoulant ses pleurs. La ruelle débouche sur une rue plus large, un peu mieux éclairée. Une voix demande :

— *Nimiro ? Nimiro ?*

Ça, ça ressemble à *numéro*.

— Vingt et un, répond Mehdi.

L'homme le regarde, perplexe. Il avise un petit tas de sable, au bord du trottoir, et y farfouille de son doigt. Il écrit 1, 2, 3… puis s'arrête. Mehdi trace à son tour un 21 tremblotant dans le sable. La djellaba l'emmène vers un grand portail et le plante devant, après avoir énergiquement sonné.

Mehdi, reprenant ses esprits, voudrait remercier son ange gardien mais il ne trouve pas ses mots. D'ailleurs, l'homme a disparu, avalé par les ténèbres.

21.00

Le portail s'ouvre. M. Berger – ça ne peut être que lui – est là, dans l'allée, grand, massif ; un large sourire éclairant son visage. Ses yeux semblent cependant contenir une interrogation muette. À côté de lui, Denis se tient tout droit, l'air très sérieux, la bouche fermée, les sourcils un peu froncés. Derrière eux, sur les marches qui mènent à la porte de la maison, Mme Berger, la mère de Denis, regarde la scène, les bras croisés sur la poitrine. Elle non plus ne sourit pas.

MOUTIER

Je veux bien, mon garçon ; mais que ferons-nous de Torchonnet ? Si nous le menions chez le curé ?

ELFY

Pourquoi ne l'amèneriez-vous pas ici ?

MOUTIER

Parce que notre maison n'est pas une maison de refuge, ma bonne Elfy ; d'ailleurs savons-nous ce qu'est ce malheureux garçon, et si sa société ne serait pas dangereuse pour les nôtres ?

M. Berger tend la main à Mehdi-Torchonnet qui la serre mollement. Il serre aussi celle de Denis, petite chose un peu chaude, un peu moite. Ils rentrent tous les trois dans la maison. Mme Berger ne lui serre pas la main. Elle s'est effacée pour les laisser entrer, puis elle est partie très vite, presque en courant, vers ce qui doit être la cuisine.

Denis, sous l'œil attentif de son père, demande à Mehdi si ce dernier veut le suivre dans sa chambre. Il parle sur un ton mécanique, comme s'il récitait une leçon apprise par cœur. Mehdi fait oui de la tête (c'est à peine perceptible). Les deux enfants grimpent les marches d'un escalier qui sent l'encaustique. Sur le seuil de sa chambre, Denis reste un moment à regarder l'intrus pendant que l'intrus baisse les yeux. Puis il entre, se gratte le ventre et lui montre, sans raison particulière, sa collection de bandes dessinées. De nouveau, le ton mécanique :

— Tu peux en choisir une.

Les deux garçons sont bientôt absorbés dans un album, chacun de son côté. En fait, Mehdi n'arrive pas à lire. Des bribes de *L'Auberge de l'Ange Gardien* lui reviennent en mémoire. À part cela, son cerveau s'est tout simplement arrêté de fonctionner. Ça lui prend, de temps à autre. Depuis qu'il est né.

Il n'arrive tout simplement pas à comprendre comment le cours chaotique de sa jeune vie a abouti là, dans le royaume d'un autre.

Qu'est-ce que je fais ici ?

Une demi-heure plus tard, il faut descendre dans la salle à manger pour le dîner. Mehdi, torturé par le sentiment d'être de trop dans cette belle résidence, s'assoit à côté de Denis, sur un geste de M. Berger. Son genou lui fait un mal de chien mais il est malgré tout heureux d'avoir trouvé ce refuge grâce au spectre en djellaba. Dedans, c'est éclairé, il fait chaud, on y est bien. Il respire l'odeur caractéristique des Français, la même que celle qui règne dans le dortoir ou dans le bureau de M. Lombard. C'est un mélange de senteurs d'encaustique et de cire, mêlées de lavande, loin des relents d'épices des maisons des Marocains.

Il n'est pas chez lui : cette fois, c'est son nez qui le lui dit.

Petit à petit, il se sent pénétré par une autre sorte de malaise. Il regarde autour de lui. Il a l'habitude que les adultes lui posent des questions, se penchent sur lui, parlent sans raison ; or la mère de Denis ne lui demande rien. Ses yeux gris ou bleus (il ne peut se décider) se posent parfois sur lui et son regard semble immédiatement glisser vers d'autres objets. Il ne sait pas non plus si elle est triste ou étonnée : ses yeux ne semblent rien exprimer. Quant à Denis, il joue à écraser ses pommes de terre, il creuse dans l'assiette des rigoles pour la sauce, il découpe la viande en petits morceaux mais il ne lève pas les yeux. Seul M. Berger essaie, d'une voix enjouée, de tenir une conversation. Il raconte des histoires qui se sont passées dans l'entreprise qu'il dirige, il parle du gardien Boujemâa qui est si naïf et de la secrétaire Latifa qui mâche sans cesse du chewing-gum. Il s'adresse maintenant directement à Mehdi :

— Nous vivons depuis plusieurs années au Maroc, mais beaucoup de choses sont encore nouvelles ou étranges pour nous. Des choses qui doivent te sembler assez banales, non ?

Le petit imposteur regarde M. Berger sans répondre. Que pourrait-il dire ?

Rien, absolument rien, ne lui a jamais semblé banal.

Et d'abord, que fait-il ici ?

22.00

Le dîner est fini. M. Berger débarrasse la table pendant que Mme Berger sort dans le jardin fumer une cigarette. « Ces gens-là font les choses à l'envers », pense vaguement Mehdi, qui tombe de sommeil. Il se retrouve, il ne sait comment, les yeux à demi fermés, dans la chambre de Denis. Cette fois-ci, son cerveau fonctionne, malgré l'envie de dormir, et il se force à ouvrir les yeux pour mieux regarder autour de lui. Il se trouve dans une espèce de cocon multicolore. Du papier peint fait de motifs géométriques recouvre les murs. Mehdi y reconnaît avec satisfaction des triangles isocèles.

Curieusement, il y a deux lits superposés dans la chambre de Denis, comme à l'internat. Pendant quelques instants, Mehdi rêve, il divague plutôt, il est persuadé que Cathy Kirchhoff va apparaître – c'est la cousine – non, c'est la *sœur* de Denis et le deuxième lit, c'est le sien… Il secoue la tête : impossible, ils ne portent pas le même nom de famille. Et puis, elle aurait dîné avec eux… Il reprend son inspection. Les sommiers sont épais, on doit dormir là-dessus comme des rois. Les draps sont bleu clair. Une couette un peu froissée s'étale sur ceux du bas, languide. Pas de couette sur le lit du haut. En revanche, il y a des édredons colorés aux deux niveaux.

Une petite table de chevet porte quelques livres : des *Tintin*, ainsi qu'un petit *parallélépipède* couvert de cuir marron. Mehdi en déchiffre sans peine le titre : *La Sainte Bible*. Manant. Ça se lit donc au lit ? Pas dans l'église ? Une grande armoire, à demi ouverte et dont on voit les tablettes bourrées de vêtements (ils sont aussi riches que M'Chiche, les Berger ?), occupe une bonne partie du mur qui fait face à la fenêtre. Sur le sol, une moquette bleu sombre étouffe les bruits des pas. À côté de la fenêtre, un cintre monté sur pieds a l'air d'un *chaouch* attendant les ordres.

Quelle chambre extraordinaire ! Denis n'a même pas l'air de se rendre compte qu'il vit au Paradis.

Mehdi, agenouillé sur la moquette, ouvre sa petite

181

valise marron à poignée blanche, qui a l'air d'un intrus autant que lui dans cette belle chambre. Catastrophe ! Il s'aperçoit qu'il a oublié d'y mettre son pyjama ! Que faire ? Transi de honte, il finit par expliquer la situation à Denis. Celui-ci, haussant les épaules, ouvre un tiroir et lui tend sans mot dire un pyjama tout bleu, avec une espèce de logo jaune.

C'est tout de même mieux que le rose.

En attendant que Denis revienne – il est allé se brosser les dents – Mehdi se tient devant les deux lits, dans son beau pyjama bleu, en se demandant lequel des deux lits est le sien. Soudain il entend une espèce de petit cri derrière lui. Il se retourne. La mère de Denis est debout dans l'embrasure de la porte, la main contre la bouche, les yeux grands ouverts, comme frappée d'horreur. Elle disparaît brusquement. Mehdi l'entend parler avec Denis dans la salle de bains. Denis semble répondre quelque chose mais sa mère l'interrompt. Elle crie presque.

Denis revient. Sans mot dire, il ouvre un tiroir et tend à Mehdi un autre pyjama.

— Tu changes de pyjama, lui dit-il.

Mehdi trouve enfin la force de dire quelque chose. Il murmure :

— Mais pourquoi ?

— Parce que c'est comme ça, répond Denis, l'air buté.

23.00
Mehdi est maintenant couché dans le lit du haut.

— Tu dors en haut, moi je prends *toujours* celui du bas, lui a dit Denis.

Il n'y a pas de couette, là-haut. Heureusement, il ne

fait pas froid et le drap suffit. Mehdi porte à présent un pyjama marron, avec des rayures blanches. Il déteste la mère de Denis, malgré ses yeux couleur de ciel. Pourquoi ne veut-elle pas qu'il porte le beau pyjama bleu ? C'est sur cette interrogation qu'il glisse dans un sommeil sans rêves, sans couleurs, dans ce petit Paradis dont il s'attend à être chassé d'un instant à l'autre…

Samedi

Lorsqu'il se réveille, il fait jour. Le soleil luit derrière les rideaux fins. Le lit du bas est vide. Par la fenêtre, Mehdi peut voir Denis et sa mère assis dans le jardin sur des petites chaises en osier. Il ne sait pas trop quoi faire, alors il regarde un peu mieux la chambre. Il y a deux petits bureaux dans un coin, l'un en face de l'autre. C'est curieux, il ne les avait pas remarqués hier. Il va regarder de plus près, mais il n'y a rien à voir, sinon deux meubles qui se font face et semblent être chacun le reflet de l'autre dans un miroir.

Mehdi finit par descendre au rez-de-chaussée. Il attend dans la salle à manger, un peu désœuvré, que quelque chose se passe. Au bout d'un bon moment, Mme Berger entre, venant du jardin. Elle s'arrête net et rebrousse chemin. Quelques instants plus tard, Denis arrive en courant et entraîne l'intrus vers la cuisine. Un grand bol de café au lait l'attend, avec des croissants. Mehdi adore les croissants mais l'attitude de la mère de Denis l'attriste. Pourquoi est-elle si méchante ? Elle a pourtant de si jolis yeux, comme Cathy Kirchhoff (même s'il n'est pas sûr de la couleur). Et ses cheveux sont comme ceux de Denis, blonds, lisses et soyeux.

M. Berger revient avec des sacs, des boîtes, des paquets. Derrière lui trottine une jeune Marocaine qui a toute l'apparence d'une bonne. Mme Berger s'empare des sacs et disparaît dans la cuisine avec la domestique qui a regardé son petit compatriote avec étonnement (qu'est-ce qu'il fait là ?) mais n'a rien dit.

L'après-midi se passe mollement pour Mehdi qui s'ennuie. Il lit, sort à petits pas dans le jardin, revient examiner ces bibelots dont la maison est pleine. Sur l'insistance de M. Berger, il essaie de jouer au ping-pong avec Denis mais ce dernier est beaucoup trop fort pour lui. À un certain moment, alors que les deux garçons jouent au ping-pong dans le jardin, il lui semble surprendre une conversation entre M. et Mme Berger, qui sont dans la cuisine. À la mère, qui répète « ce n'est pas possible, ce n'est pas possible… », le père répond :

— Mais c'est ce que je t'ai dit hier, je t'assure que c'est vrai, ses parents ne sont pas venus le chercher.

Mehdi tape avec fureur sur la balle pour ne plus rien entendre.

Le soir est tombé. La table est servie. C'est exactement ce que Mehdi avait espéré, un vrai repas français, comme dans les livres. Du poulet rôti, de la purée un peu rougeâtre, des jus de fruits et du vin pour M. Berger. Il goûte le poulet, puis un peu de purée. Tiens, c'est sucré. Il pousse Denis du coude et lui montre la purée.

Denis murmure :

— On a toujours des patates douces avec le poulet rôti. À cause de Pascal.

Pascal ? (C'est qui, ça ?) Mehdi fronce le sourcil mais ne dit rien. Le dîner se poursuit en silence. De temps en temps, le père essaie de détendre l'atmosphère. Il se sert du vin, il est le seul à boire, son verre n'est jamais vide. Il pose quelques questions à Mehdi, qui répond par onomatopées, comme sa mère le lui a appris.

Ne dis rien quand on t'interroge, dis que tu ne sais rien.

À un certain moment, le père lui demande quelle est la matière qu'il préfère le plus. La réponse fuse :

— L'histoire !

Le père se tourne vers la mère. Ils se regardent, l'air ému. Elle se mord les lèvres.

La nuit est tombée. Les deux garçons sont de nouveau dans la chambre de Denis. Mme Berger entre dans la chambre et borde Denis. Elle l'embrasse sur la joue et lui souhaite bonne nuit. Puis elle se penche sur Mehdi, qui fait semblant de dormir. Dans le noir, il ne peut pas voir ses yeux mais il respire son parfum délicat. Elle passe doucement ses doigts dans ses cheveux. D'habitude, il a horreur qu'on lui caresse les cheveux. (Même Sabine Armand l'irrite quand elle fait ce geste agressif, prélude peut-être à des arrachages par touffes entières.) Mais là, c'est différent. Les doigts de Mme Berger, son parfum… Tiens, elle n'est donc pas méchante ? Soudain, il sent quelque chose de mouillé sur son front. Elle lui pleure dessus, Jenny ? Qu'est-ce qui lui prend ? Que se passe-t-il au 21, rue de la Dordogne ? N'osant pas s'essuyer, il attend que la belle liquéfiée s'en aille.

Mehdi est trop énervé maintenant. L'odeur de Mme Berger l'obsède. Il ne peut plus dormir. Après un moment, il sort du lit, tout doucement, et va regarder l'arbre. Puis il erre dans la maison. Il pousse au hasard une porte entrebâillée. C'est le bureau du père. Il entre sur la pointe des pieds, prêt à jouer au somnambule si quelqu'un le surprend.

Sur le bureau, quelques photos. Debout, les pieds nus, il les regarde longtemps puis retourne se coucher.

Il y a quelque chose qu'il ne comprend pas.

Le lendemain, c'est dimanche. C'est le fameux jour des Morts ! Réveillé à l'aube, Mehdi regarde au-dehors, à travers les rideaux fins. Il fait beau. Et c'est tout… Qu'est-ce que ce jour a de particulier ? Rien, *a priori*. Où sont les morts ? Il se penche avec précaution et jette un coup d'œil sur le lit du bas. Denis, couché sur le flanc, dort encore. Sa tête fait une tache blonde sur le coussin. Il respire très légèrement, c'est tout juste si le drap se creuse au rythme des expirations. Curieusement, il tient sa main droite sur ses yeux, ce qui lui donne l'air d'un petit philosophe (du moins est-ce Mehdi qui associe cette posture à la philosophie, ayant vu un jour, dans un livre, la photo d'un « grand penseur » portant ses doigts à ses paupières fatiguées). Pour l'heure, le petit penseur ne semble rien cogiter, sinon des rêves, et la chambre respire le calme et la sérénité. Mehdi descend de son perchoir et va regarder la collection de bandes dessinées. Il y a celles qu'il connaît et puis il y en a d'autres, qu'il n'a jamais vues. Il y a aussi des *Tout l'Univers*, en quantité.

Assis à même la moquette, il est bientôt plongé dans un *Alix*. On y croise un prince égyptien, des Romains, des légions, un tombeau *étrusque* (qu'est-ce que ça veut dire ?).

Il n'a pas entendu M. Berger entrer dans la chambre. Il sursaute en entendant sa voix joviale éclater au-dessus de lui.

— Eh bien, tu es bien matinal. Ou est-ce Denis qui lanterne au lit ? Cela dit, on est dimanche, il a le droit de faire la grasse matinée. Mais maintenant, il faut se réveiller.

M. Berger va secouer gentiment son petit Platon qui finit par se réveiller. Ses grands yeux semblent d'abord totalement vides puis la vie y vient et il gazouille en souriant :

— Bonjour, mon papa.

— Bonjour, monsieur mon fils.

Mehdi regarde la scène avec étonnement : qu'est-ce que c'est que ces *salamalecs* ? Ils se sont pourtant vus la veille au soir ? M. Berger ne revient pas du pôle Nord ou des tombeaux étrusques… Pourquoi tant de chichis ? Ils sont tous comme ça, les pères français ? Étrange.

Ils descendent tous trois prendre leur petit déjeuner.

M. Berger lui demande s'il sait ce que c'est que la Toussaint. Mehdi, dont la mémoire est infaillible, se souvient sans difficulté de la conversation qui a lieu entre M. Lombard et Morel. Il s'imagine acteur, chargé de jouer Morel, et il se lance dans une espèce de conférence, de sa petite voix suraiguë :

— C'est le jour des défunts, c'est la commémoraison des morts, ou la fête des morts… *Rien qu'du joyeux !* (Mme Berger sursaute, ses yeux s'agrandissent. M. Berger glousse, ravi.) Pour les catholiques, c'est le moment de demander à Dieu de délivrer ou de soulager les âmes du Purgatoire. (Une pause.) Le Purgatoire, y a pas ça chez les musulmans.

Les époux Berger se regardent, interloqués.

Lundi matin tôt, pendant le petit déjeuner, c'est le miracle. Mme Berger sourit à Mehdi (il écarquille les yeux de stupéfaction), lui caresse les cheveux comme la veille au soir, quand elle croyait qu'il dormait. Puis elle lui apporte du chocolat chaud et des croissants. Elle lui parle, lui pose des questions auxquelles il répond d'une voix inaudible – il a peur de voir le miracle se briser sur ses mots de petit envahisseur. Puis, se baissant, elle lui lace les souliers.

Elle – lui – lace – les – souliers.

Le parfum de la belle Française monte vers lui et l'enveloppe, le faisant chavirer, lui faisant tout oublier. Se redressant, elle passe la main sur sa chevelure bouclée (décidément !), puis sort pendant quelques minutes et revient avec un petit paquet qu'elle fourre dans la petite valise toute cabossée.

Elle murmure dans son oreille :

— Un cadeau pour toi.

Mehdi profite d'un instant où personne ne fait attention à lui pour ouvrir discrètement sa valise et jeter un coup d'œil au paquet. Il n'en croit pas ses yeux : il s'agit du pyjama bleu avec un logo jaune.

M. Berger a sorti la voiture. Il va emmener les deux garçons au lycée.

Au moment de monter dans la voiture, Mehdi se ravise. Il prétend avoir oublié quelque chose, il remonte en courant à l'étage, mais au lieu d'aller vers la chambre de Denis, il bifurque vers le bureau de M. Berger. Quelque chose l'y attire. Une photo, qu'il a vue l'avant-veille, pendant son excursion nocturne.

Il la retrouve tout de suite, sur le bureau. Elle est sans doute prise dans un chalet : tout est en bois. Deux garçons posent ensemble devant une grande baie vitrée qui donne sur une terrasse. Au-dehors, un paysage de montagne. Ils ont chacun un bras passé autour du cou de l'autre. Mehdi regarde avec un peu plus d'attention. L'un des garçons est Denis, un peu plus petit que maintenant. Mais l'autre ? Eh bien, l'autre, c'est encore Denis ! Du moins, il lui ressemble comme deux gouttes d'eau. Mehdi n'y comprend plus rien. Il retourne la photo. Il lit deux mots, deux noms, tracés au feutre :

Denis et Pascal, vacances d'hiver. Puis une date. C'est l'an dernier. Mehdi regarde la photo intensément. Comme si elle devait livrer un secret. Il scrute les deux visages. Maintenant, il voit une différence, presque imperceptible. À gauche, c'est Denis. À droite, ce n'est pas lui : le regard est différent, plus intense, plus moqueur. Les deux garçons viennent sans doute de se réveiller, puisqu'ils sont encore en pyjama. Ils portent le même pyjama. Enfin presque. C'est drôle, les couleurs sont inversées. L'un est jaune avec un logo bleu, l'autre est bleu avec un logo jaune.

Pascal porte le pyjama bleu avec un logo jaune.

15

La nouvelle famille de Mehdi

Au cours des semaines qui suivirent, Mehdi et Denis
devinrent les meilleurs amis du monde. Avoir passé
tout un week-end ensemble, avoir lu les mêmes bandes
dessinées, avoir dormi dans la même chambre, tout cela
créait des liens solides entre eux. Et puis il semblait à
Mehdi qu'ils avaient un peu la même mère, maintenant
(elle lui avait lacé les souliers, non ?), même si elle
était un peu bizarre – mais choisit-on ses parents ? Dans
la cour de récréation, chacun cherchait d'instinct la
compagnie de l'autre. Lorsqu'il voyait le petit Français
se diriger vers lui, dans la cour, Mehdi souriait et il se
disait parfois qu'il n'avait pas menti au directeur et au
concierge, ce fameux vendredi après-midi, en leur
disant que Denis Berger était son meilleur ami. Simplement, il avait un peu anticipé sur les événements.

Cependant, il n'osa jamais demander à Denis qui
était Pascal (il se doutait bien que c'était son frère
jumeau), ni ce qui lui était arrivé (pourquoi avait-il
disparu ? Les Français aussi disparaissent comme ça,
sans raison ?), ni pourquoi sa mère claudiquait très légèrement (il sentait, d'instinct, que ce petit défaut devait
être lié à l'affaire).

M. Berger avait pris l'habitude de venir le chercher chaque samedi, en même temps que son propre fils, et ils passaient le week-end tous ensemble. Mehdi avait maintenant ses tiroirs dans l'armoire de Denis, et Mme Berger y avait disposé quelques chaussettes, quelques sous-vêtements et un sachet de lavande. (Que croyait-elle donc ? Qu'il sentait mauvais ? Bah, il avait vite oublié cette petite vexation.) Dès son deuxième séjour rue de la Dordogne, il avait annexé l'un des bureaux et posé dessus toute une pile de *Tout l'Univers*. Il s'était aussi approprié les quelques volumes de la Comtesse de Ségur que possédait Denis quand il s'était rendu compte que celui-ci n'y attachait aucune importance. Il n'en avait lu aucun. Étrange ! Ne voyait-il pas qu'il y avait là, dans ces petits *parallélépipèdes*, tout un univers où l'on pouvait se faire russe à peu de frais, visiter Saint-Pétersbourg, s'adjoindre la toundra plus intimement que M. Porte jamais ne la posséderait ? Denis ne songeait pas à devenir sujet du tsar. Tant pis pour lui.

Tout occupé à se slaviser en passant par la Lorraine, Mehdi ne voyait plus sa famille. Il faut dire qu'ils semblaient avoir beaucoup de problèmes. Il ne comprenait pas de quoi il s'agissait. De toute façon, on ne lui disait rien. Sa mère ne sortait jamais de la maison. Son frère et sa sœur allaient au collège de Béni-Mellal. C'était à peu près tout ce qu'il savait. Ceux qui s'occupaient de cette famille – il y avait forcément des gens qui s'en occupaient, des oncles, des tantes – devaient s'imaginer que Mehdi nageait en plein bonheur dans son internat, dans le très chic lycée Lyautey, et qu'il ne fallait surtout pas le déranger…

Il ressassait parfois ces énigmes quand il était étendu

dans son lit, après l'extinction des feux, et qu'il n'arrivait pas à dormir parce que dans l'immense dortoir quelqu'un ne cessait de tousser, salué par le chœur des compatissants qui entonnait le *De profundis*. Mais il finissait quand même par s'endormir ; et au réveil, il n'y pensait plus. Le petit déjeuner avalé, au réfectoire, il se dirigeait vers la salle de classe indiquée dans « l'emploi du temps ». Il fallait attendre que tous les externes arrivent, cartable au dos – Denis était toujours l'un des premiers – et on entrait en classe, en rang ou en essaim, selon les professeurs. Sciences naturelles, histoire, mathématiques : un autre monde s'ouvrait et Mehdi y pénétrait de toute son âme. Là, il n'avait plus aucun souci. Il n'était qu'une paire d'yeux grands ouverts par lesquels s'engouffraient merveilles et mystères... et tant de noms magiques qui l'enchantaient (*Tegucigalpa, hypoténuse, lymphocytes, Vercingétorix...*), tant de mots dont il fallait deviner le sens, de proverbes qui lui fournissaient toute la sagesse des nations...

Il aimait de plus en plus les mathématiques. Tous ces diagrammes, ces intersections, ces réunions ; ces chiffres sans ambiguïté ; ces figures parfaitement dessinées, idéales. Il ne se lassait pas de les regarder. C'était un autre monde que la Russie ou la Provence, plus sec, plus reposant, mais où l'on pouvait se perdre aussi délicieusement que dans la taïga ou la garrigue.

Quant au théâtre, il se demandait maintenant comment il avait pu vivre, autrefois, sans connaître ses instants enchantés de demi-sommeil où l'on dépouillait son enveloppe mortelle et où les mots prenaient leur envol comme des oiseaux s'échappant d'une cage ouverte sur la terrasse d'une maison. Après quelques séances consacrées à des exercices physiques, des essais de diction, des petits jeux, Sabine était passée aux choses sérieuses. Chacun dut apprendre des répliques du *Cid* et les réciter en cherchant les gestes qui convenaient aux textes. Sabine n'hésitait pas à les interrompre pour les faire répéter, en montrant la bonne posture. Mehdi passa une semaine à mémoriser une tirade difficile qui fit grand effet sur lui.

Il n'est pas temps encor de chercher le trépas
Ton prince et ton pays ont besoin de ton bras.
La flotte qu'on craignait, dans ce grand fleuve entrée,
Croit surprendre la ville et piller la contrée.
Les Maures vont descendre, et le flux et la nuit
Dans une heure à nos murs les amènent sans bruit.
La cour est en désordre, et le peuple en alarmes ;
On n'entend que des cris, on ne voit que des larmes.

Le jour venu, il se campa sur l'estrade et… oublia tout. Il ouvrit la bouche mais rien n'en sortit. Ses petits camarades, assis à ses pieds, le regardaient, les yeux grands ouverts. Marie-Pierre avait récité avant lui quelques répliques de Chimène *(Dis-moi donc, je te prie, une seconde fois / Ce qui te fait juger qu'il approuve mon choix)*. Elle l'avait fait en ânonnant, reprise patiemment par Sabine qui lui demandait de « mettre le ton ». Denis Berger avait débité d'une voix claire les fiers éclats du À *moi, comte, deux mots*, Sabine lui donnant la réplique, rectifiant doucement les erreurs de prononciation ou de rythme. Et voilà que c'était le tour de Mehdi. La honte (la *hchouma*) le submergea ; il ne voyait plus rien ; il se désagrégea ; il mourut ; et ce fut précisément à ce moment-là que sa voix (était-ce bien la sienne ?) s'éleva, sans difficulté, et prononça, l'un après l'autre, les mots qu'il voyait clairement se détacher dans l'air, en face de lui ; sauf que… il était en même temps ailleurs et se regardait déclamer. Quand il arriva à « on ne voit que des larmes », il revint à lui, émerveillé par ce qui venait de se passer. Un démon s'était-il emparé de lui ? (Pourtant, il ne croyait pas aux *djinns* qu'évoquait parfois sa mère mais qu'on ne trouve ni dans Jules Verne ni chez la Comtesse. Et entre sa mère et la Comtesse…) Sabine Armand ne l'avait pas interrompu une seule fois. Elle applaudit de bon cœur et s'exclama :

— Mais c'était très bien ! Tu dois encore travailler la gestuelle et apprendre à mieux respirer mais tu as du talent, c'est indéniable.

Du talent ? Mais ce n'était pas lui, c'était l'autre, le démon ! Lui, tel qu'il était là, debout devant cette jeune femme qui le complimentait, le rouge aux joues, il n'était qu'un imposteur. Il se mordit la langue jusqu'au sang. Tout de même, mystificateur ou non, il avait une question à poser. Il leva un doigt hésitant.

— Oui, Mehdi ? Tu veux demander quelque chose ?

— M'dame… C'est qui, *les Maures* ?

— Comment, qu'est-ce que tu dis ?

Il répéta platement les deux vers, sans « mettre le ton » :

— *Les Maures vont descendre, et le flux et la nuit /Dans une heure à nos murs les amènent sans bruit.*

— Et alors ?

— C'est qui, les Maures ?

Sabine parut déconcertée par la question. Elle se mit à tapoter sa lèvre inférieure avec son index dressé, en fronçant légèrement les sourcils.

— Bon, voyons voir si mes souvenirs sont bons… Les Maures, à l'époque du Cid, c'étaient les… les Arabes… les musulmans, qui occupaient alors l'Espagne.

Denis, assis à leurs pieds, murmura :

— Cette histoire, ça se passe en Espagne ?

— Mais oui, petit nigaud endormi. C'est ce que j'ai expliqué la semaine dernière quand je vous ai distribué vos textes. Tu n'écoutais pas ?

Marie-Pierre se mêla à la discussion :

— Donc, les Maures, c'étaient les musulmans qui occupaient l'Espagne ? C'est marrant, « Maure » c'est comme « Maroc »…

Denis l'interrompit, sur un ton plaisant :

— Ce n'est pas le Maroc, c'est le *Mauroc* !

Tout le monde éclata de rire, sauf Mehdi, qui ne voyait pas ce qu'il y avait de drôle là-dedans. Sabine conclut :

— Bon, tout cela n'a aucune importance, ça s'est passé il y a des siècles. Ce n'était qu'un prétexte pour Corneille, pour mettre en scène ce qu'on appelle justement un « conflit cornélien », c'est-à-dire une situation où le héros est déchiré entre l'honneur et l'amour.

Elle prit son exemplaire du *Cid*.

— Il l'explique d'ailleurs lui-même, de long en large. C'est le fameux monologue de Rodrigue, à la fin du premier acte : *En cet affront mon père est l'offensé / Et l'offenseur le père de Chimène !* Et un peu plus loin : *Il faut venger un père, et perdre une maîtresse /L'un m'anime le cœur, l'autre retient mon bras.* Eh bien, qu'est-ce qu'il y a, Marie-Pierre ?

Marie-Pierre avait levé le bras, d'un geste impatient.

— Ça veut dire, quoi, « perdre une maîtresse » ? Ils sont à l'école ?

— Mais non, petite gourde. Ça veut dire quelqu'un, une femme donc, que le héros aime beaucoup. Elle est en quelque sorte la maîtresse de sa vie, elle en dispose, elle occupe tous ses instants…

Mehdi était allé se rasseoir. Absorbé par ses pensées, il n'écoutait plus ce que disait Sabine, Marie-Pierre ou Denis. Il se débattait avec une interrogation autrement plus redoutable, qui était la suite logique de ce qui venait de se dire : était-il (un) Maure ?

Si oui, craignait-on qu'il lui prît l'envie de *surprendre la ville et piller la contrée* ?

Mehdi le Maure.

Allait-on le débusquer ?

L'imposteur double, triple, voire quadruple, baissa la tête et ferma les yeux…

Au cours des séances qui suivirent, ils passèrent à des choses plus amusantes, comme *Le Voyage de M. Perrichon*. On en joua quelques scènes. Cette fois, Sabine attribua le rôle principal à Mehdi.

— Tu es notre Gérard Philipe !

— C'est lui le meilleur ? demanda Marie-Pierre, estomaquée. Il est tout petit.

— Eh oui, qui l'eût cru ? répondit Sabine gaiement. *La valeur n'attend pas le nombre des centimètres*.

Le Maure regardait ses pieds. Quand allait-on le démasquer ? Et que se passerait-il ce jour-là ? Des huées, la roue, la guillotine ? En attendant, il apprenait par cœur ses répliques puis attendait son tour de passer sur l'estrade. Il fermait alors les yeux et disparaissait, laissant le démon se débrouiller. Quand il revenait à lui, tout était fini, il récoltait les ovations dues à *l'autre*.

— Bravo, Mehdi !

Il examinait avec attention ses chaussures. Elles étaient usées. Il n'avait que cette paire-là. Que se passerait-il si elle tombait en poussière ? La lingère ne lui en donnerait pas d'autre.

Gérard Philipe pieds nus ?

16

Le Lion déguisé en âne

Mehdi s'était habitué, tant bien que mal, au comportement des « pions », dont chacun semblait jouer un rôle bien défini. Les choses, pourtant, n'étaient jamais tout à fait claires. Il restait une part d'imprévisible ou de caprice dans leurs réactions, qui l'empêchait de relâcher complètement sa vigilance. Il y eut par exemple ce soir où, Morel étant de service, Mehdi était étendu sur le ventre, absorbé par la lecture d'une fable de La Fontaine…

M. Flamand lui avait offert un petit recueil, dans la collection « Classiques Hachette », pour le récompenser d'avoir obtenu une série de bonnes notes. Mehdi avait pris l'habitude de contempler le portrait de La Fontaine par Hyacinthe Rigaud qui était reproduit dans les premières pages du petit livre, puis de l'ouvrir au hasard et de se plonger dans « Les oreilles du Lièvre » ou « L'œil du maître ». Il ne comprenait pas tout mais la sonorité des syllabes et le rythme des phrases l'enchantaient. Et puis il y avait les notes, très nombreuses, qui le plongeaient dans un monde exotique où tout était flou, où les mots voulaient dire autre chose, tout à coup, ou même le contraire de ce qu'on croyait.

Un Cerf s'étant sauvé dans une étable à bœufs... Et puis la note précisait, à propos de ce « sauvé », qu'il signifiait « s'étant mis en sûreté », et non ayant fui. Étrange ! Mehdi fermait les yeux et pensait à « s'étant sauvé ». Il voyait une porte fracassée, des gens ou des animaux courant éperdument... Et puis, il rouvrait les yeux, relisait la note et s'efforçait de comprendre le sens nouveau – ou plutôt l'ancien, l'archaïque, car ce M. La Fontaine, avec ses cheveux ridiculement longs (ou était-ce une perruque ?), semblait venir du fond des âges.

Ils ne mouraient pas tous, mais tous étaient frappés. La glose se contentait de donner « atteints » comme explication de « frappés ». C'était donc la même chose ? Mehdi fermait de nouveau les yeux, le temps que les deux vocables se fondent l'un en l'autre. Puis il continuait sa lecture. Parfois, ce René Radouant qui avait écrit tous les commentaires (son nom s'étalait sur la couverture) se transformait en une sorte d'impitoyable censeur qui semblait morigéner l'artiste, ce qui ne manquait pas d'indigner Mehdi. Ainsi, dès le tout premier vers de la première fable *(La Cigale, ayant chanté tout l'été...)*, Radouant intervenait sèchement, en note 1 : « La cigale ne chante pas, pas plus qu'elle ne mange des mouches ou des vermisseaux (vers 6) mais La Fontaine l'ignore ou ne se soucie pas d'exactitude en ces matières. »

De quel droit... ?

Sur un tapis de Turquie... On rectifiait, en bas de page : « C'étaient des tapis imitant ceux de Turquie, mais fabriqués à la Savonnerie ou aux Gobelins. » Ou encore : « Le Geai paré des plumes du Paon ». L'austère commentateur contestait aigrement ce « Geai » :

« Traduction inexacte du mot latin. Il s'agit du choucas, d'autant que le geai a un assez joli plumage. » Ces deux Français se disputaient, à des siècles de distance, et le petit Maure, allongé sur son lit, comptait les points.

Après l'avoir chahuté un peu, les autres pensionnaires s'étaient habitués à cette espèce de prière du soir dans laquelle s'abîmait leur condisciple et ils ne le remarquaient même plus. Quand l'un d'eux lui arracha le livre des mains, la première fois où il l'avait ouvert, et fit mine de le déchirer, Ramon Fernández le coinça entre deux box :

— Tu lui rends son bouquin ou je t'éclate la tête.

On ne l'embêta plus.

Ce soir-là, Morel passa entre les lits. Il jeta un coup d'œil à Mehdi, déchiffra le titre du petit recueil et jeta d'une voix rogue :

— Eh, oh, Fatima ! Les devoirs, on les fait pendant l'étude ! Ici, on enfile son pyjama, on se brosse les dents et on se couche ! Et puis, on dort, c'est même pour ça que ça s'appelle un *dortoir*. Tant pis pour ta pomme si t'as oublié d'apprendre ta fable à l'étude, petit paresseux !

L'air déconcerté de Mehdi le fit tiquer. Il se rembrunit.

— Ben quoi, quoi, qu'est-ce qu'il y a ? T'es sourd ? Ferme ton missel et dors ! (Sans transition :) C'est quoi la fable que tu devais apprendre ?

Mehdi sortit de son ébahissement.

— Aucune, m'sieur. J'ai pas de devoir.

Les sourcils noirs de Morel formèrent une arche dans son beau front bronzé.

— Petit menteur ! Tu prétends lire La Fontaine comme ça ? Sans raison ? *For fun ? For ze hell of it ?*

— Oui, m'sieur.

M'Chiche suivait la scène, perché sur son lit, d'un air intéressé. Juan Savall, de l'autre côté du box, s'était adossé à une armoire et regardait les protagonistes en mâchant du chewing-gum. Morel se tut un instant puis il dit, très lentement, l'air concentré :

— Écoute, Fatima, je vais aller jusqu'à ma piaule, tu m'oublies, je reviens et je te pose la même question. Et tu me réponds la vérité. *Ze vérity*. D'accord ?

D'accord. Si le « pion » veut jouer les Thespis, jouons avec lui, pour ne pas le contrarier. Deux minutes plus tard, Morel revint dans le box. Quelle déception ! Quel mauvais acteur le *pied-noir* faisait ! Il fit d'abord semblant de découvrir le livre que tenait Mehdi : il s'arrêta net, porta la main à son front, trop lentement, puis écarquilla les yeux. Ensuite, il fit mine de vouloir s'assurer que ses sens ne l'avaient pas trompé. Il s'approcha du lit, prit le livre dans ses mains (il l'arracha plutôt) et colla ses yeux dessus – ce qui était ridicule, car il ne pouvait plus rien voir ainsi. Puis, après avoir attendu quelques secondes de trop, il posa « la » question – mais, l'imbécile, il la modifia tellement qu'on n'y comprenait plus rien.

— Dites-moi, mon brave, ôtez-moi d'un doute, l'*in-octavo* que vous tenez par-devers vous, ou peut-être est-ce un incunable, le décryptez-vous pour meubler vos loisirs ?

Quoi ?

Mehdi, faisant l'hypothèse que l'autre disait la même chose que tout à l'heure mais d'une autre façon, comme un comédien improvise quand il a oublié son texte (mais pourquoi cette formulation biscornue ?), fit exactement la même réponse, parce qu'il connaissait sa réplique et parce que c'était la vérité :

— Oui, m'sieur.

Morel, désarçonné, leva les yeux. Son regard croisa celui de M'Chiche. Celui-ci, sans qu'on lui demande rien, le rassura gentiment :

— Vous en faites pas, m'sieur, Khatib, il est fêlé, il lit tout le temps, il est bien cap' d'apprendre des fables juste comme ça. Il est fada, j'vous dis.

Morel essaya encore de jouer une attitude compliquée (« la surprise outragée », « l'effarement douloureux », ou quelque chose comme ça), n'y réussit qu'à moitié, haussa les épaules puis s'en alla en maugréant. M'Chiche en profita pour demander à son voisin du bas :

— Eh, Khatib, à propos, maintenant que j'y pense, elles sont où, les bandes dessinées que je t'ai prêtées ?

Mehdi, trop fatigué pour inventer une excuse fabuleuse (« je les ai données de ta part à la fille de Chamayrac »), répondit d'une voix blanche :

— Régnier les a déchirées. Il les a jetées à la poubelle.

Il s'attendait au pire. Le pire ne vint pas. M'Chiche resta d'abord silencieux, hochant lentement la tête, puis il voulut s'assurer de quelque chose.

— Il savait que c'étaient *mes* bandes dessinées, Régnier ?

— Oui, répondit Mehdi.

— Le salaud, dit simplement M'Chiche. Le salaud. C'est un communiste. *Ils sont comme ça.*

Puis il se renversa sur son lit et on ne l'entendit plus. Émerveillé de s'en être sorti à si bon compte, Mehdi se glissa vite dans son lit et s'endormit. Il rêva d'un

Lino Ktavo et d'un nain cunable qui se battaient pour meubler leurs loisirs, comme La Fontaine et Radouant.

Cependant, ses aventures avec l'illustre Morel ne s'arrêtèrent pas là.

Deux semaines plus tard, voulant se coucher, Mehdi sentit contre sa jambe un corps dur, au milieu du matelas. Rabattant la couverture, il découvrit entre celle-ci et le drap un grand livre tout neuf. C'était un recueil des *Fables* de La Fontaine, mais dans une édition de luxe, richement illustrée par un certain Gustave Doré. N'en croyant pas ses yeux, Mehdi fit un effort pour se réveiller *(Allons, debout!)*, puis se rendit compte qu'il ne dormait pas, que ce n'était pas un rêve. Tenant le beau livre contre sa poitrine, il tenta de réfléchir, sa bouche dessinant un o parfait. Peut-être que Dieu existait vraiment ? Peut-être faisait-il parfois des cadeaux, au hasard, pour se faire pardonner les fléaux qu'il infligeait à l'humanité ? Ramón Fernández, qui prenait plaisir à venir titiller M'Chiche de temps en temps, entra dans le box. Il vit Mehdi assis sur le lit dans la position du tailleur, cramponné à un grand livre tout neuf.

— C'est quoi, c'truc-là ?

Mehdi montra l'objet mirifique. Fernández hocha la tête, sans trop s'émouvoir.

— Je l'ai trouvé sous la couverture, ajouta Mehdi, encore sous le coup de l'émotion. Il est à moi ! (Là, il s'avançait un peu.)

— Ah, je comprends maintenant, répliqua l'autre.

Il comprenait quoi, l'Espagnol ?

— J'ai vu tout à l'heure Morel entrer rapidement dans ton box, un sac de plastique à la main, et se pencher sur ton lit. C'est lui qui a dû y mettre le bouquin.

Ensuite, il est reparti avec le sac vide. (Moqueur :) Morel te fait des cadeaux, maintenant ? Fais gaffe, il veut s'payer ta sœur… si t'en as une.

Morel ? Impossible ! Fernández, constatant l'absence de M'Chiche, tourna les talons. Mehdi était plongé dans la plus grande des confusions. Il lut « Le Renard et les raisins » dans un état second, passa un doigt prudent sur la gravure qui montrait l'animal levant le cou vers une treille inaccessible, puis ferma le livre et le déposa entre deux chemises, dans l'armoire. Il mit son pyjama, se coucha et s'endormit aussitôt.

Le lendemain, il alla vérifier qu'il n'avait pas rêvé tout cela : le beau livre reposait toujours entre les deux chemises. Bon, cela était acquis. Tout cela se passait vraiment dans ce monde-ci, pas chez les Russes ou dans les diagrammes de Venn. Il fut alors tourmenté par un problème insolite : comment remercier Morel ? *(« Remercier Morel » : deux mots dont il n'aurait jamais pensé qu'ils pussent s'accoler.)* Son père et sa mère ne rataient jamais une occasion pour répéter à leurs enfants qu'il fallait toujours dire merci, et deux fois plutôt qu'une, que c'était quasiment un péché que de ne pas le faire, que la politesse *(al-adab)* était l'alpha et l'oméga de la civilisation *(al-hadara)*. Pendant le petit déjeuner, il ne cessa de guetter l'instant propice. Il finit par venir. Morel, regardant son reflet dans une vitre, venait de s'exclamer :

— Purée, qu'est-ce que j'suis beau ! Ma parole, il faut que j'me crève un œil pour être moins beau ! Sinon toutes les femmes vont se suicider par amour pour moi !

Quelques anciens éclatèrent de rire. Morel écartant les bras, hilare, semblait dire « Je suis comme ça ! On ne me changera pas ! » Mehdi en profita pour se lever et aller se planter devant le pion qui ressemblait à un Christ en croix.

— M'sieur ! M'sieur ! Merci !

Morel cessa de sourire et abaissa son regard sur le petit larron.

— D'où il sort, lui ? Merci de quoi ? Pourquoi tu t'es levé ? J'ai pas encore donné le signal ! Il faut rester à table jusqu'à ce que je t'autorise, petit couillon, à te lever !

Mehdi récita d'un trait la phrase qu'il avait apprise par cœur.

— Merci-pour-le-livre-que-vous-m'avez-donné, m'sieur.

Morel se mordit les lèvres, se gratta le sommet du crâne, puis il haussa les épaules, l'air contrarié.

— Quel livre ? Qu'est-ce que tu racontes ? J't'ai rien offert, Fatima. Allez, va finir ton petit déjeuner avant que je t'écrabouille ! Et ne me parle plus jamais de ça !

Mehdi regagna sa place, mortifié. Il n'y comprenait plus rien. Comment avait dit Dumont ? *Ces choses-là sont rudes...*

17

Les treize desserts de Noël

Un jour que Denis et son père étaient en train de disputer une partie de ping-pong dans le jardin, Mme Berger vint s'asseoir sur le porche, à côté de Mehdi, se mit à lui caresser doucement les cheveux et lui posa à voix basse une question qui le fit sursauter :

— Dis-moi, Mehdi, que fait ton père ?

Mehdi ne se tourna pas vers elle. Il continuait de regarder devant lui. En fait il ne comprenait pas vraiment la question. Mme Berger voulait-elle savoir ce que son père faisait d'habitude (son métier, ses occupations), ou bien demandait-elle ce qu'il faisait *maintenant*, où il était ? Dans le doute, il répondit, dans un souffle :

— Je ne sais pas.

Elle cessa de lui caresser les cheveux et le regarda d'une drôle de façon.

— Comment ça, tu ne sais pas ? Réfléchis bien. Tu dois bien savoir ce que fait ton père ? C'est quoi, son métier ?

Mehdi s'obstina.

— Je ne sais pas.

— Mais enfin, il ne te l'a jamais dit ? Il ne l'a jamais dit à personne ?

Denis faisait des grimaces pour déconcentrer M. Berger et celui-ci, en guise de représailles, lui tirait la langue. Ils avaient l'air de bien s'amuser, eux. Mehdi regardait sans la voir la petite balle de ping-pong faire des allers-retours insensés sur la petite table bleue. Ses lèvres s'ouvrirent et, sans savoir pourquoi, il prononça avec application :

— Il est am-bas-sa-deur au Japon.

Interloquée, Mme Berger se tut pendant quelques instants. Puis elle murmura :

— Tu te moques de moi ?

Elle n'eut pas le temps d'en dire plus. Mehdi se leva et alla s'asseoir sur le gazon, très loin de tout. Pendant le dîner, Mme Berger ne cessa de jeter des coups d'œil perplexes sur le fils d'Excellence qui n'avait d'yeux que pour ses frites. M. Berger mangeait de bon appétit, comme d'habitude, et buvait son vin en émettant des claquements de langue qui faisaient pouffer son fils. Lorsque la petite bonne entra avec un plateau de fromages, la mère de Denis cessa enfin de scruter le petit intrus et se mit à émettre des petits reniflements délicats.

— Voilà une odeur bien fétide, remarqua-t-elle. Je crois bien qu'un des fromages a succombé au climat marocain. Aussi n'a-t-on pas idée…

Denis l'interrompit.

— Maman, ça veut dire quoi, *fétide* ?

Avant qu'elle ait pu répondre, Mehdi piailla :

— Fétide, cela veut dire « mauvais ».

Mme Berger demanda :

— Tiens, tu connais ce mot ?

207

— Non.

— Ah bon ? Et alors, comment as-tu deviné ce qu'il signifiait ?

Comment leur expliquer ?

— *Je...* je l'ai senti.

— Senti le fromage ? C'est ça que tu veux dire ?

— Non, j'ai *senti* le mot.

M. et Mme Berger se regardèrent, l'air ébahi. Mehdi eut l'impression qu'ils ne le croyaient pas. Il rougit, laissa glisser sa main le long de sa cuisse et se pinça violemment. Il ne toucha pas aux fromages.

Noël approchait. Cette fois-ci, Mehdi ne se laissa pas surprendre comme pour la Toussaint. Un dimanche, alors qu'il se trouvait seul dans l'étude avec Régnier, il interrompit l'exposé que celui-ci lui faisait sur « la baisse tendancielle du taux de profit moyen » pour lui demander :

— M'sieur, est-ce que vous pouvez me rendre un service ?

Le pion, déconcerté, lissa sa barbe puis fit oui de la tête. Mehdi récita d'une traite la supplique qu'il avait préparée la veille et apprise par cœur.

— M'sieur, je crois que mes parents vont venir me chercher à Noël pour que je travaille chez l'ambassadeur du Japon pour gagner un peu d'argent mais moi, je préfère passer les vacances à lire les *Tout l'Univers* de Denis Berger. (Un temps.) Est-ce que vous pourriez leur envoyer une lettre pour leur dire que je dois rester à Casablanca et que c'est beaucoup mieux pour moi... pour les études...

Il était arrivé au bout de son courage. Il se tut et se mit à lire avec application les messages gravés sur le

bois de son pupitre *(Morel est un con, X aime Y, etc.)*.
Régnier était médusé. Son disciple n'avait jamais fait
une phrase complète et voilà qu'il lui proposait de
s'attaquer au Système, sous l'espèce d'un diplomate de
l'Empire du Soleil-Levant ! Un exploiteur, sans aucun
doute, suppôt des Américains depuis 1945, et qui faisait
travailler les fils du peuple pendant leur temps libre…

— Que dois-je faire, camarade ?

— Il suffit d'écrire une lettre, m'sieur.

— Et je la signe comment ?

— Comme vous voulez, m'sieur.

— Donne-moi l'adresse. Je l'envoie à tes deux
parents ou à ton père ?

— Juste ma mère…

— Elle s'appelle comment ?

— Mina Khatib.

— Maria ?

C'est ainsi que Mme Khatib Marie, 3, rue de la Poste,
reçut une lettre comminatoire, signée d'un certain
Joseph Proudhon, lui enjoignant de renoncer à son fils
pendant les vacances de Noël. Ledit Proudhon ne reçut
jamais de réponse de Béni-Mellal mais la manœuvre
réussit : aucun mage venu de l'est ne réclama l'enfant
quand Noël arriva. Il passa toute la semaine chez les
Berger.

Le repas de Noël fut un enchantement. Mehdi vit
pour la première fois des plats dont il ne connaissait
jusque-là que le nom : huîtres, truffes, langoustes, foie
gras…

— … du Sud-Ouest ! précisa M. Berger. Ce n'est
que là qu'on sait le faire.

Il s'était rendu compte de l'émerveillement dans
lequel baignait leur hôte et se faisait un plaisir de tout

détailler. Il lui parla des truies chercheuses de truffes, de l'art de choisir les huîtres, des treize desserts de Noël (« tradition méridionale »)… Sa femme le taquina, le mettant au défi d'en réciter la liste. Il releva le gant avec bonne humeur et se lança dans une énumération hésitante sous les encouragements de Denis qui rythmait chaque nom d'un coup de cuillère sur son verre (*ping !*).

— La pompe à l'huile *(ping !)*.

— C'est quoi, ça ?

— Une espèce de brioche sucrée à l'huile d'olive… Une brioche plate. Elle est parfois faite à la fleur d'oranger.

— Quoi d'autre ?

— Des figues *(ping !)*, des raisins secs, des pommes et des poires *(ping ! ping ! ping !)*…

— Tu sèches ?

— Ah, ah, ah… Des nougats, du melon…

Il s'arrêta. Mme Berger triompha.

— Hâbleur ! Tu n'en connais pas la moitié !

Inquiet à l'idée que les deux adultes allaient peut-être se quereller (c'était forcément sa faute), Mehdi demanda au maître de maison :

— Pourquoi dit-on *réveillon* ?

— Bonne question, répondit-il d'un ton solennel, et je vous *(vous ?)* remercie de me l'avoir posée. (Reprenant un ton normal :) Autrefois, le souper précédant la messe de minuit était maigre, à cause de l'Avent. On se rattrapait en rentrant chez soi, donc fort tard : on restait *ré-veil-lé* pour ces agapes : une volaille, des saucisses, des plats qui avaient mijoté dans l'âtre. Et puis les desserts… À propos ! Où est le champagne ?

Il se leva d'un bond, courut à la cuisine et en revint

brandissant une bouteille comme un trophée. Il se mit à l'ouvrir avec force grimaces, la pointa en l'agitant sur sa femme, qui se protégea le visage en protestant *(Ce n'est pas drôle !)*, puis il y eut une sorte d'explosion et un flot d'écume jaillit du goulot. M. Berger se saisit adroitement de deux flûtes et les remplit en même temps, passant de l'une à l'autre d'un mouvement souple du poignet. Puis il se mit à remplir deux petits verres qui se trouvaient sur la table. Mme Berger l'interrompit :

— Pas lui, chéri ! Pas Mehdi. Les musulmans ne boivent pas d'alcool.

— Mais ce n'est pas de l'alcool, c'est du champagne, protesta M. Berger.

— Arrête de dire des bêtises.

Les trois Français sablèrent le champagne, même Denis qui eut droit à deux gorgées. Mehdi regardait son verre rempli de limonade puis, se sentant observé, il y porta les lèvres, sans boire.

Après le dîner, ils s'installèrent dans le salon. Mme Berger alla mettre un disque sur le pick-up. Elle prit un ton d'institutrice pour annoncer :

— La *Petite musique de nuit*, de Mozart, par la Philharmonie de Berlin dirigée par Karajan ! Je viens de l'acheter. Écoute avec attention, Denis, c'est très beau.

M. Berger, enfoncé dans un fauteuil, se mit à battre la mesure en faisant de grands mouvements des bras, mais le regard courroucé de sa femme l'arrêta en plein élan. Il haussa les épaules et se mit à contempler le plafond. Mehdi écoutait de la musique classique pour la première fois de sa vie. C'était comme des volutes de son qui montaient avec grâce dans le salon, à l'assaut du silence, et en même temps chaque note distincte semblait insolente, très sûre d'elle-même. On ne pouvait pas se soustraire à l'harmonie de l'ensemble, à ses vagues vives qui vous emportaient sans cesse vers d'autres vagues qui prenaient le relais... À la demande de Denis, on réécouta la *Petite musique de nuit*. C'était encore plus féerique que la première fois. M. Berger était sorti dans le jardin pour fumer un cigare. Mme Berger remarqua l'espèce de ravissement qui avait saisi Mehdi. Elle lui demanda :

— Tu as l'air d'apprécier Mozart... Tu aimes cette musique ?

— Oui, madame.

— Vraiment, tu aimes bien ?

— Oui.

Elle prit un air soupçonneux.

— Vraiment ? Tu ne dis pas ça juste pour me faire plaisir ?

— Non.

— Mais qu'est-ce que tu y trouves ?

Il ne répondit rien. Aucun mot ne se présentait pour décrire ce qu'il venait d'éprouver. Elle se tourna vers Denis.

— Et toi, mon chou ?

— C'est très beau, maman.

Elle lui sourit et, se penchant, l'embrassa sur le bout du nez. Entre-temps M. Berger était rentré, suivi par une forte odeur de tabac. Il se mêla à la conversation.

— Distribution générale de bisous ? Et moi ? Et Mehdi ?

— Encore faut-il le mériter, répliqua malicieusement Mme Berger.

— Et comment ?

— Eh bien, parle-moi de Mozart, par exemple. Et de façon convaincante.

— Amédée ? Grand garçon un peu j'm'en-foutiste, et même *j'm'en-flutiste*, qui, poussé par son père, fit une carrière convenable, hélas interrompue par un requin, le fameux *Requin* de Mozart… Par ailleurs, c'est surtout son géniteur, Leopold, qu'il faudrait louer, pour avoir su reconnaître et développer le talent de son fiston. On méconnaît les pères, hélas.

— Tu n'es pas sérieux !

— Et notre petit Mehdi ? Sa bise ?

— Qu'il nous parle de musique, d'abord.

M. Berger regarda Mehdi, l'air comiquement désolé, comme s'il voulait dire : « j'ai fait ce que j'ai pu ». Volant à son secours, Mehdi s'éclaircit la voix et récita quatre vers que M. Bernard lui avait appris :

> *De la musique avant toute chose,*
> *Et pour cela préfère l'Impair*
> *Plus vague et plus soluble dans l'air,*
> *Sans rien en lui qui pèse ou qui pose.*

M. Berger éclata de rire pendant que sa femme réprimait un sourire. Denis dit calmement :

— Il est comme ça, Khatib. Il raconte des trucs, on se demande d'où il les sort.

— On sait bien d'où ça sort, répliqua sa mère, c'est la première strophe d'« Art poétique » de Verlaine. La question que je me pose est : comment un enfant de dix, onze ans est-il capable de réciter du Verlaine ? Ce n'est pas au programme de la sixième, je suppose, ou alors les temps ont vraiment changé.

Denis continua :

— Même en classe, il sort des trucs bizarres. (Sans transition.) Il est le premier en français…

Mme Berger, toujours pas revenue de son étonnement parnassien, interrompit Denis.

— Comment ça ? Tu veux dire qu'il est le premier *des Marocains* ?

— Non, c'est lui qui a les meilleures notes. De tous.

Elle fronça les sourcils.

— Mais alors, vous ne faites pas beaucoup d'efforts, toi, et la fille des Kirchhoff, et le fils Fetter et les autres, Loviconi et la petite Bernadette…

— Non, maman, on fait tout ce qu'on peut, il est plus fort que nous.

Elle secoua la tête et fit la grimace pendant que M. Berger la regardait, l'air faussement scandalisé.

— Mais enfin, Ginette, pourquoi un petit Marocain ne pourrait-il pas être le premier de la classe ? Tu n'es quand même pas raciste ?

Mme Berger répliqua vivement :

— Ah, je t'en prie ! On ne dit pas des mots pareils, même pour plaisanter. Tu oublies mon oncle mort en déportation…

M. Berger tendit le bras et caressa la main de sa femme, en signe d'apaisement. Elle ne semblait pas vouloir se calmer.

— Et d'abord, ne m'appelle pas Ginette quand il y a des étrangers.

M. Berger jeta un coup d'œil sur Mehdi, qui était en voie de disparition.

— Lui ? Mais c'est un enfant !

— Peut-être, mais on n'est pas en famille. Tu ne m'appelles pas Ginette !

M. Berger haussa les sourcils de façon exagérée.

— Très bien, *Geneviève*. (Il avait appuyé sur le prénom.) Mais tout cela ne m'explique pas ce qui te choque…

Elle lui coupa la parole.

— C'est une question de *langue maternelle* ! Le fils des Loviconi, ou la petite Kirchhoff, ou Denis, ils baignent depuis l'enfance dans le français, c'est la langue de leurs parents. Mais Mehdi, là (Mehdi s'était évaporé), sa langue maternelle, c'est l'arabe. Je veux bien croire qu'il a des dons mais comment pourrait-il mieux que Denis comprendre, euh…, euh…, je ne sais pas moi, un repas en famille dans le Bordelais, ou les treize desserts dont tu parlais tout à l'heure ou, tiens, une description de Giono ? Ou Pagnol ? Et comment pourrait-il décrire un saule pleureur ou un mélèze ou un pin parasol, s'il n'en a jamais vu dans son village ?

Les revoilà, ces maudits arbres. Mme Berger se tourna vers lui, comme si elle voulait démontrer quelque chose, et montra la table d'un index impérieux.

— Dis-moi, Mehdi, comment s'appelle cette couleur ?

Silence.

— Allons, réponds-moi !

Il chuchota :

— Bleu.

— Non, je veux dire : comment elle s'appelle dans ta langue ?

— Bleu.

Elle murmura entre ses dents :

— Mais il est bouché, ou quoi ?

Puis, plus haut :

— Comment ça s'appelle *en arabe* ?

Mehdi, qui découvrait l'Inquisition, resta muet. Il

avait tout oublié. Il ne savait plus rien. Mme Berger, contrariée, insista.

— Et une table, comment ça se dit en arabe, une table ?

Ouf ! La mémoire lui revint. Il marmonna :

— *El-mida.*

Triomphante, Mme Berger regarda son mari puis voulut pousser son avantage. Elle empoigna la table, comme si elle voulait la renverser, et questionna :

— Alors, ça s'appelle comment, ça ?

— Une table, répondit Mehdi d'une voix claire.

M. Berger éclata de rire en se tapant sur les cuisses pendant que sa Ginette jetait les bras en l'air et criait :

— Je renonce !

M. Berger tapota gentiment la tête de Mehdi.

— Renonce tant que tu veux mais lui, le poète, il n'a toujours pas eu sa bise. D'accord, il n'a pas parlé de Mozart mais Verlaine, ce n'est pas mal non plus. Sois juste.

La belle noiseuse se pencha sur Mehdi et l'embrassa sur la joue. Ils passèrent le reste de la soirée à jouer aux devinettes tout en écoutant de la musique.

Plus tard, couché dans le lit du haut, Mehdi pensa au nez de Denis et, par association, à celui de Cathy Kirchhoff. C'étaient de petits nez tout droits, très légèrement relevés au bout, parsemés de taches de rousseur. Il passa l'index sur l'arête de son propre nez, tout doucement, pour découvrir s'il se redressait *in extremis* mais il lui sembla que son doigt tombait dans l'abîme sans être sauvé par cette corniche imperceptible qui faisait toute la différence : Mme Berger l'avait embrassé sur la joue, pas sur le nez.

18

Une balade en mer

Vers la fin du mois de janvier, les Berger firent une surprise à Mehdi. Un samedi après-midi, M. Berger embarqua les deux amis dans sa belle voiture mais au lieu de se diriger vers le Polo, comme d'habitude, il se dirigea vers la place de France – qui portait maintenant un autre nom, mais on disait encore « place de France » –, continua en direction de la mer et bientôt, ils étaient dans le port de Casablanca. Mehdi ouvrait grand ses yeux : il n'était jamais entré dans cet endroit qui l'effrayait un peu avec ses grandes grues et ses engins de manutention qui crachaient des nuages de fumée noire. Il avait été impressionné par l'air d'autorité avec lequel M. Berger avait exigé, d'un geste de la main, que le gardien relevât la barrière qui barrait l'une des entrées du port – celle qui menait à la jetée vers laquelle la voiture se dirigeait maintenant. On arriva bientôt dans une espèce de petit parking, juste au début de la jetée, où M. Berger gara sa voiture et en sortit avec agilité. Il fit mine d'aspirer goulûment l'air, en écartant les bras et en gonflant sa poitrine d'une façon théâtrale.

— Respirez ! cria-t-il aux deux garçons, entre-temps

sortis de la voiture. Respirez ! C'est l'air de la mer, il est bourré d'iode, c'est très sain.

Mehdi ne savait pas ce que c'était que l'iode, il entendait ce mot pour la première fois de sa vie, mais il faisait confiance à M. Berger. Il emplit ses petits poumons d'air jusqu'à se sentir près d'exploser. La tête lui tourna un peu lorsqu'il expira l'air iodé, qui sentait un peu le mazout – les engins de manutention évoluaient à quelques centaines de mètres de là, dans un ballet aussi gracieux qu'incompréhensible. Mehdi dut fermer les yeux pour retrouver son équilibre. Quand il les rouvrit, il vit que M. Berger et Denis étaient déjà sur la jetée. Le père tenait son fils par la main et ils marchaient en bavardant gaiement. Mehdi courut pour se porter à leur hauteur. Il se mit à frotter à la gauche de M. Berger mais celui-ci, tout à sa discussion avec Denis, ne semblait pas le voir. Mehdi tenta de se coller un peu à lui pour indiquer sa présence mais rien à faire : la main gauche de M. Berger resta dans sa poche.

Ils arrivèrent bientôt devant un bateau, pas très grand mais coquet, qui brillait au soleil. Sur un petit cartouche ajusté sur son flanc s'étalait un nom peint au bleu de Prusse : *Noémie*. C'était ça, la surprise ! Mme Berger apparut dans l'embrasure d'une petite porte, à l'arrière, et leur sourit. Denis courut sur une petite passerelle et se jeta dans ses bras. M. Berger poussa Mehdi sur la passerelle, en lui donnant des petites tapes sur le dos (allez ! allez !), et Mme Berger l'aida à descendre dans le bateau, qui dansait un peu sur l'eau. Denis lui fit les honneurs de l'embarcation – ce fut vite fait, d'ailleurs, on y était même un peu à l'étroit. Mehdi n'en revenait pas. Il n'était jamais monté sur un « yacht ». Denis venait de lui apprendre ce mot et, par la même occasion, il lui avait appris qu'on prononce « yot » ce qu'on écrit « y-a-c-h-t » – la langue française a de ces bizarreries.

M. Berger est maintenant à la manœuvre. Le bateau se détache du quai, il glisse bientôt sur les eaux calmes du port. Au-delà de la jetée, la mer est agitée, des vagues se forment, le plancher tangue. Mehdi est un peu pâle mais pour rien au monde il n'avouerait qu'il n'a pas le pied marin. M. et Mme Berger ont l'air de trouver tout naturel que tout bouge autour d'eux, que l'horizon bascule, que le ciel tourne. Denis a l'air de s'amuser. Mehdi feint de jouir de chaque instant, il imite les gestes de l'autre, ses mimiques, ses petits cris. M. Berger n'arrête pas de se moquer gentiment des deux garçons, il les nomme « les deux moussaillons », ou « les deux vieux loups de mer », il fait mine de les jeter à l'eau pour vérifier qu'ils savent bien nager ; puis il leur apprend une chanson dont ils reprennent le refrain à pleins poumons :

— *Tiens bon la vague et tiens bon le vent… Hissez haut ! Santi-a-a-no*
Si Dieu veut, toujours droit devant, nous irons jusqu'à San Francisco !

Au milieu de l'océan – on n'est qu'à quelques encablures du port mais pour Mehdi, c'est le milieu de l'océan –, Mme Berger appelle ses trois hommes à venir manger quelque chose. Les vaillants navigateurs s'assoient tant bien que mal autour d'une minuscule table, à l'intérieur du bateau.

— Qu'est-ce que je te sers à boire, Mehdi ? Il y a du jus d'orange, du lait ou tout simplement de l'eau minérale.

Elle ajoute, moqueuse :

— Il y a aussi du Viandox dilué, c'est bon pour la santé mais je suppose que tu n'aimes pas ça ?

Viandox ? Qu'est-ce que c'est que ça ? Mehdi n'a jamais entendu ce nom mais… bien sûr qu'il aime ça ! Pour qui le prend-on ? Pour un ignorant, un timide ? Un *blédard* ?

— Viandox, s'il vous plaît, murmure-t-il.

La mère de Denis marque un temps d'arrêt, ses yeux étonnés scrutent le visage du petit Marocain puis elle sourit et verse un liquide rouge dans un verre qu'elle lui tend. Denis et son père regardent avec curiosité le petit interne qui porte le verre à ses lèvres. Il les a à peine humectées qu'il *sait* que c'est le plus infect breuvage qu'il ait jamais ingurgité, pire que la piquette de Madini, pire que tout. Mais que peut-il faire ? La France l'observe. Sera-t-il à la hauteur ? Il vide son verre doucement en essayant de noyer l'horrible liquide dans une salive qu'il essaie de produire en quantité – mais ses glandes, indignées, refusent toute coopération. Tout cela lui fait l'effet d'une punition. D'une punition imméritée.

Ou peut-être l'a-t-il méritée ? Il n'avait qu'à ne pas mentir !

Mehdi, le petit imposteur.

Denis boit tranquillement son jus d'orange. Le père a pris du vin, comme d'habitude, et la mère boit de l'eau. Mehdi pense avec amertume qu'ils savent ce qui est bon, eux. Lui, on ne lui a rien appris.

Mme Berger se lève et va chercher du pain, du fromage et des fruits. Elle apporte aussi de la charcuterie. Mehdi en a déjà vu, au réfectoire de l'internat, mais c'était réservé pour les surveillants. Les élèves, eux, n'y avaient pas droit. Mais ici, sur ce bateau, il n'y a ni élève ni surveillant, il est libre, il peut faire ce qu'il veut. Mme Berger sert son mari, puis Denis. Elle regarde avec perplexité le troisième hôte.

— Excuse-moi de te demander ça, mais… Est-ce que tu manges du porc ? Je suppose que non. Il y a du porc dedans, c'est interdit aux musulmans, n'est-ce pas ?

Mehdi regarde Denis, qui mâche avec ardeur la charcuterie. Ça doit être très bon. Pourquoi n'aurait-il pas le droit d'en manger aussi ? Pourquoi Denis et pas lui ? Ne sont-ils pas les meilleurs amis du monde ? D'ailleurs, qui peut le voir ici, au beau milieu de l'Atlantique ? Sa mère lui a souvent dit, ainsi qu'à ses frères et sœurs, que Dieu est partout et qu'il voit tout. La première fois, Mehdi n'a pas osé aller aux toilettes pendant toute une journée. Puis, n'y tenant plus, tenant son ventre à deux mains, il s'est quand même précipité au petit coin. En sortant, il a décidé que tout ça, c'est des blagues. Dieu ne peut quand même pas perdre son temps à le regarder faire ses besoins ! Et, tant qu'on y est, pourquoi Dieu le regarderait manger, ce qui est la même chose que faire ses besoins, mais à l'envers ? Il a fini par douter même de l'existence de Dieu, en tout cas celui que sa mère et sa grand-mère lui décrivent et qu'il trouve un peu ridicule, avec sa manie de tout observer, même les choses les plus insignifiantes.

De toute façon, ici, on est en pleine mer. (Il lui semble que Dieu, s'il existe, opère plutôt sur la terre ferme. C'est là qu'on trouve les églises et les mosquées.) Il tend son assiette sans mot dire, en esquissant un rictus. Mme Berger lui donne une tranche d'un truc rose sombre avec des petits morceaux blancs dedans.

Il a un mauvais pressentiment : ça peut être bon, des couleurs pareilles ? Il découpe un morceau de la chose, la met dans sa bouche et, tout de suite, il sait que son pressentiment était justifié : c'est tout simplement immonde. Vraiment, c'est la journée des déconvenues ! Il se met à mâcher, tout doucement. Il regarde comment les autres s'en tirent. Mme Berger s'est assise et mange aussi. Denis boit son jus d'orange. M. Berger avale avec appétit une saucisse qu'il accompagne de gorgées de vin rouge. Seul M. le maudit semble condamné à mâcher éternellement son bout de caoutchouc rose. Il essaie d'avaler mais tout son corps s'y oppose. Sa gorge se serre, ses mâchoires se bloquent, impossible de déglutir.

Que faire ?

Il en a les larmes aux yeux. S'il ne se retenait pas, il se mettrait à pleurer. Pourquoi était-il en train de manger des choses aussi dégoûtantes ? Au moins, chez lui, à Béni-Mellal, on ne mange que de bonnes choses, même les jours maigres.

Finalement, il n'y tient plus, il recrache discrètement dans sa main la bouillie de charcuterie qui remplit sa bouche. Et maintenant ? Il se penche discrètement et enfouit la chose sous la moquette qui tapisse le sol, dans cette petite cabine devenue salle des tortures. Il se redresse, l'air innocent. Quand Mme Berger lui propose de lui resservir du Viandox ou de la charcuterie, il ne tombe pas dans le piège. Il lui oppose un énergique :

— Non, merci !

L'indignation qui semble sous-tendre ces mots étonne la belle marinière mais elle hausse les épaules et passe à autre chose.

Après quelques heures en mer, les plaisanciers reviennent vers la terre ferme. M. Berger manœuvre avec habileté le bateau pour l'aligner bien à sa place. Denis l'aide, sans qu'ils aient besoin de parler pour se comprendre. Mehdi les regarde, assis dans la petite cabine, envieux de leur *maestria*. Entre la jetée et la voiture, il trotte de nouveau à la gauche de M. Berger et essaie de lui donner la main. Il donne des petits coups discrets sur la cuisse du grand capitaine mais celui-ci ne semble pas s'en apercevoir. Pourtant, il tient bien Denis de sa main droite, il sait comment faire ! Mehdi est triste. C'est bien la peine de boire du poison et de manger du caoutchouc s'il faut encore marcher seul. Que disait la chanson ?

— *D'y penser j'avais le cœur gros*
En doublant les feux de Saint-Malo

Cette nuit-là, dans la chambre qu'il occupe avec Denis, Mehdi fait un cauchemar. Il est toujours sur le bateau, ça tangue de plus en plus fort, on est en pleine tempête mais le problème n'est pas là. Le problème, c'est que M. et Mme Berger, chacun tenant Denis par une main, questionnent Mehdi d'un air sévère :

— C'est toi qui as planqué le saucisson sous la moquette ?

Denis le cloue du regard, peiné. Mehdi essaie de dire quelque chose mais il ne peut que bredouiller des mots incohérents : des renvois de Viandox obstruent sa gorge. Les trois Berger le saisissent par les aisselles et le remontent sur le pont. Il fait nuit noire, on n'y voit goutte mais on devine la mer, tout autour, froide et menaçante. Vont-ils le jeter à l'eau, le *rejeter* ? L'embarcation vacille de plus belle. Est-ce la fin ? Il se réveille en sursaut. Au bout de quelques secondes, il reconnaît la chambre et entend le souffle paisible de Denis qui dort dans le lit du dessous. Ouf ! Tout cela n'était qu'un cauchemar. Mais le soulagement est de courte durée. Tôt ou tard, *ils* vont trouver l'horrible chose mâchouillée et recrachée sous la moquette. Peut-être va-t-elle se mettre à empuantir la cabine ? Des petits vers blancs vont en sortir ? Les Berger chercheront partout, ils finiront par tomber sur le bout de charcuterie en voie de putréfaction. Et ils sauront que Mehdi est un... un... un garçon mal élevé ! Un intrus, un imposteur !

Rentré à l'internat, Mehdi ne cessa de penser à ce qui s'était passé, dans le bateau. Il eut l'impression d'avoir trahi Denis, ses parents, et tous les marins du monde. Pendant quelques jours, il éprouva de la honte quand il était avec son ami, même si celui-ci n'avait l'air de se douter de rien.

Avec le temps, il finit par oublier l'insipide morceau de charcuterie et le traître Viandox.

Mais il n'oublia jamais cette grande main qui ne se donnait pas.

19

Van Gogh est marocain

La semaine passa rapidement. Samedi arriva. Cette fois-ci, ils n'allèrent pas au port : M. Berger recevait une délégation d'hommes d'affaires venus de France et il allait être très pris, pendant tout le week-end. Il fallait se débrouiller sans lui. Mais sans lui, sans son *sens de l'humour*, comme disait M'Chiche, les choses ne tardèrent pas à se gâter.

Cela se passa au cours de l'après-midi, avant le goûter. Denis et Mehdi étaient assis à la table de la cuisine, l'un à côté de l'autre, chacun plongé dans un album de *Tintin*. Mme Berger s'approcha d'eux en silence, un grand livre cartonné à la main. Elle caressa les cheveux de son fils puis ceux, d'un noir de jais, de son ami. Les deux garçons sourirent en se regardant par en dessous, un peu gênés. Elle hésita un instant, regarda le jardin à travers les portes-fenêtres – une petite bruine rafraîchissait les plantes – puis reprit :

— Eh bien, mes enfants, puisque vous êtes si sages, je vais me joindre à vous et je serai, moi aussi, très sage.

Elle prit une chaise et s'installa entre les deux garçons, qui durent se pousser un peu pour lui faire de la place. Denis leva les yeux de son *Tintin* pour examiner le livre que Mme Berger avait placé, ouvert, devant elle.

— Qu'est-ce tu lis, maman ?

— Oh, c'est ce qu'on appelle un « beau livre », ça ne se lit pas vraiment, ça se regarde plutôt. Il est consacré au peintre Vincent Van Gogh. Regarde, c'est plein de belles images. Tu connais Van Gogh ?

— C'est celui qui s'est coupé l'oreille ? Celui qui était maboul ? Papa m'en a parlé un jour.

— Ton père devrait te raconter des histoires moins tragiques. Cette histoire d'oreille coupée, on n'en sait rien au fond, c'est peut-être une légende. Il n'y avait pas de témoin. Quant à la folie, franchement... D'ailleurs, je te prie de ne pas dire « maboul », mais « fou » ou « insensé » ou « dément », il y a plein de mots en bon français, pas besoin de les remplacer par un mot vulgaire.

— « Maboul », c'est vulgaire ? Mais papa m'a dit que ça venait de l'arabe *mahboul*, qui est un vrai mot. N'est-ce pas, Mehdi ?

Mehdi, prudemment, ne répondit rien. Il regardait le livre ouvert. Mme Berger haussa les épaules.

— Ton père, le philologue du dimanche... Oui, bon, en arabe, c'est peut-être correct mais en français, « maboul », c'est...

Elle hésita un peu, épiant Mehdi à la dérobée puis elle se décida.

— C'est du langage populaire, de l'argot. Tu sais très bien que je ne veux pas que tu t'exprimes en argot. Si je te laissais faire, tu finirais par parler comme les pieds-noirs, avec des « la vie d'ta mère ! », « ma parole ! », « la mort de mes os ! ». Quelle horreur !

Elle avait pris l'accent pied-noir pour prononcer ces mots d'une voix masculine, ce qui rendait la scène très cocasse. Mehdi sourit. Denis éclata franchement de rire. Elle reprit le fil de son propos.

— Donc, « fou », ça ne veut pas dire grand-chose. Tous les grands artistes le sont un peu, sur les bords. C'est ce qu'on appelle le génie. J'espère bien que tu auras du talent pour les arts, mon chéri, d'ailleurs je suis sûre que tu en as, mais je prie pour que tu n'aies jamais de génie… En tout cas, ce qui est sûr, c'est que Van Gogh était un très grand peintre hollandais…

Denis l'interrompit :

— Hollandais ? Papa m'a dit que c'était un peintre français.

Mme Berger émit un petit rire cristallin en secouant la tête.

— Je reconnais bien là ton père. Pour lui, quiconque a vécu trois jours en France est forcément français, surtout s'il devient célèbre. À ce compte-là, Picasso est français, et Modigliani, et Foujita… Et pourquoi pas Hemingway ?

— C'est qui, ceux-là ? Je ne les connais pas, à part Picasso, parce que papa m'en a parlé un jour.

Elle laissa échapper quelques mots, d'une voix agitée, un peu aiguë.

— Tiens, je suis curieuse de savoir ce qu'il t'en a dit, de ce vieux bouc lubrique…

— Picasso est un bouc ?

Mme Berger éluda la question.

— Revenons à nos moutons, ça vaut mieux que les boucs (elle eut un petit rire satisfait). Van Gogh était donc hollandais, même s'il a effectivement vécu en

France pendant longtemps. Du côté d'Arles, si je me souviens bien. En tout cas, en Provence.

Denis, le visage appuyé sur son coude replié, regardait sa mère de ses grands yeux bleus. Il fronça les sourcils et demanda :

— Et Mehdi, s'il s'installe en France, il sera français un jour, comme Van Gogh ?

Mme Berger sursauta, prise de court par la question.

— Mais, petit idiot, tu n'as rien compris ! Ou tu fais semblant de ne rien comprendre. Je te répète que ton père raconte n'importe quoi. Ni Van Gogh ni Picasso ne sont français, voyons. Le premier est hollandais et l'autre, euh, andalou… espagnol, quoi. Et Mehdi (elle tapota la tête du petit garçon), *notre* Mehdi, il sera toujours marocain. Et c'est très bien ainsi. Pourquoi voudrait-il devenir français ? Il n'y a aucune honte à être marocain. C'est même très bien.

Mehdi restait muet, comme si tout cela ne le concernait pas. Mme Berger conclut :

— Et il sera toujours ton ami, c'est ça qui est important.

Mehdi contemplait, fasciné, la double page que Mme Berger tenait ouverte, du plat de la main. Si on ne pouvait rien voir sur la page de droite, cachée par une paume délicate et des doigts effilés, en revanche la page de gauche offrait au regard un spectacle étonnant. Ce n'étaient pas des montagnes enneigées, ni des biches se désaltérant à un ru, ni même d'étranges images pleines de couleurs et qui ne signifiaient rien, comme dans le salon des Berger.

C'étaient… Il n'en croyait pas ses yeux. C'étaient des chaussures ! Mais quelles chaussures… Des godasses noires, laides, usées, qui semblaient dépareillées, abandonnées là par quelque vagabond, impropres à tout usage. Et elles ne se cachaient pas, honteuses, dans un coin : non, elles occupaient toute la page ! Mme Berger s'aperçut de l'ébahissement de Mehdi. Elle regarda à son tour l'image.

— Eh bien, quoi, Mehdi ?

Surpris, il laissa échapper quelques mots :

— Elles sont… elles sont belles…

Mme Berger étudia le tableau. Puis elle secoua la tête.

— Désolée, Mehdi, mais je n'y suis pas. « Belles » ? Tu plaisantes ? Elles sont vraiment insignifiantes, ces chaussures. Il était peut-être vraiment maboul, ce Van Gogh.

Denis cria :

— « Maboul », tu as dit « maboul », maman !

Elle haussa les épaules.

— Oui, bon, *nobody's perfect*. Et puis franchement, ça ne mérite pas mieux.

— Qu'est-ce qui ne mérite pas mieux ?

Denis avait un côté implacable qui lui faisait sans cesse poser des questions, de sa petite voix qui n'avait pas encore mué, et il ne semblait pas se rendre compte qu'il mettait parfois sa mère dans l'embarras, surtout devant Mehdi. Elle se pencha sur son fils et l'embrassa tendrement sur les lèvres pour le faire taire. Mehdi, choqué, détourna les yeux. On n'embrasse pas sa mère sur la bouche ! C'est *hchouma* ! Il se concentra de nouveau sur la reproduction.

Mehdi connaissait très bien ces chaussures. Il les voyait parfois, lorsqu'il fermait les yeux, étendu sur son lit.

Denis s'était replongé dans son *Tintin*. Mme Berger avait tourné les pages de son « beau livre » et examinait un cerisier en fleur. C'était une débauche de belles couleurs que Mehdi ne connaissait pas toutes, sauf le bleu, le blanc et le marron, bien sûr. Soudain, sans qu'il se rende compte de ce qu'il faisait, il posa sa petite main sur l'avant-bras nu et doré de Mme Berger. Celle-ci sursauta, replia instinctivement son bras contre sa poitrine, et se tourna vers lui. Il murmura timidement :

— Je voudrais revoir les godasses, s'il vous plaît.

— Parle plus fort, Mehdi, je ne t'entends pas.

— … revoir les souliers, s'il vous plaît.

Elle regarda Mehdi en faisant une petite moue d'incompréhension. Puis elle ouvrit le livre à la page idoine et le poussa devant le petit garçon, sans le quitter du regard.

— Voici tes godillots. Tous les goûts sont dans la nature… Tiens, prends le livre. De toute façon, il faut que j'aille préparer votre dîner.

Pendant que Denis tournait lentement les pages de son *Tintin* et que sa mère s'affairait dans la cuisine, Mehdi était absorbé. Quelque chose lui revenait lentement en mémoire. Il *connaissait* ces chaussures !

Un soir, à Béni-Mellal, le père de Mehdi rentrait tard chez lui quand il aperçut, caché derrière un conteneur, un bonhomme acagnardé contre un mur, ses bras couvrant son visage. Après avoir dépassé le conteneur, le père s'arrêta, revint sur ses pas et se pencha sur le bonhomme pour s'assurer qu'il vivait encore. Il entendit une respiration difficile, presque inaudible. Il secoua tout doucement le dormeur. Celui-ci découvrit la silhouette sombre penchée sur lui et se mit à balbutier :

— Je m'en vais, je m'en vais ! Ne me frappez pas !

Le père de Mehdi tapota l'épaule du vieil homme, qui roulait des yeux exorbités.

— Allons, qui te parle de te frapper ? Je voulais juste te demander ce que tu faisais ici. Il est minuit passé. Ne devrais-tu pas rentrer chez toi ?

Le vieillard se redressa et se mit debout, tant bien que mal.

— Vous n'êtes pas de la police ? demanda-t-il. Qu'est-ce que vous me voulez ?

— Je te demande ce que tu fais ici.

Le vieillard fut pris d'un accès de toux qui dura une bonne minute. Puis il répondit en coassant :

— Je n'ai pas où dormir. Je suis venu de Sidi Bennour dans l'espoir de retrouver un neveu que j'ai perdu de vue depuis longtemps. Malheureusement, il a déménagé avec sa famille et personne ne sait où ils sont.

— Pourquoi n'es-tu pas rentré à Sidi Bennour ?

L'homme baissa la tête et grommela.

— Je n'ai pas d'argent. Je suis arrivé ici dans la benne d'un camion.

Le père de Mehdi hésita un instant puis il dit :

— Écoute, tu ne peux pas dormir dans la rue, surtout que tu m'as l'air en mauvaise santé. Et qui sait qui passe dans cette rue, la nuit ? Tu pourrais être victime d'un vol…

Le bonhomme haussa les épaules, fataliste.

Le lendemain, Mehdi monta à la terrasse très tôt pour chercher son ballon de football. Il s'arrêta net en débouchant devant la porte de la petite chambre : deux vieilles chaussures noires, usées, pitoyables, étaient déposées là. Mehdi s'approcha avec précaution et toucha une chaussure du bout du pied, vaguement dégoûté. Une toux grinçante s'échappa alors de la chambre. Mehdi, épouvanté, se précipita vers la cage d'escalier et descendit les marches quatre à quatre. Il entra en courant dans la maison et fila vers la cuisine où sa mère préparait le petit déjeuner. Hors d'haleine, il se contenta d'agiter l'index de sa main droite vers la terrasse, la bouche ouverte, haletant, les yeux écarquillés.

Sa mère haussa les épaules.

— Allons, calme-toi, ce n'est pas le diable. C'est un pauvre homme que ton père a ramené pour qu'il passe la nuit ici.

— Pourquoi ?

Elle soupira.

— Parce que c'était ça ou la rue. Tu ne peux quand même pas dormir confortablement si tu sais qu'au coin de la rue un pauvre vieil homme tout usé dort sur le sol ? D'ailleurs, c'est contre notre religion de ne rien faire. On *doit* aider les pauvres.

Elle lui tourna le dos pour faire chauffer le café. Mehdi grimpa de nouveau sur la terrasse et s'assit, prudemment, à bonne distance de la chambre où dormait un inconnu. La porte restant fermée, il concentra son regard sur les épaves puantes, qui n'étaient pas des bottes de sept lieues. Ce serait un miracle si elles portaient leur propriétaire au bout de la rue.

Il sursauta quand Mme Berger, revenue de la cuisine, lui adressa de nouveau la parole.

— Dis-moi, Mehdi, ça fait bien dix minutes que tu regardes ces vieux godillots en rêvassant. À quoi penses-tu ?

L'enfant chuchota :

— Je pense à mon père.

Mme Berger se méprit sur le sens de ces paroles. Elle caressa le front de Mehdi en murmurant, d'une voix pleine de pitié :

— Il en portait de semblables ?

Mehdi sentit une bouffée de honte et de colère monter en lui. Non, son père ne portait jamais des chaussures pareilles ! Son père était toujours élégamment vêtu et ses souliers étaient toujours bien cirés. Il s'arrêtait une fois par semaine devant le théâtre municipal où se tenait Larbi, un adolescent un peu simplet, une petite boîte pleine de cirage et de brosses sous le bras, et Larbi, frottant et sifflotant, rendait les souliers comme neufs.

Mehdi serra les dents et ne dit rien.

— Il n'y a pas de honte, tu sais, reprit la mère de Denis (celui-ci s'était arrêté de lire et suivait attentivement le dialogue). Je t'assure, j'admire ton père, de si humble extraction, d'avoir réussi à mettre son fils au lycée français. Au moins, toi, tu n'auras jamais à porter des godillots aussi pourris.

Elle prit la voix un peu précieuse qu'elle utilisait lorsqu'elle voulait annoncer à Denis qu'il y avait un mot ou une expression à apprendre dans la phrase qui venait.

— C'est ce qu'on appelle *l'ascension sociale*. Répète, Denis.

Denis répéta docilement :

— *L'ascension sociale*. C'est comme l'alpinisme ? Comme le CAF ?

— Que tu es bête ! Et puis finalement, non, tu as raison, c'est comparable. Il faut de la volonté, de l'endurance, de la chance aussi. Ce n'est pas donné à tout le monde, il faut vraiment être méritant.

Pendant ce bavardage, Mehdi bouillait de rage. Pourquoi cette femme ne le comprenait-elle pas ? Il tapota du doigt sur la reproduction et répéta d'une voix aiguë :

— Ces souliers, c'est *mon* père…

Mme Berger sursauta, étonnée par le ton décidé que le petit garçon avait pris. Elle répliqua d'une petite voix pincée :

— Oui, j'ai bien compris, on a compris, ton père en portait de pareils et la toile de Van Gogh te rappelle ton pauvre père… Mais tu ne peux quand même pas le réduire à *ça* !

Elle se mordit les lèvres, se rendant bien compte que la formulation était maladroite. Ne voulant pas provoquer une crise de larmes chez l'enfant, elle lui prit la main dans la sienne. Il saisit son courage à deux mains, fixa le visage de Mme Berger sans se laisser distraire par ses splendides yeux bleus et cria :

— Non, vous ne comprenez pas ! Ces souliers, c'est vraiment mon père, c'est vraiment *lui*. Quand je pense à lui… à chaque fois que je pense à lui, je les revois…

— Mais, Mehdi, pourquoi te mets-tu dans un état pareil ? Franchement, si j'avais su…

Mehdi l'interrompit :

— Il était bon… il était comme Van Gogh !

Mme Berger haussa les épaules et referma le livre. Elle semblait contrariée.

— Tu divagues maintenant, mon petit Mehdi. Je veux bien écouter les fadaises de mon mari qui fait de tous les artistes de bons petits Français… Van Gogh et la France, d'accord, à la limite. Mais il ne faut pas exagérer. Le Maroc et les Pays-Bas, ce sont des cultures très différentes, avec tout le respect que j'ai pour ton père. Vraiment, ça n'a rien à voir. D'ailleurs, Van Gogh n'a jamais mis les pieds ici. À la limite, si tu parlais de Matisse ou de Delacroix… Ils se sont promenés en long et en large dans ce pays et en ont rapporté de splendides toiles. Mais Van Gogh, non. Non, non. Tu liras sa biographie : il n'y a pas plus hollandais que Van Gogh. Si je me souviens bien, il a même été curé ou pasteur, je ne sais plus. Rien à voir avec *vous*. Il n'était quand même pas mufti !

Elle prit le livre et se dirigea vers la cuisine. Mehdi, toujours en colère, se pencha vers Denis jusqu'à voir l'iris de ses yeux. Il souffla ce gros mensonge qu'il voulait opposer au monde entier :

— Tu sais, Van Gogh était marocain…

Denis sourit. Il approcha son petit visage de celui de Mehdi et murmura :

— Je te crois, Mehdi.

Tout de même, il avait crié contre Mme Berger. Il en eut très honte et n'arriva pas à avaler son dîner. Elle ne semblait pourtant pas lui en tenir rigueur. M. Berger, rentré très tard, n'arriva pas à le dérider. Il dormit très mal cette nuit-là, se tournant et se retournant dans son lit. La belle Française avait insulté son père… C'était donc ça, un drame cornélien ? Il se rappelait vaguement les explications de Sabine Armand. Lui fallait-il choisir entre une *maîtresse* et un père ? Mais Mme Berger (qu'il confondait, au seuil du sommeil, avec Cathy Kirchhoff et Jenny von Westphalen) était-elle sa maîtresse ? Elle lui avait fait boire cet infâme Viandox, il y avait mieux comme philtre d'amour… Et un petit bout de charcuterie recrachée achevait de pourrir dans un bateau amarré dans le port. Tout se brouillait dans sa tête, rien n'avait plus de sens. Il sombra enfin dans le sommeil.

20

Le mariage du pompier

Vers la fin du mois de mars, alors qu'ils étaient assis côte à côte sur un banc en attendant le début du cours de M. Marcellus, Denis demanda à Mehdi s'il allait passer le week-end de Pâques avec eux.

— Bien sûr, répondit-il avec aplomb, comme si c'était un droit acquis.

À vrai dire, il ne savait pas vraiment ce qu'était Pâques, ni à quelles activités les chrétiens étaient censés s'astreindre pendant ces quelques jours (il ferait comme eux, voilà tout), mais il faisait un temps splendide et il se voyait déjà en capitaine intrépide sur le *Noémie*, au large de Casablanca, à scruter l'horizon et à jurer et à cracher comme un vieux loup de mer. (Peut-être aurait-il aussi l'occasion de récupérer le petit bout de chair rose qui prouvait son imposture et de le jeter à la mer.)

Le samedi 28 mars (il avait inscrit la date sur son cahier de cours), à midi, il courut chercher sa petite valise et se dirigea vers la sortie du lycée. Comme il s'en approchait, il crut reconnaître une grande silhouette qui se dandinait devant la loge du concierge. Quelques pas plus loin, le doute n'était plus permis :

c'était Mokhtar ! Il était en grande conversation avec Miloud. Cette fois-ci, il avait osé entrer dans l'enclave des Français.

Mehdi, surpris, continuait de marcher d'un pas mécanique. Au même moment M. Berger apparut à l'entrée du lycée et il fit un petit signe de la main en descendant les marches qui menaient à la loge. Mokhtar avait, lui aussi, aperçu Mehdi et il faisait maintenant de grands signes, ses deux bras interminables se croisant en X puis se dénouant en V, au-dessus de sa tête coiffée d'une *taguia* blanche, comme s'il voulait ameuter la terre entière. M. Berger s'arrêta à son niveau et les deux hommes, qui ne se connaissaient pas, regardaient Mehdi qui s'avançait vers eux. Miloud, sur le pas de son antre, examinait la scène, ses yeux vifs allant de l'un à l'autre des protagonistes.

Lorsqu'il ne fut plus qu'à quelques pas de la loge, Mehdi s'arrêta, ne sachant s'il convenait de saluer d'abord Mokhtar ou M. Berger, ou inversement. Il crut entendre le cruel Miloud ricaner méchamment. Mokhtar le délivra de son hésitation en s'avançant vers lui, ses babouches intempestives claquant sur les tommettes françaises. Le soulevant de terre d'un geste vigoureux, il le serra contre lui et lui donna deux bises sonores sur les joues. Puis il le reposa et se lança dans une tirade à laquelle l'enfant, encore mortifié de ce viol en plein vol, ne comprit pas grand-chose. Il avait envie de s'essuyer les joues – il avait l'impression que quelque chose de gluant prospérait là-dessus – mais n'osait pas le faire de peur de vexer le brave homme. Il se tourna, en plein désarroi, vers M. Berger. Celui-ci, tout en souriant, feignit un ton de reproche pour lui demander :

— Eh bien, Mehdi, tu ne nous présentes pas ?

Mehdi ignorait tout de cette opération sans doute très délicate. Comment présente-t-on les gens les uns aux autres ? Et, de toute façon, à quoi cela servait-il ? Ils pouvaient aussi bien, tous les trois, se jeter sur lui et le massacrer à coups de poissons congelés sans se connaître, *sans avoir jamais été présentés les uns aux autres*. Comme il ne répondait pas, essayant de mettre de l'ordre dans ses pensées – pourquoi voyait-il soudain une pluie de sardines verticales s'abattre roides sur les trois hommes ? – M. Berger se tourna vers Mokhtar et lui tendit une main velue et franche que l'autre broya avec énergie, chacun s'exclamant dans sa langue et n'entendant rien aux effusions de l'autre. Miloud, se sachant polyglotte, se devinant l'homme de la situation, s'admirant pour cela, s'interposa avec autorité.

— Ce civil (il accusa Mokhtar du doigt), c'est l'oncle du *pitchoun*.

Se tournant vers Mokhtar :

— *Hada nasrani, tayy ddi al-barhouch koul sebt l-darhoum...*

Il baissa la voix :

— *... bghaw i-reddoh nasrani.*

S'adressant de nouveau à M. Berger :

— Ils ont un mariage dans la famille, mon colon, l'oncle, i me l'a dit, i doit mener le *pitchoun* au mariage, c'i la coutume, c'i la tradition, y a rien à faire, rompez !

M. Berger regarda Mehdi avec amusement :

— Ah, ah ! Un mariage ! Tu m'en diras tant !

Mehdi entendit « *tu mendieras tant* » et il eut le cœur serré de se faire si cruellement brocarder par le père de Denis, lui qui d'habitude était si gentil envers lui. Mendier ? Il ne savait pas du tout comment se déroulait un mariage marocain mais, quand même, on n'allait pas mendier, en procession, de par les rues, les mariés tendant la sébile en tête de cortège ? M. Berger, sans se rendre compte de rien, continuait sur le même ton :

— Les grandes agapes ! Le méchoui ! Pour cela, on peut bien se passer des frites de Mme Berger. Bon, allez, bon week-end, je vais dire à Denis et Ginette que tu as mieux à faire, cette fois-ci. Ils sont dans la voiture. Ils comprendront ! Au revoir ! Amuse-toi bien.

Il tendit de nouveau la main à Mokhtar qui, cette fois-ci, la serra du bout des doigts, le regard soupçonneux. En une phrase, Miloud lui avait révélé les sombres plans d'évangélisation de la tribu *nasrani*, mais comme il était sur leur territoire, il n'osa rien faire. Il prit Mehdi par la main et l'entraîna prestement vers la 2 CV qui attendait sur le trottoir, à côté de la belle Ford Taunus des Berger. En montant dans la voiture, Mehdi vit Denis, assis à l'arrière, qui s'était retourné sur son siège et le regardait. Il fit semblant de ne pas le voir : comparée à la Taunus aux formes si droites, si fines, cette maudite 2 CV était grotesque. C'était une espèce de canard obèse, au moins aussi ridicule que les deux dindons qui avaient gâché son entrée dans le monde moderne.

Mokhtar prit la route de Settat en roulant avec précaution, le bras gauche posé en équerre sur la vitre baissée de la portière. Comme lorsqu'il avait amené Mehdi au lycée, plusieurs mois auparavant – un autre siècle, une autre ère –, il s'engagea dans un long monologue ponctué d'éclats de rire et de grands coups du plat de la main droite sur la cuisse vite endolorie de l'enfant. Et de nouveau il faisait des signes cabalistiques aux conducteurs qu'il croisait, qui le remerciaient d'un discret coup de klaxon. La route semblait lui appartenir, il en était le sultan jusqu'au moment où se profilaient au loin les silhouettes des vrais archers du roi.

Quelques heures plus tard, à la hauteur de Khouribga, il bifurqua sur la droite au lieu de continuer vers Béni-Mellal. La voiture se dirigea en cahotant vers le centre de la petite ville qui était connue partout comme « la capitale des phosphates ». Mehdi, inquiet, jetait des coups d'œil à droite et à gauche. Qu'allait-on faire dans cette galère ? Était-il victime d'un *kidnapping*, là, en direct ? Il demanda timidement à Mokhtar pourquoi on était entré dans la ville. (Du moins était-ce là son intention. Mais il n'alla pas plus loin que *ᶜlach ?* (pourquoi ?), ne sachant comment formuler la suite.) Mokhtar répondit sans se formaliser à la question à peine ébauchée. Ses explications volubiles et ponctuées de hennissements (peut-être riait-il ?) se réduisaient à ceci : une lointaine cousine, Lalla Tamou, allait épouser un certain Ahmed *el-boumbi*, c'est-à-dire Ahmed le pompier. C'était même le capitaine de la garnison : on ne se mésalliait pas. Et comme toute la famille de Béni-Mellal venait assister au mariage, on avait pensé à aller quérir Mehdi en son royaume franc pour qu'il participe aux réjouissances ; lesquelles réjouissances allaient durer au moins un jour et une nuit.

Passé le centre-ville, Mokhtar continua jusqu'à l'orée de la ville. Là, il s'engagea dans un petit chemin qui menait à une bâtisse entourée d'un jardin immense dans lequel était dressée une « tente caïdale », comme disaient les Français (les gens du cru disaient : une grande tente). L'entrée de la propriété était ouverte. Un *mokhazni* somnolait sur une chaise, à l'ombre du portail.

D'une main molle, il fit signe de passer, après avoir entrouvert un œil. Mokhtar gara la 2 CV à côté d'une R16 rutilante, d'une Buick d'avant-guerre et de quelques épaves. Des enfants jouaient dans le jardin, courant après un ballon de plastique jaune en poussant des cris aigus. Mehdi reconnut deux ou trois de ses cousins.

Mokhtar et son protégé entrèrent dans la bâtisse. Un patio spacieux occupait la plus grande partie de l'espace, avec des pièces disposées tout autour. Il y avait aussi un étage, une grande balustrade faisant le tour. Il aperçut sa mère, son frère et sa sœur assis dans l'une des pièces, une théière et des verres posés à côté d'eux. Il entra dans la pièce d'un pas hésitant, envahi par une sorte de gêne qu'il ne comprenait pas (était-il devenu un étranger ?). Sa mère se leva vivement, se pencha vers lui, le serra dans ses bras et le couvrit de baisers. Tiens ! Elle avait mis du parfum, mais c'était une tout autre odeur que celle de Mme Berger. Son frère et sa sœur lui firent la bise en le regardant avec curiosité – il portait la chemise d'un autre (Savall ? M'Chiche ?) et un pantalon trop grand. Il crut voir de la moquerie dans leurs regards, hésita – devait-il s'énerver, bouder ? – puis décida qu'il était bien content de les revoir. On lui posa quelques questions auxquelles il répondit par des signes de la tête, en lorgnant vers la théière. Il se rendait compte, maintenant, à quel point le goût du thé lui avait manqué. Sa mère lui tendit un verre qu'il se mit à siroter avec bonheur.

Des gens entraient et sortaient. Certains se penchaient sur lui et l'embrassaient. Une grosse femme, qu'il ne reconnut pas, se jeta sur lui, l'humecta puis l'étouffa entre ses seins énormes (elle sentait le beurre rance) en pleurant :

— *Oulidi ! oulidi !*

Cette femme se leurrait, il n'était pas son fils. Quelqu'un allait-il la détromper ? Personne n'intervint. Étrange ! Elle passa instantanément des larmes au rire en étreignant la mère de Mehdi et les deux femmes se mirent à papoter joyeusement, s'exclamant toutes les deux minutes, s'étreignant sans raison. Mehdi, se frottant la joue, sortit dans le patio qui commençait à se remplir d'invités, volubiles ou silencieux, échevelés ou dignes.

En début de soirée, tout le monde se retrouva sous la tente ou au-dehors. Dans la tente elle-même, un orchestre faisait un bruit d'enfer. Des violons tenus à la verticale grinçaient, des *taarijas* résonnaient. Des femmes lançaient des youyous. Son cousin Driss, un adolescent déluré, vint le pousser du coude en désignant une femme qui se dandinait sur une sorte d'estrade :

— T'as vu la jolie *chikha* ?

C'était donc ça, les fameuses *chikhates* ! Mehdi n'avait jamais vraiment compris ce qu'elles faisaient dans la vie, ces dames à la réputation sulfureuse – il savait au moins cela : elles avaient mauvaise réputation, puisqu'on parlait d'elles à voix basse, en étouffant un petit rire. Et puis, quand un garçon voulait en insulter un autre, dans la rue, il traitait sa mère de *chikha*, ce qui déclenchait sur-le-champ une bagarre homérique. Cependant, Mehdi avait lu dans un livre une description détaillée des *geishas* japonaises et de leurs multiples talents. Les illustrations montraient des femmes au teint exagérément blanc jouant d'un instrument de musique ou servant le thé, à genoux, à côté d'un samouraï hautain.

Puisqu'elles portaient le même nom *(chikha / geisha,* c'était la même chose, avait-il décidé), Mehdi en avait déduit qu'il s'agissait des mêmes femmes. Intrigué par leurs allées et venues entre Béni-Mellal et le Japon, Mehdi avait gardé une vive curiosité envers ces luronnes dont le nom était une insulte mais sans lesquelles aucune fête n'était digne de ce nom. Et voilà qu'il en avait une devant lui ! Il la regarda avec attention. Elle était plutôt grasse, couverte de bijoux et exagérément maquillée – les joues rouges, les yeux charbonneux, la bouche sanglante. Il se dégageait d'elle une sorte d'indolence qui semblait masquer des dangers divers, comme si un volcan sommeillait sous sa djellaba.

Bientôt les chants et les danses commencèrent. Des plateaux de nourriture circulaient dans la cour, dans la maison elle-même et sous la tente. Le rythme était ensorcelant et tout le monde finissait par battre la mesure. Certains hommes entraient en transe et allaient se coller contre les *chikhates* qui les repoussaient d'un geste dédaigneux. Mehdi renonça à comprendre (d'ailleurs, y avait-il quelque chose à comprendre ?). Il grignota une cuisse de poulet en essayant d'imaginer Mme Berger ou Sabine Armand dansant sur l'estrade avec les *chikhates.* Impossible. C'était vraiment deux mondes différents. Dire qu'il aurait pu être tranquillement dans le salon des Berger à écouter la *Petite Musique de nuit* en sirotant du chocolat chaud… Le tumulte commençant à l'indisposer, il décida d'aller dormir. Il monta au premier étage, se dirigea vers une chambre au hasard et se laissa tomber sur un matelas posé à même le sol.

Vers les deux heures du matin, alors qu'il dormait profondément, tout habillé, sa mère vint le réveiller en le secouant fermement.

— *Noud, noud !* Allez, réveille-toi !

Il se mit sur son séant en se frottant les yeux. Que se passait-il ? Encore un tremblement de terre ? Son frère et sa sœur se tenaient debout, sur le seuil de la porte, serrés l'un contre l'autre, apeurés, les vêtements tout fripés. Sa mère avait l'air consternée. Elle regardait maintenant au-dehors, à travers la vitre, *en se tordant les mains.* (Du moins, c'est ce qu'il sembla à Mehdi. Il avait souvent lu cette expression dans les livres de la Comtesse mais c'était la première fois qu'il voyait *en vrai* ce geste étrange.) Tout à fait réveillé maintenant, il vit que les lumières étaient allumées, dans le couloir et au-dehors. Dans la chambre où il se trouvait, une ampoule nue descendait du plafond et teintait la scène d'un jaune sale qui acheva de l'écœurer. Revenue de la fenêtre, d'où parvenaient des éclats de voix, sa mère fit preuve d'une grande fermeté. Elle le prit par la main, poussa ses deux autres enfants devant elle et ils sortirent tous les quatre dans la cour – trois canetons apeurés conduits par une génitrice aiguillonnée par l'instinct. La cour était illuminée par des festons d'où pendaient des ampoules, dont certaines avaient été peintes en vert et en rouge. Le ciel lui-même était clair : c'était la pleine lune. On pouvait voir clairement ce qui se passait.

Et ce qui se passait était stupéfiant : partout, dans les bosquets, derrière les arbres, sous les portiques, des hommes écumant de fureur se tenaient au collet, se faisaient des prises de catch, le plus souvent manquées, se donnaient des coups de tête qui les assommaient pour un instant (ils couinaient un peu, à moitié morts), ou bien ils essayaient de s'envoyer de grandes claques qui les déséquilibraient – et alors ils tombaient sur le sol en criant, entremêlés, agités de soubresauts. Pas de doute possible, c'était un *pugilat généralisé* – comme à la fin de cette pièce de théâtre dont leur avait parlé Dumont, un jour qu'il était venu « draguer » Sabine. C'était donc ça ! Un *pu-gi-lat gé-né-ra-li-sé* : huit syllabes. Mais c'était bien plus confus que les huit syllabes bien claires et nettes ne le laissaient supposer. Et d'abord, il commençait où, il finissait où, ce pu-gi-lat ? On avait du mal à embrasser toute la scène du regard. Les insultes fusaient dans la nuit mais on en perdait la moitié et celles qui surnageaient, on ne les entendait pas clairement – ça beuglait, ça mugissait, ça chuintait, ça glapissait… Des femmes surgissaient des coulisses, côté cour, côté jardin, en criant et en faisant mine de s'arracher les cheveux, se heurtant les unes aux autres, tournoyant comme des toupies, s'effondrant et se relevant. Du moins, c'est ce que crut voir Mehdi, car son imagination, comme d'habitude, s'était emparée des faits et galopait vers l'Apocalypse en en inventant d'autres, des faits, encore plus extraordinaires. Ce n'était tout de même pas un ours qu'on voyait se dandiner, là-bas, entre deux arbres ?

Ils sortirent en pressant le pas et se retrouvèrent sur le petit chemin qui menait à la ville. Il faisait nuit : même la lune était maintenant voilée par des nuages. Seul l'incendie lançait des lueurs aléatoires et permettait de constater l'immense gâchis que la noce était devenue en l'espace de quelques heures. Un homme sortit d'une Buick garée le long de la route et apostropha la mère de Mehdi d'une voix rauque :

— Mais que faites-vous dehors, en pleine nuit ? Et avec des enfants, en plus ! Il pourrait vous arriver un mauvais coup. Allons, rentrez !

Elle ne bougea pas, estomaquée par l'inconscience ou la mauvaise foi de l'inconnu. Ne trouvant pas ses mots, elle gesticula en direction de la cour où les combats continuaient. L'homme haussa les épaules, l'air d'avoir vécu.

— Allons, tout cela va se calmer. Les esprits se sont échauffés, voilà tout. Ces jeunes gens ont bu trop de bière.

— Mais que se passe-t-il ? demanda-t-elle en tenant fermement ses enfants.

Il haussa les épaules.

— Bah ! C'est Ahmed qui a fait une bêtise…

— Ahmed le pompier ? Le marié ?

— Vous en connaissez d'autres ? C'est mon cousin, d'ailleurs. Moi, je viens d'El-Hajeb…

Mehdi vit au loin une ombre donner un coup de tête à une autre ombre.

— C'est très beau, El-Hajeb, c'est dans la montagne, assura l'homme à la voix rauque. Quand il a plu en hiver, nous avons des printemps splendides, tout est vert, les arbres sont en fleurs… (Il se retourna vers la bâtisse en entendant un hurlement sauvage.) Bref, Ahmed est tombé amoureux d'une *chikha*. Il se fiche pas mal de Lalla Tamou, maintenant. C'est la *chikha* qu'il veut. Il faut le comprendre, il est saoul comme un cochon. Et je ne dis pas ça parce que c'est mon cousin mais parce que c'est la vérité.

— C'est la vérité… qu'il est saoul ?

— Non, je veux dire, que la *chikha* est très belle.

— Mais vous ne l'avez pas dit. Et d'ailleurs, quelle

247

importance ? C'est *hchouma*, de toute façon. Et c'est incompréhensible : abandonner Lalla Tamou, qui est la vertu même, pour une… une… une *chikha* !

— Il faut comprendre les hommes, affirma l'homme. Vous êtes mariée ?

La mère pointa le doigt en direction de sa progéniture :

— Et ceux-là, ils sont tombés du ciel ?

— Non, admit honnêtement l'homme à la voix rauque. Ce que je veux dire, c'est : êtes-vous encore mariée ? Ou veuve ? Ou divorcée ? Parce que je ne vois nulle part votre respecté époux.

— Laissons cela, dit-elle nerveusement. Dites-moi plutôt ce qui se passe.

— Mais je vous l'ai dit : Ahmed, ivre mort, s'est ravisé, il ne veut plus se marier, il veut la *chikha* plutôt que Lalla Tamou. Du coup, les frères de celle-ci ont voulu lui casser la figure. Les hommes de la famille du pompier – enfin, les plus jeunes, les plus excités – s'y sont opposés et une bagarre générale a éclaté.

Il tourna la tête et regarda la cime des arbres, où des flammèches apparaissaient, de-ci de-là.

— Ce qui est dommage, c'est qu'on ne peut même pas appeler les pompiers : ils sont tous ici. Et la plupart sont saouls. Les autres se battent avec la famille de Lalla Tamou. Il y va de l'honneur de leur chef.

— Il est où, lui ?

L'homme fit un geste vague en direction du néant.

— Je crois qu'il est parti par là, avec la *chikha*. Pourchassé par tout l'orchestre.

Il se racla la gorge et, détournant la tête, il cracha au loin.

— Le problème, enfin… l'un des problèmes, c'est

que la *chikha* était… ou plutôt, *est* mariée au *raïss*, le chef de l'orchestre. Il a deux ou trois autres femmes, mais celle-ci est sa préférée. C'est la plus jeune et la plus jolie. (Il passa le bout de la langue sur sa moustache et ses yeux brillèrent dans la nuit.) D'ailleurs, on ne sait pas si elle a suivi Ahmed *el-boumbi* de son plein gré ou s'il l'a enlevée. Ce qui aggraverait son cas, naturellement.

— Naturellement.

Il eut un rire admiratif.

— Il en est capable, mon cousin ! C'était un joyeux luron, dans sa jeunesse. Il a même séduit une Française, la femme d'un ingénieur des phosphates. Celui-ci, dégoûté, s'en est allé, un jour, sans même prendre la peine de démissionner proprement. Pfuiiiit ! Il est parti, il est retourné en France. Abandon de poste ! La Française a vécu quelques années avec *el-boumbi*, puis elle l'a quitté pour se mettre avec un dentiste polonais…

La mère de Mehdi interrompit ces tribulations internationales qui ne semblaient pas l'intéresser outre mesure :

— Mais tout cela finira par se calmer, d'une façon ou d'une autre ?

— Quoi donc ?

— Mais ça, ça, cette bagarre, ce scandale, cet incendie !

L'homme émit quelques bruits de gorge, puis cracha de nouveau, comme pour se donner le temps de réfléchir.

— Bah, Dieu seul le sait. Mais pour vous et pour ces enfants, le mieux est quand même de rentrer dans la maison et d'attendre la suite des événements.

Ils rentrèrent et se réfugièrent au premier étage, dans

une pièce où se tenaient quelques femmes des deux familles, qui se regardaient maintenant avec de terribles injures dans les yeux. Mehdi alla se poster à la fenêtre. Au-dehors, les bagarres semblaient avoir baissé d'intensité. Seuls quelques frémissements dans les fourrés trahissaient des nids d'irréductibles. Quelques hommes gisaient au sol, se tenant la tête ou le genou, gémissant, maudissant. Retrouvant leur fierté professionnelle, les soldats du feu étaient à la manœuvre. En l'absence de leur chef, ils étaient économes de leurs gestes et de leurs mots, et terriblement inefficaces car la pression de l'eau du robinet, à Khouribga, en ces temps de sécheresse, était presque nulle.

Vers les trois heures du matin, l'affaire sembla être réglée : le feu était maîtrisé. On ne voyait plus ni flamme ni flammèche, et seule l'odeur âcre de la fumée attestait qu'une conflagration avait embrasé cette cour sombre. Les hommes, las, s'essuyaient le front, s'étiraient ou faisaient craquer leur cou, à l'unisson, sans tenir compte des fractures familiales : affidés du pompier ou parentèle de l'outragée, ils se tenaient tous debout, mêlés, devant les mines fumantes de la feue tente.

Ce fut alors que Nagib, le plus jeune frère de Lalla Tamou, entra en scène. Poussant un grand hurlement, qui fit toutes les têtes se tourner vers lui (vague silhouette frêle dans le noir), il surgit à l'étage, sur la terrasse qui surplombait la cour.

— J'en ai marre, annonça-t-il *urbi et orbi*.

Ce n'était un rugissement, ouï des derniers rangs, mais on en comprit le sens.

— On en a tous marre, répliqua quelqu'un, de derrière un arbre. Calme-toi, *moutchou*.

— Non, hurla-t-il. Ce maudit Ahmed… Il nous a déshonorés ! Soit il revient, soit je me jette dans le vide !

Il approcha de la balustrade, la tâta, puis, carrément, l'enfourcha. Quelques pompiers, retrouvant leurs réflexes, s'emparèrent d'un grand lambeau de l'ex-tente caïdale et accoururent se poster sous la terrasse. Des femmes se mirent à crier, dans la maison et au-dehors. Mehdi se boucha les oreilles. Il détestait les ululements et les stridences qui accompagnent la joie et le malheur. De plus, il lui semblait que tout cela était exagéré : on n'était qu'au premier étage. Même s'il sautait, Nagib n'allait pas s'aplatir au sol comme une crêpe. Il n'en continuait pas moins de faire l'intéressant, à cheval sur son petit pan de mur rose.

— Calme-toi, cria quelqu'un. On réglera ça demain. Va te coucher.

— Non, cria Nagib. *El-boumbi* doit revenir maintenant et épouser ma sœur !

Un des pompiers, un grand moustachu au visage couvert de suie et de sueur, entreprit de parlementer avec l'adolescent :

— Mais, petit imbécile, âne bâté, crétin de l'Atlas, que comprends-tu à ces choses ? Laisse-nous, nous les hommes, régler tout ça ! Va te coucher, petit con ! Si je t'attrape, je t'étripe ! Si tu sautes, je te tue !

Nagib fit mine de basculer dans le vide, puis se rattrapa d'un mouvement gracieux pendant qu'en contrebas les pompiers agitaient leur bout de tente roussie comme un toréador provoquant un taureau dans l'arène. Il ricana en sanglotant :

— Les hommes… Quels hommes ? Mais c'est vous qui êtes en train de vous battre au mariage de ma sœur !

C'est vous qui causez cette *hchouma* dont on parlera encore dans deux siècles ! La honte assurée !

Pompiers et civils, le cou tendu, le visage tourné vers le forcené, protestèrent à l'unisson :

— Mais pas du tout, on ne se bat plus, ce n'était qu'un malentendu. Regarde, tout est rentré dans l'ordre.

Effectivement, la cour était maintenant redevenue calme. Seuls les cris et les gémissements des femmes déchiraient l'air. Mehdi commença à éprouver le sentiment d'être double, d'être celui qui assistait avec intérêt à ce duo entre le ténor qui menaçait et la foule qui suppliait en chœur, et de faire en même temps partie de cette même foule, même si lui se tenait debout sur la terrasse, à quelques mètres de Nagib. Regardant le décor, il se souvint de la mystérieuse phrase de Dumont (« Ça se consume à mesure que ça se consomme. » Ou était-ce l'inverse ?). Il se concentra de nouveau sur le (vrai) drame qui se déroulait en direct sous ses yeux. Son cousin chevauchait toujours la balustrade, farouche, pendant que des femmes éplorées, en contrebas, le suppliaient de ne pas sauter. Mais plus elles gémissaient et criaient, plus Nagib répétait plus fort son antienne.

— *El-boumbi* doit revenir épouser ma sœur ! Sinon, je saute !

Le moustachu, de rage, laissa tomber le coin de tente qu'il tenait d'une main tremblante.

— Mais, imbécile, comment veux-tu qu'il revienne ? Il a disparu avec la *chikha*, on ne sait pas où ils sont. D'ailleurs, il est possible que le *raïss* les ait tués tous les deux, entre-temps.

Ce fut au tour des femmes de la famille du pompier de déplorer à grands cris la mort violente, quoique supputée, de leur parent. Ne supportant plus ces vociférations, Mehdi s'avança de quelques pas. Nagib se retourna et lui jeta :

— Qu'est-ce que tu veux, toi, le petit Françaoui ?

Mehdi ouvrit la bouche et aucun son n'en sortit.

— Je saute, cria Nagib, gardant l'œil sur son cousin.

— Non !

— Je saute, j'te dis ! Allez tous au diable !

— Non ! cria Mehdi.

Et il s'entendit moduler, la main levée, l'œil rond :

— Il n'est pas temps encore de chercher le trépas :
Ton prince et ton pays ont besoin de ton bras.

Il avait mis le ton. Le mot « trépas » avait fini en un trémolo tragique qui vibra dans le ciel en un *trépa-ha-ha-ha* aussi envoûtant qu'incompréhensible. Nagib semblait hypnotisé. Son cousin sentit qu'il tenait son public. Les gémissements et les ululements de l'avant-scène avaient cessé. C'est avec des sanglots dans la voix qu'il poussa son avantage :

— Les Maures vont descendre, et le flux et la nuit
Dans une heure à nos murs les amènent sans bruit.

M… ! Il se rendit compte, trop tard, qu'il avait sauté deux vers. Mais Nagib ne sembla pas lui en tenir rigueur. Le rythme des alexandrins l'avait plongé dans une sérénité intemporelle.

— La cour est en désordre, et le peuple en alarmes ;
On n'entend que des cris, on ne voit que des larmes.

Les cris et les larmes avaient en fait déserté la cour. Là-bas, au loin, cheikhs et *chikhates* galopaient peut-être dans la nuit ; peut-être massacraient-ils l'époux volage à coups de babouche, peut-être dansaient-ils tous la carmagnole, mais ici c'était le silence. Seule la petite voix du Thespis des pauvres s'élevait dans les airs.

Un Maure descendit, sans bruit, de la lune et ceintura Nagib qui se défendit mollement puis s'effondra en larmes. On le livra à sa mère qui oublia pour quelques minutes l'humiliation de sa Tamou pour consoler l'adolescent. Et tout à coup, la pluie se mit à tomber. C'était extraordinaire, vu qu'il ne pleuvait jamais à Khouribga. Les gens erraient dans la cour, sans savoir quelle suite il fallait donner à ces événements inouïs. Sur ces entrefaites, Mokhtar (où était-il passé ?) se matérialisa dans le patio et cria à Mina de le rejoindre dehors avec ses enfants. Ils s'entassèrent tous dans la 2 CV, qui s'élança vaillamment dans la nuit. Au petit matin, ils étaient à Béni-Mellal. Mehdi retrouva avec des sentiments mêlés l'appartement et la terrasse qu'il avait quittés deux siècles auparavant. De toute façon, il avait trop sommeil pour se rendre compte de ce qui se passait. Lorsque Mokhtar le ramena au lycée, le dimanche soir, il n'était plus sûr de ce qui s'était passé. Un mariage ? Un incendie ? Un pugilat ?

Le week-end suivant le trouva devant la loge du concierge, comme d'habitude. Et comme d'habitude, M. Berger vint l'y chercher, un sourire bienveillant éclairant son visage déjà bronzé par le soleil du printemps. Au cours du dîner, Mme Berger lui demanda distraitement.

— Au fait, où étais-tu, la semaine dernière ?

Mehdi craignait qu'on lui posât la question. C'était fait, maintenant. Il murmura :

— À un mariage...

— Il paraît que c'est très bien, les mariages marocains ?

Il hésita puis finit par confirmer, du bout des lèvres.

— Oui, c'était très bien.

Que pouvait-il dire ?

*Le fiancé, Ahmed al-Boumbi, est tombé amoureux
d'une* chikha, *il voulait l'échanger avec ma cousine
puis a pris la fuite avec elle (la* chikha), *le frère d'icelle
(Tamou, donc) voulait lui (= le pompier) casser la gu...,
il y a eu une bagarre générale, le feu s'est déclaré on
ne sait où, Nagib a menacé de se jeter du balcon, la
tente caïdale a été réduite en cendres. Et puis la pluie
s'est mise à tomber et nous a tous noyés. Voilà, c'était
mon week-end de joie et de liesse à Khouribga.*

Il eut l'impression que c'était un autre monde, un
monde de vacarme où tout menaçait à chaque instant
de se disloquer, très loin des phrases bien faites, de la
Petite musique de nuit et de l'odeur d'encaustique.
Mme Berger ne comprendrait pas.

21

Linus contre Charlie Brown

Ce jour-là, une petite étincelle de joie, ou de malice, brillait dans l'œil de Sabine Armand. La belle jeune femme leva le bras, l'index dressé, pour indiquer que le moment était important. Les petits comédiens, assis en rond devant elle, cessèrent leurs bavardages et la fixèrent du regard. Elle portait une jolie robe rose et des souliers de la même couleur. Un collier de coquillages minuscules, tout blancs, tressautait autour de son cou.

— J'ai obtenu de M. le proviseur la permission de monter un spectacle pour la fin de l'année. Donc, assez d'exercices, assez de *virelangues*, il est temps de passer aux choses sérieuses. Nous allons *monter* une pièce !

Elle fit une pause. Un frisson d'excitation et d'appréhension parcourut les rangs de la troupe. Elle leva de nouveau le doigt.

— Mais au lieu de jouer une pièce « du répertoire », comme on dit, nous allons « fabriquer » notre propre pièce, avec exactement le nombre de personnages dont nous avons besoin. Un pour chacun de vous !

Elle prit une pile de feuilles de papier et les distribua autour d'elle. Chacun regarda avec curiosité les dessins, en séries de trois ou quatre, qui représentaient des scènes très courtes mettant aux prises des enfants, un chien à la grosse truffe comique, plus rarement des adultes. Après les avoir laissés examiner les dessins, Sabine tapa dans ses mains pour réclamer de nouveau leur attention et continua :

— Il s'agit de ce qu'on appelle en Amérique un *comic strip*, une bande dessinée quotidienne, créée par un monsieur qui s'appelle Charles Shultz…

Denis l'interrompit :

— Madame, est-ce qu'on doit apprendre l'américain ?

— Pour quoi faire ?

— Ben… pour dire les… les *répliques* ?

Sabine pouffa.

— Mais non, petit serin, on va jouer en français. Bon, où en étais-je… Donc, ce M. Shultz dessine depuis près de vingt ans ces petites saynètes et je crois qu'on peut en tirer une suite de sketches qui feront au total une histoire amusante, émouvante…

Elle cherchait ses mots.

— Enfin, un truc très sympa ! En principe, le personnage principal, c'est Charlie Brown (elle brandit une page et désigna le bonhomme). C'est un petit garçon mal dans sa peau, touchant par sa maladresse, malchanceux… Snoopy (geste), c'est son petit chien. Un chien assez philosophe, qui a des idées sur tout et des rêves de grandeur. C'est parfois désopilant ! Mais nous, on va faire de Linus (elle pointa le doigt sur un petit garçon ébouriffé, suçotant son pouce), on va faire de Linus le personnage principal de notre histoire. Comme ça, elle aura clairement un début, un milieu, une fin, avec une intrigue simple et un *protagoniste*. Comme je vous l'ai

257

dit la dernière fois, « protagoniste », dans le théâtre grec antique, désigne le premier acteur qui fait une sorte de dialogue avec le chœur…

Marie-Pierre l'interrompit :

— On va chanter, madame ?

— Bien sûr que non, on ne va pas chanter ! Bon, on va tout de suite distribuer les rôles et on va se mettre illico à apprendre les textes. Le temps presse, il ne reste que quelques mois pour être parfaitement au point. On va jouer la pièce dans le gymnase de Beaulieu, il se peut qu'on fasse salle comble. En tout cas, la plupart des professeurs seront là. Allez, debout ! Faites quelques exercices d'assouplissement pendant que je distribue les rôles.

Elle se mit à écrire au tableau les prénoms des enfants et ceux des petits bonhommes plats qui vivaient dans les dessins.

Linus – Denis
Lucy – Marie-Pierre
Charlie Brown – Mehdi

Elle continue d'écrire mais Mehdi ne voit plus rien. Ou plutôt, il ne voit plus qu'une seule chose. Une erreur. Ça ne peut être qu'une erreur. Il se lève, s'approche du tableau et pointe le doigt sur son prénom. Il coasse, la gorge étranglée :

— C'est moi qui joue le *tagoniste* ?

Sabine se retourne et tapote la tête de Mehdi en souriant.

— Mais non, c'est Denis qui va jouer Linus. Le *tagoniste*, comme tu dis.

Mehdi ne comprend pas. Linus, c'est le premier rôle, le plus important. Or il est, lui, Mehdi, le meilleur acteur. Elle l'a dit elle-même. C'est donc lui qui doit jouer Linus. C'est logique. Sabine continue :

— Et toi, tu joues Charlie Brown.

Mehdi sent son estomac se nouer. *C'est un petit garçon mal dans sa peau, touchant par sa maladresse, malchanceux...* Son visage se décompose.

— Pourquoi ?

Sabine fronce le sourcil.

— Pourquoi quoi ?

— Pourquoi c'est pas moi qui joue Linus ?

La jeune femme sourit.

— Mais enfin, voyons, mon petit Mehdi... Linus est blond. Regarde !

Elle prend sur la table un exemplaire des *Peanuts* et lui montre le dessin. Le dessin est en noir et blanc. Pas la moindre couleur ! Comment peut-elle voir des couleurs là où il n'y en a pas ? Mehdi pointe un index tremblant sur la feuille de papier, l'ongle râpe le visage de Linus.

— C'est pas vrai ! Il est pas blond ! Il est... il est *rien*.

Sabine hausse les épaules.

— Mais si, gros bêta, il est blond. Et puis, regarde : c'est un ange, Linus ! Les anges sont blonds, c'est bien connu. Toutes les toiles de la Renaissance le prouvent.

Elle rit elle-même de sa plaisanterie, puis caresse les cheveux de Denis qui n'a rien dit jusque-là, se contentant d'assister à la scène en dansant d'un pied sur l'autre, debout près du tableau. Elle enfonce le clou :

— Denis est comme Linus, c'est un petit ange blond.

Elle se penche sur la joue du séraphin et y dépose une bise. Mehdi a de plus en plus mal au ventre. Il s'éloigne de la table et ne dit plus rien. Il hésite un peu puis se dirige vers la porte. Sabine crie :

— Mais où vas-tu, Mehdi ? On va commencer.

Il ne répond pas et court vers le bosquet chétif qui fait face au bâtiment. Il s'assoit sur un banc, les pieds ballants, le soleil dans les yeux. Il ouvre les yeux à s'y brûler, il s'en moque, il veut devenir aveugle, ne plus rien voir, ni les arbres, ni le tableau, ni les couleurs… Quelques minutes plus tard, Denis vient l'y rejoindre. Il a l'air inquiet.

— Écoute, il faut que tu reviennes, on doit commencer la répétition. Regarde ! Je t'ai apporté ton texte.

Mehdi a pris un air buté. Il évite de regarder son ami. Celui-ci lui prend la main pour l'entraîner mais il se dégage violemment.

— Va-t'en ! Imbécile ! (Ça lui a échappé. Il a insulté son ami !) Je ne veux plus jouer au théâtre ! Plus jamais ! Jamais !

Il lui arrache la feuille des mains et la déchire, les yeux pleins de larmes. Les petits morceaux de papier s'envolent dans la petite brise de printemps qui adoucit l'éclat du soleil. Denis, ahuri, regarde les confettis voltiger, puis il hausse les épaules, fait demi-tour et se dirige vers la salle. Mehdi crie dans sa direction.

— Et en plus, ta mère, elle boite !

Denis s'arrête et se retourne. Ses yeux s'agrandissent, comme s'il ne peut croire ce que ses oreilles ont entendu. Ses lèvres tremblent. Bientôt une larme coule sur sa joue.

— C'est pas vrai, murmure-t-il.

— Si, c'est vrai, répète Mehdi un ton plus bas.

Il n'en est plus sûr à présent. L'angelot s'éloigne en reniflant à petits coups, la tête baissée. Ses cheveux blonds s'illuminent dans le soleil, comme une lampe allumée par un chœur antique (tout s'embrouille dans la tête de Mehdi). Une minute passe. Maintenant, Denis est dans la salle de classe, avec les autres. Que s'y passe-t-il ? Que leur dit-il ? Mehdi se voit avec horreur coupé du groupe, *abandonné*. Il court se cacher derrière un arbre.

Il a compris. Il est devenu un *paria* (M. Porte leur a appris ce mot pendant une digression sur l'Inde et les intouchables). Bientôt, il voit Sabine sortir de la salle et tourner la tête dans toutes les directions. Elle le cherche, c'est évident. Que lui veut-elle ? Peut-être se sont-ils mis d'accord, tous ensemble, pour l'exclure de la troupe ? Ou bien Denis a rapporté ce qu'il avait dit sur sa mère et Sabine le cherche pour l'emmener chez le proviseur... Il se voit puni, exclu du lycée, le quittant le rouge au front, sous les quolibets des pions et des élèves, sa ridicule petite valise à la main.

Il s'en va en courant, entre au hasard dans une salle, dans un autre bâtiment, et va s'asseoir au fond, le front sur le pupitre, les yeux brûlants, les bras ballants. S'il pouvait mourir...

Et soudain, une sensation atroce s'empare de lui. Il se voit *seul* mais, pour la première fois, ce n'est plus un vague adjectif, un état transitoire (une pause, du repos...), voire une bénédiction (seul sur la terrasse quand tout le monde s'agite, en bas...) ; cette fois-ci, tout a disparu, tous les adjectifs, tous les mots, tous les états, il n'y a plus d'avant ni d'après, le temps est aboli, il n'y a plus que ça : *seul*. Les yeux fermés, il ne voit plus rien, aucun marronnier, aucun platane pour le distraire, aucun livre pour le faire rêver, aucun chaton, même pas une puce, un ciron… Et il n'entend rien. Pas une voix, pas la moindre petite musique de nuit, ou de jour. Tout cela, c'est pour les autres, *le paradis, c'est les autres*, ils sont en train de répéter *Peanuts*, bien au chaud, heureux d'être ensemble, sous le regard bienveillant de Sabine Armand, ils existent *dans* son regard, *par* son regard… Lui, il n'existe plus : c'est ça, être seul.

Il ouvre la bouche, crie et pas un son ne se forme. Sous ses paupières, le noir se transforme en rouge. Est-ce du sang ? Est-il vraiment mort ? Seul ?

Et puis tout se brouille et…

Le soir est tombé. Miloud, faisant la tournée des bâtiments pour vérifier que toutes les salles sont bien fermées, ouvre machinalement celle-ci. Juste avant de refermer, il a le temps d'apercevoir, tapi dans les fourrés, un tigre ; et puis non, ce n'est pas un tigre, il ne s'agit que d'un élève endormi, la tête posée sur un pupitre. *C'i quoi, c'bazar ?* S'approchant à pas de loup, le concierge débusque l'intrus qui se relève en sursaut. Son visage est baigné de sang. Du sang transparent ? Non, ce sont des larmes. *Qu'est-ce qui lui est arrivé, à ce pitchoun ?* Miloud le prend par la main, l'extirpe du banc où il s'est fait bigorneau, et l'entraîne vers le réfectoire, illuminé comme un grand bateau de croisière dans la nuit claire.

Mehdi, hébété, mâche ce qu'il y a dans son assiette. Ramón Fernández, ou M'Chiche ou quelqu'un d'autre lui parle, il n'entend rien, ne répond pas. Morel s'inquiète de l'apathie de Fatima mais Fatima ne réagit plus. On se désintéresse rapidement de ce zombie insignifiant. Il se retrouve, sans savoir comment, dans son lit, abattu, stupide. Son pyjama est aussi rose que la robe de Sabine Armand mais il lui semble maintenant que ce sont des couleurs différentes. C'est étrange, c'est lugubre, c'est… Il sombre rapidement.

22

Mehdi gagne la partie

Mehdi allait aux cours, la mort dans l'âme, puis courait se réfugier à l'étude. Quand il apercevait du coin de l'œil les cheveux blonds de Denis, il baissait la tête et disparaissait. En classe, il ne regardait que le professeur, le tableau et son cahier. Cathy Kirchhoff s'en étonna :

— Eh bien, mon petit Kaki, tu boudes ?

Il ne répondit rien. Elle aussi était perdue pour lui. Tôt ou tard, elle allait s'apercevoir qu'il n'était qu'un imposteur. Alors, à quoi bon ?

Samedi arriva. Les Berger n'étaient au courant de rien, ils allaient arriver dans leur belle voiture et attendre les deux garçons… Mehdi n'avait aucune envie de se retrouver avec Denis et *ses* parents, dans *leur* maison. Que faire ? Il était à la torture. Et puis un miracle se produisit : un jeune homme se présenta le samedi, vers midi, à la loge du concierge et annonça qu'il venait chercher son cousin Mehdi pour qu'il passe le samedi et le dimanche « en famille ». Miloud fut favorablement impressionné par le jeune homme qui était entré dans sa loge avec un grand sourire et l'avait traité avec déférence.

— *As-sâlâmu 'alaykum !* La paix soit sur toi, *si el haj*. Tout va bien ? La santé, la famille ? *Hamdullah !*

Miloud, qui était habitué à des *Bonjour !* secs ou condescendants, se redressa de toute sa taille. Bientôt on parlait avec animation de rizières et de rafales de mitraillette, ta-ta-ta-ta, qui arrivaient d'on ne sait où, au-delà du fleuve et sous les arbres, où se terrait *L'Fit-Gong*. Le jeune homme béait d'admiration. Il s'étonna que l'autre ne fût pas général – si, si ! – et l'autre bougonna – chienne de vie, tout cela était injuste, y a qu'les Français qui deviennent *giniral*, comme *Di Goul...*

— ... mais acceptons les décrets de Dieu...

— ... Il sait, Lui...

— ... tout sera payé au centuple, comme dans l'histoire de Sidna Ayyoub...

— ... *Hamdullah !*

— Mais on parle, on parle... Comment puis-je vous aider ?

— Eh bien, je viens chercher mon cousin Mehdi.

Le concierge fronça les sourcils.

— Mehdi qui ?

— Mehdi Khatib. Je ne l'ai jamais vu mais on dit qu'il est tout petit. *Gueddou gued el-foula...* C'est un interne. Il porte des lunettes, m'a-t-on dit. Et il est muet.

— Ah, je vois. C'est le *pitchoun* aux dindons ?

— Celui-là même, confirma le jeune homme à tout hasard.

— C'est ton cousin et tu ne l'as jamais vu ?

— Bah (geste vague), ils habitent à Béni-Mellal et quand il y a des visiteurs, il s'enfuit, lui, en direction de la terrasse. Peu de gens l'ont vraiment vu.

— Comme *L'Fit-Cong ?*

Et on parla derechef d'Indochine et de la perfidie du Viêt-Cong, qui se cache quand on le cherche. Après quelques batailles, Miloud revint sur terre et envoya Juan Savall, qui passait par là, chercher Mehdi. Quelques minutes plus tard, il arriva, craintif. L'inconnu se pencha sur lui et l'embrassa, sous l'œil attendri du concierge. Mehdi finit par comprendre que sa famille s'était souvenue de lui et qu'on lui envoyait une sorte d'émissaire pour s'enquérir de sa santé et prendre soin de lui. Peut-être voulait-on réparer les dégâts causés par le mariage calamiteux du pompier sur l'âme de l'enfant ? Il ne songea pas à se plaindre. Au contraire, il était soulagé et ce fut le cœur léger qu'il sortit du lycée avec le jeune homme. Miloud n'avait qu'à expliquer aux Berger que Mehdi n'était pas disponible. *Il était avec sa famille, on s'occupait de lui, son cousin était venu exprès pour cela.*

Le cousin en question, qui s'appelait Tayeb, l'emmena dans une crémerie, en face du lycée, et lui acheta un grand verre de lait caillé. Mehdi le but avec appétit – ou devait-il dire qu'il le lapa ? Il ne savait trop : on se servait d'une petite cuillère mais on aspirait ce drôle de liquide qui était en même temps solide. Perchés sur deux tabourets, les deux cousins restaient silencieux. Tayeb avait bien essayé, en chemin, d'entamer une conversation mais il parlait mal le français et Mehdi ne comprenait pas grand-chose à ce qu'il racontait. Et même quand il saisissait à peu près ce qu'on lui disait, il n'arrivait pas à trouver d'emblée les mots pour y répondre. Découragé, le cousin se mit à siffloter. Il montrait des objets divers, dans la rue, dans la crémerie, et émettait des sons divers qui semblaient exprimer,

266

tant bien que mal, l'approbation, la raillerie, le mépris… Peut-être voulait-il instruire l'enfant ?

Ils prirent un autobus bringuebalant qui les mena vers la médina. Ensuite, ils durent marcher pendant une bonne dizaine de minutes car l'autobus ne pouvait pénétrer dans les ruelles étroites des quartiers antiques. Arrivé à la maison, le garçon fut assailli par sa tante qui le couvrit de baisers. Tayeb en profita pour s'éclipser. L'après-midi passa vite. Mehdi se réfugia dans un petit salon et se plongea dans la lecture – heureusement, il avait pensé à prendre un livre. Le soir venu, le mari de sa tante, un homme gros et jovial, rentra à la maison. Tayeb ne tarda pas à rentrer, lui aussi. Ils dînèrent ensemble d'un tagine d'agneau aux pommes de terre. C'était délicieux. Dès qu'il faisait mine d'arrêter, sa tante l'encourageait :

— *Koul, koul !*

Il mangea tellement qu'il sentit son ventre se tendre contre sa chemise. Il était rassasié et les *koul ! koul !* de sa tante n'y pouvaient plus rien.

Pendant le repas, on lui posa beaucoup de questions. Au début, il se contentait de hocher la tête et d'émettre un petit chevrotement, espérant ainsi donner le change, mais ses commensaux lui posaient de nouveau la même question, encore et encore, jusqu'à ce qu'il se sentît obligé d'y répondre. Il répondait donc en français à un interrogatoire fait en arabe et qu'il ne comprenait qu'à moitié ; et pour comble de malheur, c'était le cousin qui traduisait pour ses parents. Ça ne peut pas marcher, se disait Mehdi. Ça fonctionna à merveille. Les parents étaient agréablement surpris par les réponses précises et circonstanciées de Mehdi, telles qu'interprétées par Tayeb, et qui confirmaient tous leurs préjugés envers les Français : certes, on les admirait pour leur sérieux et leur efficacité, mais on les blâmait pour leur manque de religion, et leurs femmes étaient trop libres. Mehdi regardait avec étonnement Tayeb lui confectionner des points de vue qu'il n'avait pas exprimés. Il lui semblait étrange qu'une simple onomatopée pût se transformer en une longue tirade.

La tante

— Comment sont tes professeurs, *a wlidi* ?

Mehdi

— Bien.

Tayeb (traduisant)

— Il dit que ses professeurs sont très *maᶜqoul*, très sérieux, mais ce sont malheureusement des incroyants, des *kouffar*, jamais ils ne font la prière et il paraît qu'il y en a qui vivent avec des femmes avec lesquelles ils ne sont même pas mariés ! Mais c'est comme ça, ils sont comme ça, les Français, voilà, c'est ce qu'il a dit.

« Dieu nous protège », s'exclamaient en chœur la tante de Mehdi et son mari pendant que Tayeb hochait la tête, scandalisé par ce qu'il venait d'apprendre sur le comportement des professeurs du lycée Lyautey.

Ses yeux commencèrent à se fermer tout seuls. Tayeb s'en aperçut et le conduisit à la chambre principale au milieu de laquelle trônait un lit immense. Mehdi cher-cha des yeux un petit lit, dans un coin, ou un matelas jeté à même le sol. Il n'y en avait pas. Perplexe, il demanda, plus par gestes qu'en une phrase cohérente, où il devait dormir.

— Mais là, lui répondit Tayeb (geste.) Ce n'est pas assez grand pour toi ? Un ours et ses trois femmes pourraient y tenir. C'est le lit de mes parents. Eux, ils dorment ce soir dans le salon.

Mort de sommeil, Mehdi trouva la force de demander :

— Mais pourquoi ?

Prenant une serviette dans l'armoire, Tayeb lui répondit, sur le ton de l'évidence :

— Tu es l'invité. Tu dors donc dans le meilleur lit. C'est comme ça. C'est la coutume.

Il ne lui parla pas de pyjama ni d'autre chose. Mehdi se coucha en slip dans l'immense lit où il flotta toute la nuit, se réveillant le cœur battant au milieu d'un plateau, roulant jusqu'au bord, se rendormant, émergeant de nouveau de son hibernation, halluciné, rampant sous les draps où il s'était entortillé dans la direction d'où venait l'air frais ; malgré tout très fier d'occuper le plus grand lit de la planète ; agréablement surpris de savoir que ces gens, sa famille, qui lui avaient cédé leur bien le plus précieux, étaient à l'évidence au courant de ses exploits divers, de son talent de petit Thespis, de l'amour que lui portait Jenny, de son art de la navigation portuaire et de ses bonnes notes. Il était donc si important ? Rassuré, il se rendormait.

Le lendemain, il paressa au lit jusque vers midi, sans que personne ne vînt le déranger. Il finit par sortir de la chambre et s'aventura dans le salon, où un petit déjeuner l'attendait. Le thé avalé, ainsi que quelques petites crêpes, Mehdi s'apprêtait à rouvrir son livre quand Tayeb entra et lui posa une question. N'ayant pas très bien compris, il fit oui de la tête, à tout hasard (que risquait-il ?). Tayeb le prit alors par la main et ils sortirent ensemble. Ils marchèrent d'un bon pas dans les ruelles de la vieille ville, en sortirent et se retrouvèrent bientôt dans un autre quartier, très animé. Mehdi croyait qu'ils étaient perdus mais son cousin allait d'un pas sûr au milieu de la foule qui semblait se diriger dans une même direction. Ils se retrouvèrent, toujours la main dans la main, devant un grand stade. Tayeb sortit quelques pièces de monnaie de sa poche et acheta un billet.

— Toi, tu rentres gratis, dit-il à Mehdi, parce que tu es tout petit. Mais ne lâche pas ma main, il faut que les contrôleurs, à l'entrée, voient bien que tu es avec moi.

Aucun souci de ce côté : Mehdi n'avait aucune envie de lâcher prise. Bientôt un match de football commença entre le TAS et l'Association sportive des Douanes. Tayeb expliquait de temps en temps qui était tel joueur qui venait de réussir un dribble ou de se faire brutaliser le long de la ligne de touche. Il lui montra l'entraîneur du TAS, un certain Larbi Zaouli, dont il vanta les exploits sur un ton lyrique. C'était la première fois que Mehdi assistait à un match de football. Il en fut grandement impressionné.

Dès que la partie commença, Mehdi se mit à compter tout et n'importe quoi, à son habitude. Il compta le nombre de piliers dans le stade, le nombre de travées, puis les joueurs eux-mêmes. Tiens ! Quelque chose n'allait pas. Il tira son cousin par la manche et lui demanda, tant bien que mal, pourquoi l'équipe du TAS avait un joueur de moins. Étonné, Tayeb compta, en désignant de l'index, les joueurs des deux camps. Il dut s'y prendre à plusieurs reprises (ces diables de footballeurs ne restaient pas en place) mais il finit par lâcher un juron, où se mêlaient l'étonnement et l'indignation : les douaniers avaient commencé le match à douze, au lieu des onze réglementaires ! Personne ne s'était aperçu de l'erreur, sauf Mehdi. Tayeb se leva d'un bond, dévala les gradins, à la grande fureur des spectateurs qu'il bousculait sans vergogne et alla se pencher au bord de la tribune, vociférant, gesticulant, jusqu'à ce que le fameux Larbi Zaouli se retourne, d'un mouvement majestueux, comme un Bouddha giratoire importuné par un moustique. Tayeb lui faisait de grands gestes, s'époumonait, beuglait, au bord de l'apoplexie, et ses voisins commençaient aussi à brailler, à tout hasard, pressentant de bonnes raisons de le faire. La clameur enfla. Ledit Zaouli finit par se lever de son banc et s'approcha, à petits pas, perplexe, méfiant. Il écouta, la tête penchée, ce que criait l'énergumène (il criait « douze ! » et toute la tribune reprenait ce slogan sans savoir pourquoi), se tourna vers la pelouse et se mit, lui aussi, à compter, un doigt tendu – mais, curieusement, il utilisait le majeur, semblant ainsi percer de gros trous dans une toile invisible. Puis il comprit. Il se précipita vers le banc de touche, harangua ses joueurs qui s'arrêtèrent petit à petit de courir, comme des automates gagnés par la rouille. L'arbitre, n'y comprenant rien, se mit à siffler à tort et à travers, feignant d'organiser la confusion. La tribune résonnait de la mantra duodécimaine. Un joueur du TAS, excédé, prit carrément le ballon dans les mains, comme s'il venait d'inventer le rugby, et courut vers le bord du terrain où Zaouli donnait maintenant une conférence de presse, entouré de l'officiel de la Fédération, du juge de touche et d'autres dieux mineurs.

L'arbitre se joignit au débat, toujours strident, puis il finit par se taire. Retirant le sifflet de sa bouche, abasourdi, il leva à son tour le doigt et se mit à compter. Puis, se rendant à l'évidence, il murmura quelque chose dans le creux de l'oreille de Zaouli (qui se fendit d'un large sourire) ; donna un dernier coup de sifflet tous azimuts ; puis piqua un sprint en direction des vestiaires, suivi de ses aides, comme un vol de gerfauts hors du charnier natal.

Ils disparurent.

Les gabelous en short vinrent aux nouvelles, mauvais, l'air méfiant, comme s'ils contrôlaient un chargement en provenance de la Colombie. Quoi, quoi, que signifiait ce chaos ? On leur rit au nez, ils pouvaient aller se rhabiller, le TAS avait gagné, selon le règlement, par 3-0 : ainsi le voulaient les règles absconses de la Fifa. Un début d'émeute fut rapidement circonscrit par la police et les spectateurs s'en allèrent, évacuant l'arène en colonnes jacassantes, commentant les circonstances extraordinaires dans lesquelles le match avait pris fin.

En sortant du stade, Tayeb emmena son petit cousin manger un sandwich.

— Je te l'offre. Après tout, c'est toi qui as gagné le match !

Mehdi contre les douaniers. On aurait dit le titre d'une aventure du *Club des Cinq.* La viande grillée était délicieuse, accompagnée de rasades de petit-lait. Ils rentrèrent de très bonne humeur à la maison, même s'ils n'échangèrent au total que quelques mots, toujours les mêmes, et qui constituaient des variations de l'increvable « on a gagné ! ». Tayeb annonçait à tous les passants que le TAS avait triomphé des fonctionnaires aux pieds agiles. On l'en félicitait et il sifflotait de plus belle, comme si c'était lui qui avait marqué les trois buts inexistants.

Le soir, après le dîner – ils avaient mangé une bonne *harira* –, son cousin ramena Mehdi à l'internat. En partant, il lui dit qu'il passerait le prendre le samedi suivant. Désormais, il allait passer tous ses week-ends en famille, ajouta-t-il.

— Du moins, si tu veux ?

Mehdi hocha la tête en souriant. Oui, il le voulait. Il voulait revenir dans ce monde où on lui offrait des lits grands comme des paquebots (c'était autre chose que le petit bateau où on lui avait fait boire du Viandox et manger des cochonneries !) ; ce monde où on l'acceptait tout naturellement ; où l'on ne se moquait pas des souliers de son père ; où il pouvait changer le cours des choses de façon miraculeuse – mettre en déroute une meute de douaniers, par exemple.

Ce monde où l'ange, c'était lui.

23

La distribution des prix

Les derniers mois s'écoulèrent cahin-caha. Mehdi se plongea dans l'étude et dans les lectures. Il évitait soigneusement Denis, Sabine Armand et tous les petits théâtreux. Les Berger, renseignés par Miloud, se réjouirent de le savoir en de bonnes mains. Tayeb venait effectivement le chercher chaque samedi et c'était toujours le même rite rassurant qui recommençait : la crémerie, la promenade, les propos décousus qui s'évanouissaient dans l'air chaud sans laisser la moindre trace. Puis c'était la tranquillité de la maison où on ne lui demandait rien. Il lisait, allongé sur un des *seddari* du salon. On venait le chercher à l'heure des repas, qui étaient toujours délicieux et copieux. Il n'occupait plus le grand lit : on lui faisait un lit de fortune, avec des draps frais, sur un matelas posé à même le sol dans le salon et il y dormait paisiblement, bercé par le tic-tac régulier d'une grande horloge qui datait « de l'époque des Français », comme le lui avait dit sa tante avec fierté.

Parfois, il allait au stade avec Tayeb mais le bruit et la fureur finirent par l'ennuyer. Son cousin s'en aperçut et cessa de l'y emmener. Il passa alors des samedi-dimanche délicieux en compagnie des *Petites Filles modèles* ou de *Pauvre Blaise*, assis sur un petit tabouret sur la terrasse, ou bien vautré sur les coussins du salon. Il y faisait aussi ses devoirs, suçotant son stylo, le front plissé. Sa tante, qui était analphabète, venait contempler son travail. Parfois une lueur de respect ou de fierté s'allumait dans son regard quand elle apercevait les diagrammes incompréhensibles des « mathématiques modernes ». Elle allait chercher des petits gâteaux et un verre de thé, et les disposait en silence sur un petit guéridon. Une seule fois, une parole lui échappa. Alors qu'elle soufflait sur le verre de thé pour le refroidir, elle soupira, sans se rendre compte qu'elle parlait à voix haute :

— Ah, si son père pouvait le voir !

Surprise par le son de sa propre voix, elle sursauta, ses yeux s'embuèrent et elle disparut. Mehdi comprit la phrase et dessina un triangle isocèle.

Vers la fin du mois de juin, juste avant que les vacances d'été ne commencent, eut lieu la « distribution des prix », cet événement que Mehdi attendait chaque année avec ferveur depuis qu'il y avait pris goût, à l'école de Béni-Mellal : on était exposé aux regards de tous, certes, mais on repartait chargé de livres ! Et c'étaient, à chaque fois, des surprises : *La Vie de Jeanne d'Arc, L'Exploration de l'espace, Louis Pasteur bienfaiteur de l'humanité, Les Splendeurs de Versailles*, etc. C'était, selon M. Porte, une « occasion solennelle ».

— Le lycée Lyautey, avait-il dit à la fin de son dernier cours, la veille du jour tant attendu, honore ainsi ses élèves les plus méritants en présence de leurs professeurs, de leurs parents et de toute l'administration, du proviseur aux simples surveillants. C'est une belle tradition. (Pause.) Une tradition menacée, hélas, par la montée de la médiocrité générale et d'un égalitarisme mal compris.

Regardant d'un air sévère le fond de la classe, il avait ajouté sur un ton sarcastique :

— Évidemment les anciens cancres, qui sont tous devenus sociologues à Paris et hantent les couloirs des ministères, font tout pour supprimer les distributions de prix et les classements. Pourquoi ne pas supprimer les notes, dans ce cas ? Et revenir à l'âge de bronze ?

Les derniers rangs s'étaient agités, parcourus par un frisson de fierté à l'évocation de leur avenir parisien et de leur futur pouvoir de nuisance.

M. Flamand avait, lui aussi, parlé d'« occasion solennelle », mais c'était pour « faire le cuistre », comme disait de lui Régnier, avec un dédain écrasant (« Il se livre à des jeux de langage pendant que le peuple agonise »).

— À vos tablettes ! (C'était le cri joyeux que lançait le prof de français quand il voulait souligner l'importance de ce qu'il était sur le point de dire.) « Solennel » vient de l'ancien français *sollempnel*, dérivé lui-même du latin classique *sollemnis*, signifiant « chose sacrée, salvatrice, qui n'a lieu qu'une fois par an ». Mais il est aussi possible que *sollemnis* soit un emprunt à une langue non-indo-européenne comme l'étrusque.

Encore les Étrusques ? D'où sortaient-ils, ceux-là ? Mehdi se promit de tirer un jour cette affaire au clair.

Ce même jour, en fin d'après-midi, il eut une grande surprise. Madini, arborant un sourire un peu niais (c'était sa façon à lui de jouer au type « sympa »), vint le chercher dans la salle d'étude où il rêvassait en lisant *Poil de carotte* puisqu'il n'y avait plus de devoirs à faire. Il le conduisit à la loge du concierge, de plus en plus « sympa ». Mehdi s'attendait au pire.

— Regarde qui est là, avait dit le *pion* d'une voix mielleuse.

Mehdi n'en crut pas ses yeux. C'était sa mère ! Elle se pencha sur lui, les larmes aux yeux, l'embrassa et le serra contre elle. Elle sentait bon la lavande et un peu la 2 CV : Mehdi en déduisit qu'elle venait tout droit de Béni-Mellal dans la voiture antédiluvienne de Mokhtar. Effectivement, celui-ci était là, au fond de la pièce, en compagnie de Miloud, les deux refaisant l'Indochine avec des gestes d'adjudant. Madini s'en alla, très mâle, très fier d'avoir réuni l'enfant et la mère. Au bout de quelques minutes, après avoir été béni dix fois et avoir promis de redoubler d'efforts (il était le premier de sa classe), Mehdi retourna à l'étude, lesté d'un petit paquet de gâteaux faits à la maison, ainsi que d'une chemise propre et repassée. Sa mère était venue le prévenir qu'elle allait assister à la distribution des prix, le lendemain : en attendant, elle retournait passer la nuit chez sa sœur, cornaquée par l'infatigable Mokhtar. Mehdi crut comprendre que M. Lombard avait pris la peine d'appeler M. Bernard, à Béni-Mellal, pour arranger l'expédition.

Le lendemain, qui était un samedi, s'ouvrit sur un matin radieux. Après le petit déjeuner, les internes remontèrent au dortoir pour faire leurs valises. Vers les dix heures, tout le monde se retrouva dans la grande cour, où des rangées de chaises avaient été disposées devant une sorte d'estrade improvisée. M. Flamand, qui s'était transformé en un Monsieur Loyal affairé, l'œil vif, un sourire avenant plaqué sur le visage, fit signe aux élèves d'approcher. Une petite fiche à la main, il invitait ceux qui allaient recevoir des prix d'excellence à s'asseoir au premier rang. Les autres se dispersèrent dans les travées, boudeurs, ricaneurs ou indifférents. Les parents s'asseyaient où ils voulaient. Se retournant, Mehdi vit sa mère assise au dernier rang et alla l'embrasser avant de regagner sa place, juste devant l'estrade.

Des piles de livres, chacune joliment liée par des rubans multicolores, reposaient sur une sorte de crédence qu'on avait disposée le long du mur, à côté du monument aux morts. Mehdi pensa à *Eric de Seinelhac, Jean Simond, Georges Naïmi, Jean Ferracci...* C'était peut-être cela le pire, dans la mort : ne plus pouvoir lire. Quelle cruauté, de mettre sous le nez de ces héros des lectures inaccessibles ! *Frères humains, qui après nous vivez, n'ayez les cœurs contre nous endurcis...* Puis il se fit la réflexion que tous ces hommes étaient enterrés ailleurs et que le panneau de marbre ne contenait, en somme, que des noms – des lettres disposées dans un certain ordre. Cette pensée le rasséréna et il regarda autour de lui.

C'était vraiment une très belle journée. Il se rappela le jour lointain où il était entré pour la première fois dans cette cour, et d'abord, l'arrivée devant la loge, encombré des deux dindons... Tiens ! Cette énigme-là n'avait pas été résolue. Ils étaient passés où, les volatiles ? Bah... Sans doute Miloud les avait-il confisqués : on se nourrit sur l'habitant pendant les campagnes militaires. Ou bien les avait-il partagés avec M. Lombard, un chacun ? Tout cela n'avait plus d'importance maintenant. Il avait grandi et pouvait sourire en lisant, dans *Le Mauvais Génie*, les exclamations de M. Bonard :

— Comment, polisson ! Tu me perds mes dindons au lieu de les garder !

… ou les récriminations de Mme Bonard :

— C'est singulier ! Mais, tout de même, je ne veux pas que mes dindes se perdent sans que je sache où elles sont passées.

Ce qu'il avait eu peur ce premier week-end ! Il avait pris la lingère pour une ogresse… Pauvre, douce, inoffensive Chochana ! Il avait fini par s'attacher à cette grosse femme très myope, pataude mais, au fond, si gentille. Et Morel… *Il ne faut pas confondre sympathique et con*… Les bordées d'injures qu'il envoyait à tout propos. Au fond, ce n'était pas un mauvais homme. C'était peut-être ça, un *pied-noir*, comme disait Régnier. « Grande gueule et cœur d'or » avait dit à son propos M. Lombard, un jour. Mais quel contraste avec Dumont ! *Le vent se lève ! Il est temps de partir !* C'étaient des dizaines, des centaines d'expressions que Mehdi, ravi, avait apprises de Dumont qui semblait tout savoir, avoir tout lu… *Un roi sans divertissement est un homme plein de misères*… À manier avec précaution (pas de politique ! répétait son père). Dumont l'avait empruntée à un certain Blaise Pascal (Pascal, comme le frère disparu de Denis) pour justifier sa passion du théâtre. Et puis, du même : *Tout le malheur des hommes vient d'une seule chose, qui est de ne savoir pas demeurer en repos, dans une chambre*. Celle-là allait lui faire de l'usage, devenir pour lui une règle de vie… *Chacun appelle barbarie ce qui n'est pas de son usage*. C'était vrai. Tayeb disait des professeurs de Lyautey que c'étaient des barbares parce que certains vivaient en

279

concubinage (où avait-il eu une telle information ? De Miloud, sans doute). Et peut-être y avait-il dans certains comportements, certaines idées de Tayeb quelque chose de barbare aux yeux de… M. Porte, peut-être ? Mais Mehdi comprenait l'un et l'autre, sans restriction. Ce qui voulait dire quoi ? Qu'il était doublement barbare, ou rien du tout ? Les deux conclusions semblaient aussi inquiétantes l'une que l'autre. Bah ! Il faisait beau et on allait lui remettre un prix d'excellence.

Le proviseur apparut, tout sourires, et se dressa devant l'assemblée en se tapotant bizarrement les flancs, au niveau des poches de son veston, comme s'il ne savait que faire de ses mains. Il se lança d'une voix forte et émue dans un laïus qui impressionna fortement Mehdi. Des années plus tard, il s'en souvenait encore.

— Nous avons reçu cette année M. Maurice Schumann, ministre des Affaires étrangères. C'est un grand honneur qui nous a été fait. Après avoir visité notre établissement, notre hôte illustre a écrit sur le livre d'or ces mots généreux que je ne résiste pas au plaisir de partager avec vous, puisqu'ils s'adressent à nous tous : « Hommage aux enseignants et au proviseur du plus grand lycée d'un empire spirituel : l'empire de la francophonie. » On ne peut…

Des applaudissements coupèrent l'élan de M. Bellion, qui s'interrompit de bonne grâce. Il en profita pour de nouveau se tapoter les flancs. Puis il enchaîna :

— On ne peut mieux caractériser ce qui nous lie. Nous sommes fiers de vos enfants, de *nos* enfants. Notre lycée est le symbole éclatant de l'amitié entre les peuples, de la richesse du dialogue et de la diversité. Tous ont fait de leur mieux (quelques toux discrètes parcoururent l'assistance). Mais il faut distinguer particulièrement ceux qui se sont illustrés par leurs efforts, leur talent, leurs résultats. C'est ce qu'on appelle « l'élitisme républicain ». Ce n'est pas un oxymore !

Quelques chuchotements questionneurs, dans les travées, indiquèrent que le mot *oxymore* n'était pas connu de tous. Satisfait de son effet, M. Bellion sourit, adressa un clin d'œil à M. Flamand, et continua. Il évoqua toute l'histoire du lycée Lyautey, dont il fit une sorte d'épopée des temps modernes :

— Notre bel établissement est issu du « Lycée en planches »… (Il lève la tête, malicieux : « oui, oui, ça s'appelait comme ça ! ») qui fut fondé en 1913 dans les baraquements militaires du camp Vilgrain. Là se dresse aujourd'hui la Banque Centrale, *Bank Al-Maghrib* n'est-ce pas, près de la Poste principale. À partir des années 1920, alors que Casablanca prend son prodigieux essor, ce *Lycée de Casablanca* se divise en *Grand Lycée*, installé quartier Mers-Sultan et en *Petit Lycée*, rue d'Alger – ou du moins, ce qui s'appelait alors rue d'Alger. Ces deux structures, réunies sous la même direction, deviennent officiellement le lycée Lyautey en 1925, lorsque le maréchal, qui fut, comme vous le savez, le premier Résident général de la France au Maroc, quitte avec regret l'Empire chérifien… (Pause émue.)… son pays d'adoption, duquel il ne parlait qu'avec le plus grand respect, auquel il s'est tant attaché, pour retourner en France, « plein d'usage et raison » (nouveau clin d'œil à M. Flamand), « vivre entre ses parents le reste de son âge », comme dit le poète. Le Lycée devient alors le creuset où se forme l'élite maroco-française…

Puis il brossa un tableau idyllique de l'avenir qui s'ouvrait devant les élèves travailleurs et assidus.

Mehdi, assommé par le soleil, ne percevait plus que des bribes du torrent de mots et d'images qui déferlaient sur la cour.

— Votre avenir est entre vos mains… Une tête bien faite *et* une tête bien pleine… Le bonheur, c'est d'avoir la maîtrise de sa vie…

M. Bellion avait fini son discours. Il remit ses feuillets dans la poche intérieure de son veston, enleva ses lunettes et s'essuya le front à l'aide d'un mouchoir blanc qu'il avait fait apparaître d'un geste vif du poignet, comme un prestidigitateur. Des applaudissements éclatèrent. Les professeurs s'adressaient les uns les autres des sourires narquois, des petits clins d'œil, des mimiques. Seul M. Marcellus se tenait droit sur sa chaise, les bras croisés, l'œil sévère. La cour s'était transformée en une gigantesque étuve et pourtant il était, comme à son habitude, strictement vêtu, la chemise amidonnée, le complet impeccable. La cravate semblait une fourche brandie vers sa pomme d'Adam proéminente. M. Porte, qui portait un gilet jaune, incongru sous sa veste de blazer, chuchotait de temps à autre dans l'oreille de sa voisine, qui enseignait l'anglais dans les classes supérieures. On les voyait se trémousser sur leurs chaises sans qu'on sût d'où naissait cette hilarité duelle.

Quand il entendit son nom modulé par M. Flamand (*Mé-di Ka-Tib !*), Mehdi se leva, raide comme un automate, et s'approcha, le cœur battant, du proviseur. Celui-ci tenait des deux mains une pile de livres brandie comme le Saint-Sacrement. Tout se passa comme dans un de ces rêves où, bizarrement, aucune catastrophe ne vient interrompre le cours des choses. M. Bellion lui remit les livres (qu'ils étaient lourds !), posa dessus une sorte de parchemin enroulé (le fameux « Prix d'excellence ») et lui tapota la joue avec bienveillance.

— Félicitations, mon fils !

Mehdi, ébahi, oublia de remercier ce Français qui prétendait être son père. Il tourna les talons et fit face à l'assistance, indécis, sous le regard comblé de sa mère. Il oublia que sa place était au premier rang et se dirigea à petits pas vers elle, la pile de livres sous le menton. Personne ne lui fit remarquer son erreur. Ou peut-être n'en était-ce pas une ? Tous les *pions* étaient alignés sur le côté, comme des soldats rendant les honneurs. Il dut passer devant eux, de plus en plus raide, pour aller s'asseoir. De nouveau, il sentit la boule dans l'estomac, mais ce n'était plus la peur qui lui tordait le ventre, plutôt la *hchouma*, cette forme de pudeur qu'il semblait porter dans ses gènes. Morel le regardait d'un air gouailleur et murmura sur son passage :

— Bravo, Fatima ! Des dindons au prix d'excellence, quel beau parcours !

Madini ne dit rien. Ses yeux brillaient d'ironie et, sans qu'il émît un son, ses lèvres dessinèrent le cri *Banzaï !* Régnier le regarda d'un air perplexe, haussa les épaules et ne dit rien, ce qui inquiéta Mehdi *(Les prolétaires n'ont pas de prix ?)*. Dumont le regarda d'un air sévère et, se penchant sur lui, lui souffla à l'oreille :

— C'est bien, Petit-Breton. Je suis fier de vous.

Puis, cryptique :

— Le bicorne ! Le bicorne !

Quand tous les prix furent distribués, M. Flamand fit une dernière allocution, farcie de phrases toute faites qui réjouirent Mehdi (« Les meilleures choses ont une fin », « il n'est bonne compagnie qui ne se quitte », etc.) et souhaita à tous des vacances « délectables et revigorantes ». À titre de confidence, il révéla qu'il allait passer les siennes dans son Ardèche natale, « mais vous n'êtes pas obligés de m'y suivre », ajouta-t-il en inclinant la tête et en souriant malicieusement. Sur cette plaisanterie un peu fade, qui suscita quelques rires polis, la cérémonie s'acheva et tout le monde se leva. Le proviseur entama une conversation enjouée avec une femme particulièrement élégante qui tenait un adolescent boudeur par la main. Dans la confusion des allées et venues, des chaises renversées, des adieux et des au revoir, Mehdi et sa mère ne cessaient de se heurter aux uns et aux autres, sans pouvoir s'échapper de la cour devenue labyrinthe brûlant. Ils se trouvèrent soudain devant M. Marcellus, qui toussota légèrement puis énonça d'un ton grave :

— Madame, votre fils a des dons en mathématiques, il faut le pousser dans la voie royale : bac C, prépa, grandes écoles.

La mère hocha la tête, déroutée. Son français était rudimentaire et elle n'avait retenu que deux mots : « voie royale ». C'était quoi, ça ? Il allait devenir roi, son moutard ? Chut ! Pas de politique… Ils s'éloignèrent. M. Porte vint s'incliner cérémonieusement devant la Marocaine en djellaba bleue, aux cheveux cachés par un voile rose, qui tenait sa progéniture d'une main ferme.

— Madame, votre enfant a des dons pour la géographie, il ferait un bon explorateur.

La prof d'anglais, qui s'accrochait maintenant à son bras (Tiens ! C'était sa *poule* ?) éclata de rire et lui donna un coup de coude dans les côtes. Se reprenant, M. Porte prit une voix flûtée pour dire :

— Oublions « les voyages et les explorateurs », que M. Lévi-Strauss prétend haïr. Le petit Mehdi, avec son amour de la géographie, ferait un bon topographe, peut-être même un ingénieur. Il faut le pousser dans cette voie !

La maman du petit topographe, ébahie, balbutia quelques mots de remerciement que M. Porte accepta avec grâce. Au moment où ils passaient devant le monument aux morts, ils tombèrent sur les Berger qui se dirigeaient aussi vers la sortie. Denis, qui avait obtenu un « prix d'honneur », regarda Mehdi avec inquiétude.

Linus. Ha ! Faux Linus. Vrai Linus.

M. Berger leur donna une bourrade, les yeux plissés :

— Eh bien, dites-vous « au revoir », petits nigauds, vous n'allez pas vous revoir de sitôt.

Les deux enfants se serrèrent la main en évitant de se regarder dans les yeux.

Frédéric tendit la main à Julien qui la serra dans les siennes.

— *Mon cher Julien ! J'ai été jaloux de toi parce que tu étais bon ! Pardonne-moi, Julien ! Sois mon ami, mon frère !*

Mehdi avait eu les larmes aux yeux en lisant ce dialogue dans *Le Mauvais Génie*. Il l'avait appris par cœur, ce qui ne lui était pas difficile. C'était maintenant l'occasion ou jamais de le ressortir. *Pardonne-moi, Denis !* Mais non, c'était impossible. *Sois mon ami, mon frère !* Impossible. Et puis, ça ne dépendait pas que d'eux deux. Peut-on être frères sans adopter la mère ? Mme Berger, justement, toisait sans méchanceté la djellaba bleue.

— Eh bien, Mehdi, tu ne nous avais pas dit que tu avais une mère si jolie. Et si jeune.

C'est vrai que sa mère est jeune. Elle a à peine trente ans. Elle ne sait que dire. Qui sont ces gens ? Mokhtar a dû la renseigner, lui-même mis au courant par le concierge, mais elle n'est pas sûre. Sont-ce là ces Français formidables qui ont pris soin de Mehdi quand elle-même ne pouvait venir à Casablanca ? À tout hasard, elle les bénit à mi-voix. Mme Berger, qui ne s'est pas rendu compte qu'elle vient de gagner sa place au Paradis, lui tend une main hésitante qu'elle serre avec effusion (elle rend tout au centuple, remarque Mehdi).

Les Berger disparurent. Près de la loge de Miloud, Cathy Kirchhoff vint en courant lui faire la bise.

— Au revoir, mon petit Kaki ! On se retrouve à la rentrée !

Il rougit jusqu'à la racine de ses cheveux. Elle s'en alla en dansant, tenant par la main une jeune femme aussi jolie qu'elle, sa mère sans doute, ou – qui sait ? – Jenny von Westphalen. Un dernier obstacle se présenta avant la délivrance. Sabine Armand sortit d'on ne sait où (de la loge de Miloud ?) et vint embrasser Mehdi, qui ne put rien faire pour lui échapper.

— Petit lâcheur… J'espère qu'on te reverra quand même, l'an prochain, au club de théâtre !

Mehdi hoche la tête, les lèvres serrées, sans se compromettre. C'est fini, il le sait. Il ne s'essaiera plus jamais au théâtre. *Chat échaudé craint l'eau froide*, comme disait M. Flamand. Il essuie, de la manche de sa chemise, la trace humide que Sabine a laissée sur sa joue.

Enfin, ils sont dehors ! Tous deux ont l'air soulagés, même si le soleil est aussi brûlant ici que dans la cour où la cérémonie s'est déroulée. Ils traversent le boulevard Ziraoui avec précaution, clignant des yeux, cherchant de l'autre côté de la belle artère l'ombre des bigaradiers. Mehdi se retourne. Les bâtiments du lycée, superbes d'indifférence, scintillent dans la lumière implacable de l'été. Serrant ses livres contre sa poitrine, la main dans la main de sa mère, qui porte la petite valise marron à poignée blanche, trottant vers l'arrêt du bus, Mehdi comprend confusément qu'il vient de vivre l'année décisive de sa vie.

Une année chez les Français.

Imprimé à Barcelone par :
BLACK PRINT
en février 2018

POCKET - 12, avenue d'Italie - 75627 Paris Cedex 13

Dépôt légal : août 2011
S21865/11